お嬢様、今夜も溺愛いたします。

千支六夏

STARTS
スターツ出版株式会社

イラスト／行村コウ

両親の事故、彼氏の裏切り。
絶望した私の前に現れたのは——。

「はじめまして。お嬢様」
芸能人並みにイケメンな男の人。
あれよあれよと連れていかれた場所は、
とんでもなく広い大豪邸。
「今日からあなたには、お嬢様になっていただきます」
「は？　はあぁぁー!?」
庶民の私、今日からお嬢様になります。

甘えベタ、村上美都。
×
溺愛クール執事、黒木十夜。

「あのっ……黒木？　さん？」
「黒木でいいですよ、お嬢様」
「どうして私……。押し倒されているんでしょうか？」
「お嬢様が、かわいすぎるのがいけないんですよ？」
クールな執事は夜になると、オオカミになるようで。
「今の時間は……恋人、ですから。私ではなく“俺”で」
ふたりきりの夜は、甘い蜜のような時間。
「お嬢様、今夜は××いたしましょう」
今夜もあなたは妖艶に微笑む——。

お嬢様、今夜も溺愛いたします。
人物紹介
黒木十夜
Toya Kuroki
21歳。美都の専属執事で大学生。仕事も勉強もできるクールなイケメンだが、とにかく美都を溺愛している。
村上美都
Mito Murakami
16歳、高2。甘え下手。人生に絶望して自殺するつもりが、十夜に助けられ、自分は財閥のお嬢様だと知る。

八神紗姫（やがみさき）

美都の転校先でクラスメイトになる。お嬢様だけど男まさりでサバサバ系。界のことが…？

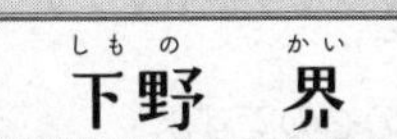

十夜と聖と同じ大学に通い、紗姫の執事。美人でスタイルも抜群（ばつぐん）だけど、女装（じょそう）が趣味（しゅみ）の男性。

一色　聖（いっしき　せい）

十夜のいとこで、同じ大学に通う。美都のＳＰを務め、リーダーシップ抜群のしっかり者。

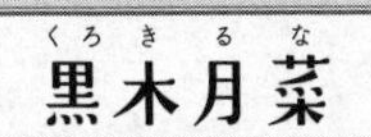

19歳、十夜の妹で、兄たちと同じ大学に通う。明るい性格で、美都と十夜を応援（おうえん）している。

☆contents

Love 3

Love 4

☆ ☆ ☆ ☆ Love 1

はじめまして、お嬢様

人生は、山あり谷ありって言うけれど、今がまさに、谷の時期……なのかな？

「どうしてこうなっちゃったんだろう……」

太陽がまぶしい駅のホームから、走り去っていく電車を歩道橋の上から見つめる。

今からでも生まれ変わって、人生やり直したい……。

私の名前は村上美都。

華（はな）やかさも何もない、ふつーの高校２年生。

名前だけは変わっているからよく由来を聞かれるけれど、両親いわく、おじいちゃんがつけてくれたものらしい。

今まで１回も会ったことないけど。

それはさて置き。

人通りがまばらな歩道橋の上で、花の女子高生が何をしているのかって？

そりゃ、気になるよね。

平日の真っ昼間に、制服を着た状態でこんなところにいるんだもん。

で、なんでこんなところにいるのかって？

そんなの決まってる。

人生に絶望して、今から死のうと思っているから。

理由はふたつ。

ひとつは、両親の他界。

　うちはお花屋さんで、お父さんはお店のオーナーを、お母さんは看護師をしていた。
『ふたりはどこで出会ったの？』
　だって、お花屋さんと看護師さん。
　働く場所も、職業も、まったく違う。
　そんなふたりがいつどこで出会って。
　恋に落ちて、結婚したのか。
　中学生になり、まわりにカップルが増えたことから、興味津々だったことを両親に尋ねたのを覚えている。
『ふふっ、出会いはね、病院だったわ』
『病院？』
『そうだったなぁ……。たしか、俺が花の配達で行った病室の患者さんの担当が、お母さんだったんだよ』
『そうそう。それでお父さんてば、私に一目惚れしちゃったらしくて。そこからは、猛アタックされたのよ？』
『へぇ……』
『おいおい。娘の前でそんな恥ずかしい話しないでくれよ』
　頬をほんのり赤く染めて照れていたお父さんだったけど、幸せいっぱいとばかりに微笑んで……。
『美都もいつか、私たちみたいな運命的な出会いがあるかもしれないね』
　そうやって、大好きなその手でお母さんは頭を撫でてくれた。
『運命的な出会い、か……』
　私にもいつか、訪れるのかな……。

イチャこらし始めたふたりを見て、ふと考える。

付き合っている人もいない。

好きな人もいないこの私に、そんなロマンチックなことが起きるなんて想像もつかないけど……。

もし。

もしもそんなことがあったなら、私もお父さんたちみたいに、幸せな家庭を築けたらいいなぁ。

中学生なりに、そんな夢を見ていた気がする。

……だけど。

ドラマや映画でもよく見るけど、幸せで楽しい時間ほど、長くは続かないものだよね。

あれから４年。

『お父さんっ!!　お母さん!!』

病院で白い布を顔に被（かぶ）せられているふたりのそばで、私はひたすら泣いていた。

高校２年になって、迎（むか）えたお盆（ぼん）のある日。

信号無視の車が、私たち家族の乗った車にぶつかってきたせいで。

──大好きなお母さんとお父さんは、亡くなった。

看護師で忙（いそが）しいお母さんが、唯一（ゆいいつ）休みを取れた日だった。

『久しぶりに、少し遠くにでも出かけるか!!』

『うん!!』

お父さんの提案で、ドライブがてら３駅離（はな）れたところにある大きなショッピングモールに行くことにした。

『楽しみだなぁ……友達とも行ったことないし』

『あら、そうなの？　ショッピングとか久しぶりだし、お母さん、たくさん服買っちゃおうかしら？』
『じゃあ、お父さんは荷物持ちってことで！』
『はいはい』
３人で、ついたら何を食べようか。
どのお店に行こうか。
ワクワクしながら、計画を立てていたその時だった。
キキッ――!!
『きゃあっ!!』
大きな何かがぶつかってきた衝撃と、その反動でガンッ!!と、どこかに頭を打ちつけた。
『お父さん……？　お母さん……？』
頭から血がタラリと流れて、視界がぐにゃりと歪む中、ふたりを呼んだけれど。
『お、とう……さんっ……おかあ、さ、ん……っ』
ふたりは固く目を閉じ、うなだれたまま私の声に反応することは二度となかった。

ふたつ目。
それは、高１から付き合っていた彼氏の裏切り。
両親が亡くなったあとのことだった。
『入学式で一目惚れしてから、ずっと好きだった。俺と、付き合ってほしい』
相手は隣のクラスで、かっこいいと噂されていた男の子。
一目惚れ。

その言葉がうれしくて。

いつも優しく手をつないでくれたり、ぎゅっと抱きしめてくれたりして。

『これ、美都が好きだって言ってたお菓子の新作』

『えっ、わざわざ買ってきてくれたの？』

『うん。美都が喜ぶと思って。だめ、だった？』

驚く私に、彼はシュンと眉を下げる。

『ううん。とってもうれしい……っ！　ありがとう！』

慌てて何度もお礼を言えば、パァッと花が咲いたみたいにうれしそうに笑って。

『美都のそういうところ、好きだよ』

なかなか素直に『ありがとう』を言えない私を、好きだと言ってくれた。

かわいいと言ってくれた。

毎日一緒に帰ってお昼も一緒に食べて。

幸せだった。

毎日がカラフルに色づいていくようで、楽しくて仕方がなかった。

なのに……。

『別れよう』

『えっ……？』

『大事な話があるから』と彼に言われて。

両親が亡くなり、ずっと泣いていた私のそばで、

『大丈夫だよ。俺がいるから』

そう言ってくれていたのに。

彼だけが、生きる希望の光だったのに。
『どう、して……？　私、何かしちゃった……？』
言っていることの意味がわからず、ぼやける視界の中で、なんとか頭を整理しようとしたけれど。
『おまえ、つまんないんだよな』
『は……？』
吐き捨てるかのように言った彼に、もう“優しい”なんて言葉は見当たらなくて。
『顔がタイプだったから付き合ったけど、付き合って何ヶ月もたってんのに、キス以上のことさせてくれないし』
だって、それは……っ。
『もう少し待って』って言ってるのに、無理やりしようとしてくるから……。
ただ冷たい視線を向けてくる彼に、私は唖然とするしかなく。
『俺のことを満足させてくれる女なんか、おまえ以外に何人もいるし。それにおまえ、かわいげがねーんだよ』
そう言って、立ち尽くす私の横を通りすぎると、そのまま去っていった。
結局、彼は私の体が目的で。
最初から、好きで付き合おうと言ってきたわけじゃなかった。
なかなか素直に甘えられない私の性格を、『好きだ』、『かわいい』と言っていたのは、すべて嘘。
ただ私とそういうことをしたいがために、告白してきただけってこと……。

　ははっ。

『バカみたい……』

　乾いた笑いがこぼれたあと、ぽたぽたと教室の床に涙が落ちていく。

　一目惚れだと言われて、浮かれて付き合うから。

　自分にも両親みたいな運命の出会いがあるかも……なんて、無駄な期待をしたから。

　こんな、惨めな終わり方になってしまった。

　次の日に学校へ行くと、彼はもう別の女の子と付き合ったという話を聞いて。

　もはや、泣く気にもなれなかった。

　大好きな両親が亡くなって。

　挙句の果てには、大好きな彼氏にも裏切られ。

『もう、いや……っ』

　絶望した私は学校を飛び出し、そのまま駅へと、歩道橋へとやってきた。

「はぁ……」

　歩道橋から、忙しなく走る電車をため息をついて見つめる。

　情けない人生だったなぁ……。

　楽しかったのも、幸せだったのもほんの束の間で。

　まさか、ここまで人生のどん底に落とされるとは思ってなかった。

神様って、いじわるだね。

ん？

死ぬ前に、なんでこんなに冷静でいられるのかって？

だってさ、もう笑うしかないじゃん。

両親も、大好きな人もいない。

頼れる人もいない。

友達……は、いないわけじゃないけど、親友と呼べるほど仲のいい子はいない。

この広い世界で、完全にひとりぼっち。

「ははっ……」

涙なんてきれいなものは出てこなくて、笑いしか出てこない。

元カレは、こういうところがかわいげないって言ったのかな。

『助けて……っ』

なんて泣いてすがれば、誰かひとりくらいは私のこと、見放さないでくれるのかな？

でも、そんな悲劇のヒロインのようなことはできない。

だって、キャラじゃないもん。

「あー、もう……」

いろいろなことを考えていると、死のうと決意した気持ちが揺らぎそうになる。

私は最後まで、かわいくない女だったなぁ……。

お父さん、お母さん。

私だけ助かったけれど、もういいよ。

残してくれた命を、無駄にすることになってごめんね。

この世界でひとり、絶望に伏したまま生きていくくらいなら、死んだほうがマシだから。

「お父さん……。お母さん……」

今から私も、そっちに行くよ。

待ってて。

歩道橋によじ登り、ふっと目を閉じる。

ふわりと体が宙に浮く、その寸前。

――グイッ!!

ものすごい力で腕を引かれ、あたたかい何かに包まれる体。

「何を……何をしているのですかっ!!」

耳をつんざくような怒りの声に、思わずハッとして目を見開いた。

「え……？」

誰、このイケメン……。

驚き固まる私の顔を覗き込んできた人は、モデルか芸能人かってくらいすごくかっこよくて、今にも泣きそうな顔で微笑んだあと、ぎゅうぎゅうと強く抱きしめてきた。

「間に合ってよかった……っ。無事でっ……本当に……本当に、よかったっ……」

「……」

えーっと？　これ、どういう状況……？

抱きしめられたまま、目が点になる私。

だけど、超イケメンにドキドキしている自分もいて……。

　どうやら、このイケメンが自殺を止めてくれたらしいけど……。
　く、苦しいっ!!
　ぎゅうぅぅっと抱きしめてくるイケメンに、バシバシ腕を叩(たた)いて苦しいことを訴(うった)える。
　すると、彼は私を離してくれたけど……。
「な、なんなんですか、あなたはっ!?　いきなり他人を抱きしめるなんてっ、不審者(ふしんしゃ)か何かで訴えますよ!?」
　いくら止めてくれたとはいえ、急に抱きしめてくるなんてっ!!
　キッと鋭(するど)い視線を送ると、彼は一瞬(いっしゅん)悲しそうに眉を寄せたけれど、すぐに頭を下げて謝ってきた。
「取り乱してしまい、申し訳ありませんでした。冷静さを失い、まわりが見えていなかったもので」
「は、はぁ……」
　さっきまでの焦(あせ)った表情はどこに行ったのかと思うくらいの、クールで冷静な口調。
　なんか、言葉づかいが妙(みょう)に丁寧(ていねい)な人だな。
　それに、格好も……。
　改めて彼を見て絶句する。
　だって、メガネ……はかけてないけど、首元には黒のネクタイ。
　黒のジャケットに、白のシャツ。
　ジャケットと同じ色のベストまで着てるし。
　そして、白い手袋(てぶくろ)。

明らかに、執事!!と言わざるを得ない格好。
「……」
この人、まじで危ない人なのでは？
いきなり抱きついてきたのは、まあ百歩譲って許すとして。
まだまだ蒸し暑さが続く９月の初旬に、執事コスプレとは……。
内心引きまくりながらも、冷静にその顔を見上げると。
うわぁ、こりゃすごい。
あまりの迫力に、言葉を失う私。
それはもう、100人に聞いたら全員が頷くくらいのかっこよさ。
黒髪っていうのも相まって、まさにクール系イケメン。
「あの……」
「えっ？　あ、す、すみませんっ」
不思議そうに私を見つめる彼にハッとする。
やばい。
あまりにかっこいいから見とれちゃってた。
「そ、それでコスプレイケメ……。いえ。それで、私に何かご用でしょうか？」
危ない。
コスプレイケメンとか、変なあだ名で呼ぶところだった。
ゴホンと咳払いをして聞くと、目の前の人は自分の胸に手を当て、再び恭しく頭を下げた。
「はじめまして、お嬢様」

「はい？」
　お嬢、様……？
　私が？
　今死のうとしていた、この私が？
　いやいや。
　そもそも、うちは一般的な家庭だった。
　お嬢様なんかじゃない。
　そんな話、聞いたことがない。
「間違いなんかではありません。村上美都様」
「えっ!?　ど、どうして私の名前……」
　ますます危ない匂いがする。
　タラりと冷や汗が背中を伝い、カンカンと頭の中に警告音が鳴り響く。
　に、逃げなきゃ。
　絶対やばい状況だよね、これ。
　恐怖に固まる足を、なんとか動かそうと頑張る。
　動けっ!!　私の足!!
　バレないように、一歩ずつ、後ろへ下がろうとした時。
「説明は、のちほど。とにかく、お車へ」
　すると、男の人はなぜか私の背と膝裏に手を回す。
「は？　な、何して……っ」
「旦那様がお待ちです。時間がありませんので、少々の強引はお許しください」
　真顔でそう言うと、そのままスタスタと歩き始める。
「ちょ、ちょっと!?」

　だからって、なんでお姫様抱っこ!?
　これじゃあ、逃げられないじゃないっ!!
　ジタバタして無理やり下りようと思ったけど、
「落ちると危ないですから抵抗されませんように。お嬢様にケガをされたら私の心臓は、いくつあっても足りませんので」
「は？」
　どういうこと？
　私がケガすると、なんでこの人が心配する必要が？
　それから男の人は黙ってしまったために、結局大人しくしているしかなかった私。
　そして、道路の端にでーんと止まっていたバカでかい黒塗りのリムジンに、あれよあれよと乗せられてしまった。

　そして、数十分後──。
「何、ここ……」
　空いた口が塞がらないというのは、まさにこのことで。
　目の前には〇〇ドーム何個分かもわからないほど、広い土地。
　その真ん中にそびえ立つのは、まさにお城と言っても過言ではないほど、大きな洋館。
「どうぞこちらへ」
　車から降り、コスプレイケメンに案内されて中へと入る。
「うわぁ……」
　天井から下がるいくつものシャンデリアは、キラキラと輝いていて。
　大理石らしきものが敷き詰められた床には、ワインレッドの絨毯。
　そのすごさに圧倒されて、思わず声が漏れてしまった。
　ドラマの撮影現場かよっ!!
　そうツッコミたくなるのを我慢して、コスプレイケメンの後ろに続く。
　そして、大階段を登り、長い廊下を歩いた先にある立派そうな部屋の前に到着すると。
「旦那様。美都様をお連れしました」
「入れ」
　コスプレイケメンがコンコンと扉をノックしたあと、中から聞こえた渋い声。
　どうやら、この部屋の中にいるのが旦那様みたい。
「失礼いたします」と言ったコスプレイケメンに「どうぞ」と促されて中に入ると、ひとりのおじいさんが長いテーブルの先に座っていた。
　いわゆる、お誕生日席に。
　40〜50代くらいの男の人をイメージしていたけど、もっと年上で、貫禄があってダンディ。
「……」
　なぜかぎゅっと眉を寄せ、私に鋭い眼差しを向けてくる旦那様。
　ん？
　なんかこの人、見覚えがあるような……。

今日初めて会ったはずなのに。

不思議に思っていると、旦那様は立ち上がって私のほうにゆっくり歩いてきた。

「おまえが美都、か……？」

「は、はい」

ひたすら見つめられていたと思ったら、出てきた言葉はその一言のみ。

「……」

うー、なんか言ってよ……。

こんなに近い距離で、しかも無言で見られるのは結構つらいんだけど……。

いたたまれなくなって、視線を外そうとした時。

「会いた、かった……」

「え……？」

何？

「会いたかったぞ、美都ぉぉぉー!!」

「きゃっ!!」

旦那様は、いつの間にか笑顔になっていて、ガバッと私に抱きついてきた。

何事!?

「美都……っ!!　美都っ!!」

「だ、旦那様!?」

いまだ状況を掴めていない私とは反対に、旦那様は何度も私の名前を呼んで、頬をスリスリしてくる。

「きれいになったなぁ、美都!!　わしの娘そっくりじゃ」

「む、娘!?　それって……」
　笑った時の、目尻が下がった表情。
　初対面なのに、どこか安心するぬくもり。
　まさか、この人……。
　ふと、ひとつの考えが頭をよぎった時。
「かわいいのう、美都。よかったら、このままわしの嫁に……」
　今、とんでもなく恐ろしいパワーワードが聞こえた気がするんですけど!?
「旦那様」
「うおっ!?」
　パワーワードに驚き固まっていた私の腕を引き、よろける体を受け止めてくれたのは、
「お嬢様が驚いていらっしゃいます。まずは、ここがどこなのかということや、旦那様のことをお話しするべきでは」
　コスプレイケメン。
　どうやら、ずっと私の後ろに控えていたらしい。
「ふん。そんなこと、言われなくともわかっておる。美都、こちらへおいで」
　ん？
　何このピリッとした空気……。
　コスプレイケメンはすまし顔なのに、どこか不機嫌な様子で旦那様を見ていて。
　一方、旦那様も私にはとても優しい眼差しを向けていたのに、コスプレイケメンに対しては睨んでいるように見え

た。
「驚かせてすまなかったのぉ、美都。まずは座って、これでもお飲み」
「あ、ありがとうございます……？」
　いまだピリピリとした空気が流れる中、旦那様の斜め横に座った私に差し出されたのは、澄んだ色をしたアールグレイ。
　めちゃくちゃおいしい……。
「旦那様、これ……すごくいい香りですね」
「そうじゃろう、そうじゃろう。喜んでくれたなら、わしもうれしいよ」
　さっきまでの厳しい表情はとっくに消え去り、目尻が下がっていてとてもうれしそう。
　和やかな空気に、私も思わずほんわか。
　なんだかこうやって見ると、普通のおじいちゃんみたい。
　ん？
　おじいちゃん？
「美都様、よろしければこちらもどうぞ」
　何か引っかかりを覚えていると、スっと音もなく、横から差し出されたのはシフォンケーキ。
　それも、抹茶味。
「え、どうして抹茶……」
　驚く私に、コスプレイケメンはふっと目を細めて微笑んだ。
「美都様は、甘いものは得意ではないとお聞きしましたので、こちらをご用意させていただきました」
「あ、ありがとうございます……」
うわぁ、さすがイケメン。
やることなすこと全部が違う。
前もって好みをリサーチするだけでなく、笑顔のサービスまで。
ずっと真顔な人かと思っていたら、こんなに優しい表情もするんだ……。
思わずドキッと心臓が跳(は)ねて、慌てて視線を逸(そ)らした。
イケメンって、ほんとずるい。
何をしてもサマになるしドキッとしちゃうから、ほんと罪深(つみぶか)いわ。
心の中では、変なあだ名つけちゃってる相手なのにね。
「ふんっ!!」
コスプレイケメンと私のやりとりを見て、旦那様は、なぜかまた不機嫌そうに鼻を鳴らしていたけど。
「あの……それで私にいったいなんのご用でしょうか?」
見渡(みわた)す限り、計り知れないほど広いお屋敷(やしき)。
加えて、この部屋に来るまでに会った、何人かのメイドさんや使用人らしき人たち。
たぶん今、私の隣に立ってるコスプレイケメンも、そのひとりなんだろうけど……。
この家、相当な資産家?　お金持ち?な気がする。
きっと、この旦那様って言われている、おじいちゃんみたいな人が当主なんだと思う。

そんなにすごい人がいったいなんの用があって、庶民で親もいない孤独(こどく)な女子高生を？

不思議に思っていたことをぶつければ、旦那様は真剣(しんけん)な目で私を見つめてきた。

「美都……」

「は、はい……っ」

さっきとは打って変わり、重苦しい空気があたりに漂(ただよ)い始める。

自然と背筋がぴんと伸(の)びる。

なんだろう？

まさか借金とか？

いやいや、そんな話、両親から聞いたことないし……。

それとも何？

もしかして、これはすべて夢か何かなの？

「おまえは……」

おまえは？

「わしの……」

わしの？

ゆっくりゆっくり、時間をかけて言葉を紡(つむ)ぐ旦那様。

ゴクリと息をのんで、速くなる鼓動(こどう)に苦しくなりかけた時──。

「孫(まご)、なんじゃ……」

「そうなんですか。私は旦那様の孫……」

え？

旦那様が信じられない言葉を口にした。

「どうした美都？　そんな間の抜けた顔をして。おまえはわしの孫だよ」
　は？
　今までの時間はなんだったんだと言いたくなるくらいスラスラ述べられたその言葉に、開いた口が塞がらない。
「ま、まごぉぉぉぉ――っ!?」
「そうだよ。おまえの母、美里はわしの娘。正真正銘、わしはおまえの祖父じゃ」
「……」
　やばい。
　旦那様の言葉は耳に入ってきてるはずなのに、理解がまったく追いついてない。
「で、でも、私におじいちゃんがいるとは聞いたことないのですが……」
　なんとか慌てて言葉を返せば、旦那様は目を細めて、これでもかというくらい優しく笑う。
　あ、やっぱり。
　この笑った顔、お母さんに似てるんだ……。
　さっきこの表情を見た時に思ったことは、間違いじゃなかったんだ……。
「っ……」
　途端に目頭が熱くなって、何かがグッと喉の奥から込み上げてくる。
　ずっと……。ずっとずっと我慢していたもの。
『美都』

優しい声で私の名前を呼び、いつもニコニコ笑って頭を撫でてくれた大好きなお母さん。

どんなに仕事が忙しくても、眠(ねむ)そうでも、いつもあたたかい手でぎゅっと手を握(にぎ)ってくれたお母さん。

悲しい時、つらい時はそっと背中をさすってくれて、抱きしめてくれたお母さん。

「わしはおまえの祖父なんだから、おじいちゃんと呼んでくれて構わんよ。美里と圭人(けいと)くんが亡くなり美都がひとりになってしまった話を聞いて、急いで部下を美都の元へ向かわせたんじゃ。悪かったのう、長い間、ひとりにさせてしまって。これからは、ここで暮らすといい。おじいちゃんと……美都？」

「お嬢様？」

霞(かす)んで歪む視界の中でも、目の前にいるふたりが驚き、言葉を失っているのがわかる。

そりゃあ、そうだよね。

急に泣き出すんだもん。

でも我慢できなかった。

「美都っ……!!」

途端にあたたかいぬくもりと、優しい香りが全身を包む。

「っ……」

涙が止まらない。

「つら、かった……っ」

「うん」

「苦し、かった……っ」

「うん」
「お母さんも、お父さんもいなくなって、大事な人には裏切られて……もう自分なんか、この世にいてもしょうがないって。生きてたって、しょうがないって、ずっと、思って、た……っ」
　ふたりのお葬式(そうしき)でも、彼氏に裏切られた時も、こんなに泣けなかったのに。
　どうしてかな？
　どうして、こんなに安心するのかな。
　ひとりじゃないって、わかったからなのかな。
「おまえはもうひとりじゃないよ。わしがいる。おじいちゃんがいる。もう二度とおまえをひとりにすることはないよ。これからは、ここで一緒に住もう、美都」
「お、じいちゃっ……」
　そっと私の髪を撫でる優しい手。
　背中に回った、ほっとするぬくもり。
　違う。
　そうじゃない。そうじゃないんだ。
　おじいちゃんの腕の中で泣き続ける中、ふと気づいた。
　ああ、そっか。
　私はずっと……。
　誰かに自分の存在を、肯定(こうてい)してほしかったんだ。

「落ちついたか？」
「うん。ごめんね、急に泣いて」

いつの間にかコスプレイケメンは消えていて、部屋にはおじいちゃんと私のふたりきり。
「いいんじゃよ。つらい時は泣いていい。我慢することなんか何もない」
背中に回っていた腕が離れて、頭をポンポンと撫でられて。
俯(うつむ)いていた顔を上げれば、おじいちゃんは目尻を下げて、今にも泣きそうな顔で微笑んでいた。
「おじいい、ちゃん……？」
その顔に、止まった涙がまたあふれそうで。
胸の奥がぎゅっと締(し)めつけられた。
「ひとりにしてしまって悪かった。ちょうど仕事で海外にいっていて葬式にも出られず、こうやって溜(た)め込むまで我慢させたこと」
「そんなことないよ。おじいちゃんのことは今まで聞いてなかったから、てっきりいないとばかり思ってたし」
指でぬぐわれた目元がくすぐったくて、ふふっと笑えば、おじいちゃんはなんとも言えない表情のあと苦笑いをした。
「うちは江戸(えど)時代から受け継(つ)がれてきた会社でな。元々は、有名な大名(だいみょう)の支援(しえん)も行っていたそうなんだ」
「えっ、江戸!?　しかも大名って……」
な、なんか、とんでもない事実が判明したような？
ってことは、相当大きい会社ってことよね？
江戸時代から続いていて、有名な大名への支援……。

普通に考えて、やばすぎでしょ!!

思わず涙も引っ込んでしまうくらいの衝撃。

そして、おじいちゃんはいたずらっ子みたいにニヤリと笑って続ける。

「美都も知ってる人……というより、知らない人はいないんじゃないかってくらい、有名な人だよ」

「ええっ!?」

まさか、あの人!?

いや、あの人の可能性も……。

そ、そりゃあここまでの広い敷地とか、お屋敷だとか。

言われてみれば、たしかに頷ける。

そんな人の孫だなんて……。

まるで夢を見ているようで、いまだに信じられない。

「とんでもない資産家だってことは十分わかったけど……それと、私のお母さんとお父さんが、おじいちゃんのことを話さなかった理由は何か関係があるの？」

今まで生きてきて、おじいちゃんがいることや資産家だってことは一度たりとも聞いたことがない。

当然、お母さんがお嬢様だったってことも。

だからお葬式だって、お父さん方の遠縁のおばさんしかいないと思ったから、ふたりで終わらせたし。

「元々わしはふたりの結婚には反対だったんじゃ」

「反対……？」

「そうじゃ。金持ちの娘に近づいてくる一般の男など、どうしても資産目当てとしか思えなくてな」

「そっか……」
「それでも美里は、わしの反対を押し切って圭人くんと結婚した。圭人くんと一緒になれないのなら、わしとは縁を切る覚悟だからと」
「嘘……」
　まさかいつも温厚だったお母さんに、そんな激しい一面があったなんて。
「それから美里とは音信不通になってしまったが、大事なひとり娘だし、心配でのう。だから美里にはバレないよう部下を使って、定期的に様子を見に行かせていたんじゃ」
　そうだったんだ……。
「そんな時にわしの妻、美都の祖母が亡くなってな。いい加減、美里を許すように言われたんじゃ」
「おばあちゃんに……？」
「そうじゃ。娘なのに、人を使ってまで様子を見に行かせるなんておかしいって。だがな……」
　あ……。
　途端にふっと表情を暗くしたおじいちゃんに、次に続く言葉が、すぐに予想できた。
「許そうと決めた矢先のことだった。ふたりが亡くなったのは」
　……あの、痛ましい事故。
「本当は妻に言われるもっと前から許していたのに、自分が頑固だったばかりにそれを伝えられないまま、あんなことが起こって」

「おじいちゃん……」
　目にいっぱいの涙を浮かべながら、おじいちゃんは頭を下げた。
「ごめんな、美都。わしが、わしがもっと素直になっていれば……いつまでも意地ばかり張っていないで、本当のことを伝えていたら……もしかしたら、あんな事故も起きなかったかもしれないのに」
　違う。違うよ。
　それは違う。
　ぎゅっと両手に拳を作って、唇を噛みしめた。
「頭を上げて、おじいちゃん」
　気づいたら、あたたかいものが頬を伝っていて。
　ぬぐってもぬぐっても止まることのないそれを無視して私は続ける。
「悪いのは、おじいちゃんじゃない。だっておじいちゃん、私の命、救ってくれたじゃない」
「っ……」
　ゆっくりゆっくり上げたおじいちゃんの顔は涙でぐしゃぐしゃで。その姿だけで、ふたりの幸せをいかに強く願っていたのかが、どれだけ後悔したのかが痛いほどに伝わってきたから。
「それに、おじいちゃんが部下の人を私のところに行かせてなかったら、きっと今、私はこの世にいない」
「美都……」
「だからね、おじいちゃん。お母さんとお父さんのこと、見守ってくれててありがとう。私のこと、助けてくれてありがとう。おじいちゃんは私に生きる希望を与(あた)えてくれた」
「美都……っ」
震(ふる)える声で私を腕の中に引き寄せると、強く強く抱きしめた。
「ありがとう、おじいちゃん」
認められていなかった両親の話を聞いて、複雑な気持ちがなかったって言ったら嘘になる。大事なひとり娘なのにって。
だけど……。
おじいちゃんがいなかったら、今私はここにいない。おじいちゃんがいなかったら、私は自分の存在価値を見出すことができなかった。だから……。
「おじいちゃんは私の命の恩人(おんじん)だよ」
嗚咽(おえつ)を漏らしながらもまわされた腕に、より一層ぎゅっと力がこもって。
体を離した時にはお互(たが)いびっくりするくらい目が真っ赤に腫(は)れていて、思わずプッと噴(ふ)き出してしまった。

「それでだな、美都。おまえにはもう二度と寂(さみ)しい思いはしてほしくないし、美里や圭人くんのようなことがあっては、わしも生きていけない。だから、今日からここに住むといい」
「えっ……ええっ!?　ここで!?」
それから……今後どうするかに話は変わったのだけ

ど……。　昨日まで普通の一軒家に住んでいたのに、今日からはこんなお屋敷に!?
「いやいやいや、おじいちゃん!!　気持ちはうれしいけど、私は今までどおりで十分。お花屋さんはさすがにできないけど、こんな豪華なところに住むなんて、気が引けるっていうか……」
　正直、落ちつかないっていうか……。
　とんでもない提案をされて、しんみりとしていた空気が一気に騒がしくなる。
「美都は、なーんも気にしなくていいよ。なんせ、わしの孫だからな。必要なものや欲しいものがあれば何でも言ってくれ。おじいちゃんがすべて用意する」
「で、でもっ……！」
　渋る私に、おじいちゃんは腕を組んでニコニコ笑うだけ。
「美都にはつらい思いをさせたぶん、存分に甘やかしたいんじゃ」
「おじいちゃ……」
　やばい。
　また目がうるうるして……。
「それにだな、孫と暮らすのがわしの夢だったんじゃ。しかもこんなにかわいい孫をひとりで置いておくなど、わしの心臓がもたん」
　うるうるしなかったわ。
「えぇ……」
　そこなの!?

「真(しん)の目的は、そっちなの!?

　急に真顔になったかと思うと、なぜか頬を緩(ゆる)めてニヤニヤ。

　さっきのしんみりとした空気、どこ行った？

　うれしいよ？

　それはもう、この上ないほどうれしいよ？

　でもだからって、そこまで心配してくれなくても……。

「よし！　そうと決まれば、さっそくじゃ!!」

「えっ!?　ちょっ、おじいちゃん!?」

「黒木!!」

「はい」

　パンパン、と召使(めしつか)いを呼ぶかのように両手を叩いたおじいちゃんが声を上げた直後。

「うわっ!?」

　ふわりと持ち上がる体。

　えっ、この人どこから湧(わ)いてきたの!?

　この部屋にはいなかったのに……。

　いつ出ていったの？　いつ入ってきたの？

　てか、どういう状況なの、これ!?

　どうして、またお姫様抱っこされてるの!?

　目を白黒させる私には構わず、さっきまでの穏(おだ)やかな姿は嘘かと思うほど、おじいちゃんは鋭い目でコスプレイケメンを見ている。

「美都のことはすべておまえに任せる。また仕事でしばらく家を空けるから、頼(たの)んだぞ」

「承知しました」
「それと……今は美都の前だから何も言わんでおくが……わかっておるな？」
「何を、でしょうか？」
　なんとか視線だけをチラリと動かして見上げれば、最上級の笑顔でおじいちゃんを見つめるこの人。
　うわぁ……。
　なんだろう、この挑発でもしているような胡散臭そうな笑顔は……。
　この人にとって、おじいちゃんは旦那様なのに。
「わかっておるくせに、またそうやってはぐらかす……まあ、いい。逐一美都のことは報告し、何かあれば早急に対処できるようにしておく」
　そして再び「ふんっ!!」と鼻を鳴らし、口を尖らせるおじいちゃん。
　なんかこの人の前だと、おじいちゃんがめちゃくちゃ子どもっぽく見えるような……。
「じゃあ、美都。これからのことは黒木から聞いてくれ。わしはもう仕事に行かねばならん。本当なら、今日はずっと一緒にいたかったんだが……」
　シュンと眉尻を下げて落ち込むおじいちゃん。
　ふふっ、かわいいなぁ。
　こうやって見ると、社長や旦那様っていうより普通のおじいちゃんにしか見えない。
「大丈夫だよ、おじいちゃん。本当に、いろいろありがとう。

仕事なんだし、気をつけて行ってきてね。時間がある時は、一緒にご飯食べようね」
「み、みとぉぉ――っ!!」
安心させるつもりで笑顔で言ったのに、おじいちゃんはみるみるうちに頬を緩めて抱きついてこようとする。
「ちょっ、おじいちゃん……っ!?」
「では旦那様、お気をつけて行ってらっしゃいませ。無事のお帰りを、お待ちしております」
「なっ!?」
おじいちゃんが私に近づくのをスパンッ!!と遮(さえぎ)るかのように、私を抱き上げたままスタスタと部屋を出ていく。
「こら待て、くろきぃぃぃ――っ!!」
後ろから、おじいちゃんの怒号(どごう)のような声が聞こえてビクッとしたけど、コスプレイケメンは一礼をして部屋を出たのだった。

「こちらが、お嬢様のお部屋になります」
それからしばらくお屋敷の中を歩き、ひとつの部屋に連れてこられた私。
「うわぁ……」
本日二度目の感嘆(かんたん)の声。
あまりに広い部屋で驚いたけど、何よりも……。
「壁(かべ)もカーテンも、ベッドも……これすべて、花柄(はながら)、ですか？」
レースがふんだんにあしらわれ、まわりを薄(うす)いカーテンで囲んだ、天蓋(てんがい)つきのベッド。
アンティーク調の白い家具。
天井から下がる、無限にきらめきを放つシャンデリアの数々。
そのすべてに花が散りばめられているのと、至るところにある花瓶(かびん)に色とりどりの花が生けられている。
「ご実家が花屋さんということで、きっと花がお好きだろうと、旦那様が。お気に召(め)されましたか？」
「はい、とっても」
こんなの、うれしくないはずがない。
いくらおじいちゃんの頼みでも、最初はここに住むことに戸惑(とまど)いがあったし、上手いように言いくるめられたと思っていたけど……。
こんな素敵(すてき)な部屋を見せられては、うんとしか言えなくなる。
完全に心が浮かれている。
単純だなぁ、私……。
うれしくて、思わず頬が緩んでしまいそう……。
なんて、思っていた時。
「お嬢様はすべてが誰よりもかわいいのですが、笑われると押し倒(たお)したいほどかわいいですね」
「……は？」
お、押し倒したくなる？
え、な、何……今の爆弾(ばくだん)発言……。
何かの聞き間違いかな？

　あまりに甘ったるい声にドキドキする……よりも、思わず体がぶるりと震える。

　こんな澄ました顔の人から訳のわからない発言が出るなんて、あまりにも現実味がない……。

　てかそれよりも!!

「さっきから思ってたんですけど、いい加減、おろしてもらえませんか？　それと……お嬢様っていう呼び方……私は一般人ですし、村上で構わないんですが……」

　おじいちゃんと別れてからも、ずっとお姫様抱っこのまま今に至る。

　この部屋に来るまでに何人かのメイドさんたちとすれ違ったけど、なぜかみんな目がハート。

　そりゃあ、こんなかっこいい人に……なんて思うかもしれないけど、されているほうからしてみれば、恥ずかしいことこの上ない。

　それに、お嬢様っていうのも……。

　いくらおじいちゃんの孫とはいえ、元庶民。気品があるとかおしとやかだとか、そんなキャラじゃないし……。

　くすぐったくてしょうがないから、正直言ってやめてほしい……。

「申し訳ありませんが、それはお嬢様の頼みでも受け入れられません」

「はっ!?」

　どうして!?

　バッと顔を上げれば、コスプレイケメンは「ふっ」と笑うだけ。

　な、何その笑みは!?

「ちょっとっ!?」

　そしてジタバタ暴れる私をスルーして、スタスタと歩いていく。

「いったい何する……って、きゃあっ!?」

　ぽふっと音を立てて優しくおろされたそこは、とんでもなくふっかふかな……ベッドの上。

「あの、いったいどうし……」

　展開についていけず起き上がろうとすれば、

「っ!?」

「離しませんよ」

　ぎゅっと背中に回された腕に、首の横に沈(しず)む顔。

　えっ、えっ!?

　思考をフル回転させて、今の状況をなんとか理解する。

　天井からきらめく光を落とすシャンデリア。

　そして視界の端に見える、艶(つや)のある黒髪。

　もしかして私、押し倒されて抱きしめられてる!?

「コ、コスプレ……じゃなくて」

　えっと……この人の名前なんだっけ。

　たしかおじいちゃんが呼んでたはず……。

　えーと、えーと……。

　あっ、思い出した!!

「あのっ……黒木？　さん？」

　離れてほしいという願いを込めて肩(かた)をグイグイ押してみ

れば、ふっと顔を上げる黒木さん。

　よしっ、今だっ!!

　ガバッと勢いをつけて起き上がろうとするも……。

「黒木でいいですよ、お嬢様」

「っ……」

　サラリとかわされたかと思えば、両手首をシーツに押しつけられて、もっと身動きが取れなくなってしまう。

　顔が近すぎるっ!!

　切れ長の瞳（ひとみ）を縁どる、長い睫毛（まつげ）。

　スっと通った鼻筋。

　それがわかるくらいの至近距離に、瞬（またた）く間に心臓がドッドッと音を立てる。

　落ちつけ私!!

「どうして私、押し倒されてるんでしょうか？」

　あくまでも冷静にと発した声は、絶対に震えている気がする。

　黒木さんは目を細めてふっと笑うと、私に跨（またが）るようにしてよりググッと距離を詰めてきた。

「ち、ちかっ……!?」

「お嬢様がかわいすぎるのがいけないんですよ？」

「か、かわいすぎるって……」

　さっきからかわいいかわいいって連呼しすぎ!!

「笑った表情が愛おしすぎて、正直今にも襲（おそ）いたいくらいです」

「お、襲う!?」

何を言ってるの、この人は!?

ボボッと全身が熱くなって、思わず言葉に詰まってしまう。

「その反応、たまらないですね」

「っ……」

目を細めてクスッと笑う。

さっきまでのクールな雰囲気（ふんいき）はまったくなくて。

むしろ、さっきからずっと笑っている気がする。

「さっき旦那様もおっしゃっていたとおり、私も……」

「え？」

「お嬢様を存分に甘やかして、私なしじゃ、生きていけないようにしたいです」

「なっ!?」

「冗談（じょうだん）ですよ」

「っ!?」

だから、いちいち耳元で囁（ささや）かないで!!

うろたえる私を見おろし、不敵な笑みでクスッと笑う黒木さん。

やばい。

顔が熱い。

いくらイケメンだからって、初対面の相手だからってこんなに動揺（どうよう）するな私!!

「そうやって、俺に言われる言葉ひとつひとつに顔を赤くして。私を萌（も）え殺しにさせるおつもりですか？」

「え!?」

なんか、いろいろ聞き捨てならないワードが聞こえた気がするけど……。

しかも今、『俺』って言わなかった？

ずっと『私』って言っていたのに。

「い、意味がわかりません。とりあえず、あなたに甘えるつもりはないですし、あなたなしでも私は生きていけます」

そんなふうに私はならない。

てか、甘えるなんてかわいいこと、私は一生できない!!

それよりこの手、早く離して!!

キッ！と睨みつけるように見つめれば、黒木さんは一瞬(いっしゅん)目を細めたかと思うと、渋々(しぶしぶ)どいてベッドから下りる。

「まあ、いいです。私の攻め方次第でしょうし。逃がす気は毛頭(もうとう)ありませんから」

「……」

なんかぶつぶつ言ってるけど……。

全部聞き流すに限る。

ガバッと起き上がりダッシュでベッドから窓のほうへ逃げる私に、黒木さんはにっこり笑いかけてくる。

それはもう、音が出そうなくらいにっこりと。

恐ろしいほどの満面の笑み。

それなりに距離は離れているのに、恐怖を感じさせる佇(たたず)まい。

こんな危なそうな人に甘えるなんて、もはやこれはキャラ以前の問題。

ふうっと小さく息を吐いて、冷静さを持ち直す。

「さっきの私の質問に、まだ答えてくれていません。とにかく、私のことはお嬢様じゃなく苗字(みょうじ)で……」
「先ほども申し上げたとおり、そのご要望はお嬢様であろうとも、お応えできません。旦那様にそうお呼びするよう、申しつけられておりますので」
「で、ですが……っ！」
「では、改めまして」
「は？」
　話聞けっ!!
　強引に話を切られた気がしてイラッとした私は、一瞬の隙(すき)をつかれたことに気づかなかった。
　この人、いつの間に……っ!!
　気づけば、私が背にしていた窓に片手をつき、至近距離で微笑む黒木さん。
　つまり、壁ドンされている状態で……。
「お嬢様の専属執事を務めます、黒木十夜と申します。この身をお嬢様に捧(ささ)げる所存(しょぞん)ですので、どうか末永くよろしくお願いいたします」
「だから、お嬢様って呼ぶのは……っ」
　右頬(みぎほほ)をすべる白い手袋。
　ふわっとかき上げられた前髪(まえがみ)。
　そして、柔(やわ)らかくあたたかい感触(かんしょく)が額に訪れる。
「なっ、何を……っ」
「今日からあなたには、お嬢様になっていただきます。もしこれ以上ご不満があるようでしたら、もう一度……今度はおでこではなく、唇に口づけさせていただきますが」

　そっと耳元で囁かれた言葉と、笑いを噛み殺したような声。

　こんなの……。

「は？　はあぁぁぁ──!?」

　誰か、夢だと言ってください……。

　庶民の私、今日からお嬢様になります。

キスに弱いようですね

「お嬢様」
　スイッチが押され、徐々にカーテンが開いていく音。
「お嬢様」
　見上げるほど高い窓から差し込む、9月の日差し。
　そして、
「お嬢様。そろそろ起きられませんと、私に襲われることになりますが、よろしいでしょうか？」
「よろしくないっ!!」
　朝っぱらからクールな顔して爆弾発言を囁くこの男、私の専属執事、黒木さん。
　ハッと目を開ければ、ドアップの端正な顔。
「もう少しでしたのに。残念です」
　何が残念だって？
　ふっかふかのベッドにギシッと重みがかかった途端、自分でも驚くくらい俊敏に起き上がる。
「朝から何を言ってるんですかっ!!　てか、ベッドに入ってこないでくださいっ!!」
「何って……お嬢様がご想像されておられるとおりですが？　お嬢様は、寝起きもとびきりかわいいですね」
「何も想像なんかしてません!!　てか、早く出ていってくださ……って、これは？」
　添い寝するようにして布団に入ってきた黒木さんを押し

のけベッドから降りた私は、すぐそばのテーブルに置かれているものに釘づけになる。
ベージュのブレザーに、スカートはチェック柄のフレアタイプ。しかも、裾にはレースがあしらってある。
なんか、見るからにお嬢様って感じの制服……。
「こちらは今日からお嬢様が通う、星水学園の制服です」
胸に手を当て、恭しく礼をする黒木さん。
「……」
涼しげな顔して、よくもまあ、あんな発言ができるよね。
襲う、とか。かわいい、とか。
イケメンだから許されるものの……。
って、この人のことなんか気にする必要ないない。
執事だからって、甘えるつもりはさらさらないんだから。
「で？　星水学園って？」
「はい。日本中のお嬢様や御曹司が通う、言わばお金持ちが通う学校、と言うことです」
なるほど……。
おじいちゃんは大企業の社長。
ここに住むことが決まってから、なんとなく、高校も転校することになるだろうと思ってはいたけど……。
まさか、そんな凄いところに通おうとは……。
昨日までごくごく普通の暮らしをしていたのに、そんな世界にいるなんて、いまだに信じられない。
「では、お嬢様。時間もあまりないことですし、早く着替えをお願いします」

「わかりました」
「それと……お嬢様」
「はい？」
　出ていこうとする足を止め、またそばへと戻（もど）ってくる。
「ここ、寝癖（ねぐせ）がついていらっしゃいます」
「え？」
　どこだろ？
　伸ばされた手は、ふわふわっと前髪を撫でて、そのまま耳にかかる髪へとすべっていく。
　こうやって、人に頭を撫でられるのって久しぶり……。
　なんだか小さい頃（ころ）のこと思い出すなぁ……。
　しかも段々眠くなって……。
「こんな無防備な姿が見られるなんて、お嬢様を独占（どくせん）してるみたいでたまらないです」
「はい？」
　なんだって？
　何か言ってるのは聞こえるけど、その気持ちよさに眠気（ねむけ）がまた一気に襲ってくる。
「もう少しお嬢様を見ていたいところですが、これ以上そばにいると、理性がなくなりそうなので」
「は、はぁ……」
　理性が、なんだって？
　ああ、もうっ……。
　何も頭に入ってこない。
　朝は幾分（いくぶん）弱い私。

ああ、またまぶたが閉じ……。

「お嬢様。まだ眠いのでしたら、私が責任を持ってお手伝い……」

「結構ですっ!!」

その言葉にカッと目を見開いて黒木さんを追い出し、バンッ!!と扉を閉める。

いつの間にかスルッとカーディガンが肩から落とされ、レースのキャミソールが見えていた。

あ、危なかったぁぁぁ……。

「お嬢様、そろそろです」

「わ、わかりました」

い、いよいよね。

スピーカーを通して聞こえてきたその声に、気合いを入れる。

昨日、お屋敷に来るまでに乗ったあの長いリムジン。

どうやら、私が乗っている後部座席と黒木さんがいる運転席とは離れすぎていて声が聞こえないため、後ろにスピーカーがついているらしい。

それだったら、普通の車に乗ったらいいのに……。

なんて思っていたのも束(つか)の間、見えてきたその光景に開いた口が塞がらなくなってしまう。

「こ、これが学校っ!?」

「はい。今日からお嬢様が通われる星水学園です」

「……」

ここは、ホテルか何かですか？

お屋敷と同じく、もちろん敷地はどれくらいかなんて計り知れないんだけど、それよりも……。

「あれは？」

「噴水です」

「その向こうにあるのは？」

「薔薇園と、馬術場です」

「あの建物は？」

「屋内プールです。今流行りのウォータースライダーも楽しめますし、冬でも暖かい、温水プールもあります」

「……」

し、信じられない……。

高校に、そんなものがあってたまるか——!!

普通は、校舎とグラウンドと体育館と。

せいぜいプールでしょーが!!

やばい。頭がクラクラしてきた……。

お金持ちって、これが普通なの？

唖然として言葉も出ない私に、黒木さんは追い討ちをかけるように言った。

「お嬢様がご使用になることはないとは思いますが、ゲームセンターやボウリング場、ゴルフ場もありますので」

ええ、もちろん使いませんとも。

普通の学校生活を送りたい私は、学内にそんな施設があろうとも、絶対に行きません!!

「到着です、お嬢様」

その声の直後、シートベルトが自動で外れ、横の扉が開いたかと思うと、スっと片手を差し出される。

「お気をつけてお降りくださいませ」

掴まれ、ということ？

別に、そこまでしてくれなくても……なんて言えばまたいろいろ言われそうなので、黙っておく。

にしても……。

なんか外、騒がしくない？

女の子のキャーキャー叫ぶ声が、めちゃくちゃ聞こえるんですけど。

チラリと見る限り、他にもリムジンがまわりにたくさん停まってるのに、なぜか、ここだけ異様にうるさ……いや、騒がしい気が……。

なんて思いつつ手を取り、降りれば、

「な、何この女子の数っ……!?」

見渡す限り、女子、女子、女子。

みんなこっちを見てキャーキャー叫びまくっている。

「え？　ここ、女子校ですか？」

「いえ、共学です」

なら、男子はいったいどこに？

なんて思っていると、腰にグッと腕が回された。

「キャ――!!」

「く、黒木さまぁぁぁ――!!」

「今日も今日とて、なんてイケメンなお姿なの!!」

あ、そういうこと？

歩き出す私達に向かって、より一層騒がしくなるお嬢様たち。

しかも、まるで芸能人でも見るかのように、押せ押せ状態。

でも、どうしてお嬢様たちは一執事（いちしつじ）の黒木さんのことを知っているんだろう？

どう見ても年上で、高校生には見えないのに。

もしかして、この学校の卒業生だとか？　私の専属になる前は別のお嬢様の執事をしていたとか？

それにしても、ここまで騒がれるのは……って!?

「ちょっ、黒木さん!?　なんでこんなに距離が近いんですか!?」

腰に手、回ってるんですけど!?

「お嬢様が私のものだということを、この学校の男どもに知らしめるためです」

「わ、私のもの？」

まあ、たしかに黒木さんは私の執事ではあるけど……。

てか、男どもって……。

口、悪くなってません!?

「ふふっ、そういうことではないのですが……でも、そんな鈍感（どんかん）なところも好きなんですけれど」

「え？」

「本当にかわいいですね、お嬢様は」

回った腕に、ぎゅっと力がこもる。

さっきから数えきれないほどのお嬢様たちから騒がれて

いるのに、その間もずっと私を優しい目で見ている黒木さん。

ううっ……。

距離も近いし、なんだか妙にくすぐったいから、やめてほしい……。

「あの、執事だからって、ずっと私を見ていなくても……みんな黒木さんを見ていますし……」

「まったく興味ありません。というより、私にはお嬢様しか考えられませんので。それ以外なんて、私にはじゃがいもにしか見えておりません」

「じゃ、じゃがいも!?」

さ、さすがにそれは……。

思わず体がぶるっと震えた。

小さい声だったからいいものの、今の発言を誰かに聞かれていたら……。

恐ろしすぎて、ひとりじゃ夜道なんて歩けない。

「お嬢様は、こうやって私に見つめられるのはお嫌(きら)いですか？」

「ちょっ、黒木さんっ……!!　こ、ここ学校ですから!!」

近い近い近い!!

昨日から思っていたけど、この人の距離感、おかしいんじゃないの!?

さらには腰に回ってないほうの手で、私の片手を持ち上げ口元に持っていく。

「お嫌いですか？」

なんか黒木さんの目……据わってません？

「き、嫌いとかではなくて！　み、みんな見て……」

……!?

「なかなかお応えいただけなかったので、つい。お嬢様は、どうやらキスに弱いようですね」

「なっ……!?」

唇でふれられた部分を指で撫でつつ、いいことを知ったと言わんばかりに不敵に微笑む。

ああっ、もう……っ。私のバカ。

たかが執事ひとり(だがしかし、イケメン……)になんでこんなに振り回されてるの!!

「まあ、私のことをお嫌いであろうとも今のところはまったく構わないのですが」

「は、はぁ……」

「お嬢様には手取り足取り……いろいろ教える必要がありそうです」

手取り足取り？

「ど、どういう意味ですか」

「ふふっ、そのまんまの意味ですよ」

口元に人差し指を当てて、口角を上げるその仕草。

まわりからは相変わらず黄色い悲鳴が聞こえるけど、私には何がいいのかさっぱりわからない。

「い、意味がわかりません……」

「そのほうが、“燃える”ということです」

燃える？　何が？　黒木さんが？

ますますわからん……。

怪訝な顔で見上げれば、持ち上げていた私の手を離し、ポンポンと肩を叩く。

「さあさあお嬢様。このお話はこれでおしまいです。転校初日ですのに、遅れてしまっては元も子もありませんよ」

「……」

いやいや……。

誰のせいだと思ってるんですかっ!?

こんなところで足止めしたのは黒木さんでしょうが!!

叫びたい気持ちを我慢して睨み上げるも、にっこりと微笑むだけで何も言わない。

「さあ。お嬢様、参りましょう」

腰にある手、離してよ……。

なんて朝からどっと疲れ果てた私が言えるはずもなく、ひたすら下を向いて校舎への道を歩いた。

「では、先生。お嬢様のことを何卒よろしくお願いいたします」

「はい。村上様のことはお任せくださいませ」

「では、お嬢様。放課後にエントランスでお待ちしております」

「どうも……」

職員室で先生に挨拶したあと、いつもの一礼をし、去っていった黒木さん。

途端に肩からどっと力が抜ける。

はぁ……。朝からめちゃくちゃ疲れた……。

身のまわりの世話や困った時に力になってくれるのが執事のはずなのに、これじゃいないほうがマシなのでは……。

深くため息をついていると、先生が歩き出した。

「では村上様。教室のほうに参りましょうか」

「あっ、はい。よろしくお願いします」

先生が、生徒に“様”って……。

そんな学校、日本中探しても絶対ここしかないと思う。

それに、さっきエントランスって黒木さんは言っていたけど……。

普通の高校だったら、昇降口だよね？

でもこの学校は、次元が違いすぎる箇所(かしょ)ばかり。

階段代わりにエレベーターとエスカレーター。

校舎に入るには、大きな自動ドアを通り、学生証を機械にかざして、本人と認証されない限り入れない。

加えて、執事の顔認証。

それも生徒と同様、本人確認されないと入れない。

さすが資産家の子どもが来てるだけあって、警備は厳重。

万が一のことも考えて、部外者が入れないようになっているらしい。

学校に入るだけなのに、本人確認て……。

聞いたことないんですけど……。

それから教室につき、自己紹介(じこしょうかい)して席についた。

今はＨＲ(ホームルーム)も終わって、教室内はガヤガヤしてるけど……。

　なんともまあ、居心地の悪いことか。

「あの方が黒木様の……」

「羨ましい……」

「あの財閥のお嬢様ってことは、この学校じゃトップクラスで金持ちなんじゃ……」

　なんて、多方面からの視線と、ヒソヒソと噂する声がいくつも聞こえてくる。

　まあ、いろいろ気にされて見られるのは転校生の宿命だし、別に気にしてないんだけど……。

　それよりも、さっきから聞こえてくる会話がおかしすぎるから、読者のみんなにも聞いてほしい。

「今週の連休、自家用ジェットで沖縄行かない？」

　は？

　自家用ジェット？

「昨日のパーティーで、モデルのYuiと俳優の亜優くんと友達になったんだよねー」

　芸能人と友達？

「今度誕生日なんだけど、親にお願いして、プライベートビーチつきの別荘買ってもらっちゃった!!」

　誕プレに別荘？

「……」

　ね？　おかしいでしょ？

　金銭感覚が、狂ってる。

　なんなの、この会話……。

　自家用ジェット!?　プライベートビーチ!?　別荘っ!?

普通の高校生は、友達との会話でそんなワードは出てきません。

明るく染められた髪。

ブランド物のアクセサリーやバッグ。

鼻がもげそうなほど、きつい香水の香り。

「なんだか派手な人が多いなぁ……」

うん、そうそう。

お嬢様や御曹司が来る学校って話だったから、てっきり清楚(せいそ)で上品な人ばかりかと思っていたのに……。

って。

「えっ!?」

バッと声のしたほうへ振り返ると、爆笑(ばくしょう)しながらこっちを見る、中性的な顔立ちのかわいい男子生徒。

どうやら私の席の近くではないらしく、あたりを見回すと、人がいなくなった前の席に腰をおろす。

「声、ダダ漏れだったよ？」

続けて、「あー面白い」なんて言って、またお腹(なか)をかかえて爆笑し出す。

な、なんだこの人……。

初対面なのに、失礼な!!

めちゃくちゃかわいいからって、なんでも許されると思うなよ!!

てか、どんだけ笑ってるのよ!!

ムッとして睨めば、目の前の男子は笑いながらも目元をぬぐいながら自己紹介。

「ああ、ごめんごめん。俺の名前は八神紗姫。よろしくな」
「八神、くん……。私の名前は……」
「美都、だろ？」
　えっ!?
　初対面でまさかの呼び捨て!?
　驚き固まる私に、八神くんはニコニコ笑うだけ。
　さ、さすがお金持ち……。
　女の子の扱いにも慣れている模様。
　男子に呼び捨てされることなんて、元カレ以外はなかったから、なんだか変な感じ……。
　キーンコーンカーンコーン。
　と、ちょうどチャイムが鳴る。
　あっ、チャイムの音は普通なんだ。
　てっきり、優雅なクラシックでも流れてくるかと思った。
「じゃあ、美都。またあとで」
　ニッと口角を上げ、手を振って去っていく八神くん。
　なんか不思議な感じ……。
　同い年の男子と話すのは本当に久しぶりなのに、話しにくい印象はまったくなくて。
　むしろ、話しやすいかも……？
　そういや、男子と言えば、黒木さん。
　あの人って、何歳なんだろ？
　見たところ確実に私よりは年上みたいだし、高校生にも見えない。
　ん？　またあとで？

「美都!!　お昼って、お弁当？」
「八神、くん……」
　やっぱり来たか……。
　４限目のチャイムが鳴り、わっと騒がしくなる教室。
　案の定、八神くんは私の元へやってきた。
「ランチどうするー？」
「最上階のレストランとかどう？」
「え、あそこって五つ星だっけ？」
「らしいよー。三つ星のシェフがいたらしいけど、まずいってクレームが入って、五つ星の店からシェフが来たんだって。しかも、超イケメンらしいよ？」
「え、ほんとに!?　やった!!　行こ行こ!!」
　なんてお嬢様たちがキャッキャウフフと会話を繰り広げてる横で。
「美都ーお弁当さ、今日天気いいし外で食おうよ」
　そう言ってお弁当を出していた私の手を取る八神くん。
　お弁当って……。
　なんてお嬢様たちには変な目で見られたけど、こっちからして見ればあんたたちのほうがおかしいっつーの。
　何よ、三ツ星シェフがまずいからってクビって。
　だいたいね、そんなすごいご飯食べられることにまずは感謝すべきでしょうが!!
　そう思いつつも口には出さず、八神くんと教室を出た。
「うわぁ、気持ちいい場所……」
「だろ？　俺のお気に入りの場所」

ニヒヒと笑って、八神くんは腰をおろす。

オシャレなカフェの、テラス席にでもあるようなアンティークのイスとテーブル。

大きな木の下にあることと、近くに噴水があることも相まって、まだまだ暑いこの季節なのに、とっても快適。

同じテーブル席がまわりにいくつかあるけど、チラホラと散らばっていて、人の声もほとんど聞こえない。

「よし、じゃあ食うか!!」

「そうだね」

結局、一緒に食べることになってるし……。

まあ、いいか。

せっかく作ってもらったお弁当だし、ひとりで食べてもおいしくないだろうし。

文句を言いつつも、少しワクワクしてお弁当の蓋(ふた)を開ける。

お弁当って、何が入ってるかわかんない、こういう楽しみがあるからいいよね!

と、思っていたはいたんだけど……。

「……」

何これ。

高級な料亭(りょうてい)で出てくるようなバリエーションに、思わず頬が引きつる。

伊勢(いせ)エビに、色とりどりの炊(た)き込みご飯。

ビフテキや、ホタテなどの海鮮(かいせん)の炒(いた)め物。

これ、もはやお弁当の域を超(こ)えてるよね?

やけに重いし、大きいとは思っていたけど、ここまでとは……。

お金持ちの世界って、こんなところまで違うのね……。

『お嬢様のためにと、料理長が腕によりをかけて……』

うんたらかんたら黒木さんが言っていたけど、なんか見てるだけでお腹いっぱいになりそう……。

「八神くん。私こんなに食べれないし、よかったら少し食べて？」

「えっ、いいのか!?」

「もちろん。私だけじゃ食べきれないし、残すなんてこと、作ってくれた人に申し訳ないしね」

そう言うと、目を輝かせて八神くんはぶんぶん頷く。

「いただきます」と言ったと同時に、もりもりと口いっぱいに詰め込み、リスみたいになっている八神くん。

ふふっ、かわいいなぁ……。

「おいしい――っ!!」

何度もそう言ってはほっぺに手を当てて、幸せといわんばかりに笑う。

それはもう、見てるこっちが幸せな気持ちになるくらいの笑顔。

なんだろう。

なんか八神くんって……。

「あんまり男子っぽくないね」

途端に八神くんは箸(はし)を止めて、きょとんとする。

「話しやすいし、名前も紗姫って女の子っぽいし……」

「……」

あれ？

「あっ、ごっ、ごめん!!　男子なのにそんなこと言われても、いやなだけだよね！」

黙ってしまった八神くんに慌てて手を振って弁解すると、返ってきたのは驚きの言葉だった。

「俺、女だけど」

「へ？」

「だから、正真正銘、俺は女。美都の言うとおり、紗姫って名前も女で間違ってねーよ」

「えっ……ええっ!?」

女の子ぉぉぉぉ——!?

どっからどう見ても男の子なんですけど——っ!?

サラサラのダークブラウンの髪は短髪だし、身長も170は優に超えてる。

制服も、男子とまったく同じのズボンだし。

強いて言うなら、たしかに顔立ちは女の子っぽいくらい。

っていうか、改めて見るとめちゃくちゃかわいいんですけど、この子!?

肌は白いし、目は大きいし。

中性的な、かわいい系男子ってとこかな？

「俺、小さい頃から男っぽい性格でさ。スカートも長い髪も大嫌いだったし。なんなら、今から手術してでも男になりたいくらい」

「そ、そうなんだ……」

　まあ、男子っぽい性格の女子っているよね。
　いわゆる、姉御肌タイプの子。
　前の学校でも、自分のこと俺って言ってる女子いたっけ。
　さすがに制服までは男子用じゃなかったけど。
「うち、茶道と華道の家柄でさ、昔から女の子らしい振る舞いとか厳しくて。ずっと世間体がどうとか散々言われてきたけど、最近はもはや諦められてるね。だから俺、早く自分の家を出て自立したいと思ってる」
「そうだったんだ……」
「あ、恋愛する気はこの先一生ないから安心して。美都とは普通に友達として、仲良くなりたいだけだから」
「わ、わかった」
　てっきり女の子が恋愛対象になるかと思ったけど、どうやらまったく興味がないみたい。
「だから美都も俺のこと、紗姫って呼んでくれていいよ」
「わかった。じゃあ、改めて……紗姫、よろしくね」
「おう！　よろしくな！」
　ぎゅうっと手を握って、ニッと笑う紗姫。
　話しやすいと思ったのは、嘘じゃなかった。
　改めてこうやって話してると落ちつくし、なんだか頼れるお姉ちゃんができたみたい。
　ふふっ、うれしいなぁ……。
　クラスのみんなはお金持ちオーラがぷんぷんで息苦しかったのに、紗姫はまったくそんなことない。
　にしても……。

笑った顔、めちゃくちゃかわいい。

それはもう、かわいいよ、うん。

女子相手なのにキュンとしちゃったよ、私。

ほんと、クールで全力で笑わない黒木さんとは正反対。

満面の笑みの時もあるけど、だいたいそれって悪いこと考えてる時だし。

まあ、そもそも男性の黒木さんと、かわいい紗姫を比べても仕方ないんだけど。

「おーい、美都ー。帰っておいでー」

「ご、ごめんっ!!　で、何?」

いかんいかん。

ぼーっとしちゃってた。

「美都ってさー、あの皇(すめらぎ)財閥のお嬢様なんだね」

「皇財閥?」

頬杖(ほおづえ)をついてこちらを見る紗姫に、私は目をぱちぱちする。

おや?

急に聞いたことない名前が出てきたぞ?

「美都、村上って名乗ってたし、もしかしてと思ってたけど……まさか、祖父の苗字知らなかったりする?」

おじいちゃんの、苗字……。

そういや、

「知らない、かも……」

聞いてなかったし。

そう言うと、紗姫はびっくりして箸を落としてしまった。

「え、マジで？」
「うん」
「じゃあ、皇がこの学校に通う生徒の親の中でも、トップクラスのお金持ちってことも知らない？」
「ええっ!?　そうなの!?」
「……」
　だから朝、教室でトップクラスがどうのって噂されていたんだ……。
　おじいちゃん、そんなにすごい人だったのか……。
「オーマイガー」
　口をポカンと開けて驚く紗姫に、私は意を決して昨日までの話をすることにした。
　両親が亡くなって、大好きな人にも裏切られ、自殺しようとしているところに、黒木さんが来たこと。
　昨日初めておじいちゃんの存在を知って、お嬢様になったことを全部話した。
「なんか、ごめん……。つらいこと、思い出させるようなこと言って」
「ううん、大丈夫……。って、紗姫？　泣いてるのっ!?」
　俯いて話してたから気づかなかったけど、紗姫は目が充血（じゅうけつ）するほど泣いていた。
　静かだとは思っていたけど、まさか、泣いていたなんて。
「だって……自分を追い込んでしまうほど苦しい思いを、こんなに優しい美都がしてきたと思うと我慢、できなくて」
「紗姫……」

　さっきまで大笑いしていたのが嘘かのように、ぽたぽたと涙を流し続ける紗姫。
　その姿に、胸がぎゅうっと締めつけられた。
「……俺さ、さっきめちゃくちゃ軽い感じで自分のこと話したじゃん？」
「うん……」
「けど、本当はつらいことばっかりだったんだよね。というより、苦しいことしかなかった」
「うん……」
　テーブルに置かれた、震えるその手を包み込むように握れば、じんわりとそのあたたかさが胸に染みる。
「女なのにって。男の制服を着て気持ち悪いとか、まあ散々。いじめに遭(あ)ったこともある。友達だっていなかったわけじゃないけど、親友って呼べる子なんてひとりもいなくて、結局は……ずっとひとりぼっちだった」
　私と、同じ……。
「だからさ、うれしかった。俺の話をとくに気味悪がることなく聞いてくれた美都が。初めてだったから。そんな優しい子に会えたのって」
　そう言って、涙ぐみながらも、私の両手をぎゅっと握り返してくれた紗姫。
「なんとなく……なんとなく、なんだけど。美都、甘えるのとか苦手だろ？」
「え……？」
「わかるよ、俺も。そういうの、キャラじゃないし、こんな見た目だし。俺が話しかけるまでずっと無言だったし、どこか諦めたような表情だったから」
「……」
　気づいて、たんだ……。
　私とは価値観が違いすぎるし、話も合わなさそうな子ばっかり。
　だったら別にひとりでもいいし、友達なんて作らなくてもいいと思っていた。
「だから、声をかけた。この子は自分と似てるかもって」
「紗姫……」
　じわりと視界が歪んで、私の頬を熱い雫が落ちていく。
「美都には俺がいる。俺がいるから。今まで我慢したぶん、俺にはどんどん甘えて頼ってくれていいから。つらかったり、苦しかったり。それだけじゃなくて、うれしい時も楽しい時も。俺は美都のそばにいるから」
「さ、き……っ」
「ひとりの友達として、俺は美都の助けになりたい。だから美都も……こんな俺の、友達になってくれる？」
「っ、もちろんだよ……っ」
　うれしさと切なさが喉の奥から一気に込み上げてくるようで、我慢できなくて。
　思わずガバッと抱きつけば、紗姫も泣きながらも、笑って抱きしめ返してくれた。
「紗姫、目真っ赤じゃん」
「それは美都も一緒だろ？」

体を離せば、ふたりとも目を真っ赤に腫らしていて。
顔を見合わせて、お互い堪(こら)えきれずに噴き出した。
あたたかくて、優しい紗姫の心。
それはどこか胸にじんわりと広がっていくようで。
お母さん、お父さん。
私やっと、心から大切にしたいと思える友達ができたよ。
生きる希望がまたひとつ、増えたよ。

それからひとしきり笑って、なんとか落ちついた私たちは、またお弁当を食べ始めた。
「でもまさか、あの有名な“黒木様”が専属執事になるなんてなぁ……」
「黒木さん？」
「そ。朝のあれでわかったと思うけど、この学校のお嬢様たちには大大大人気だよ」
「あれ、紗姫も見てたんだ……」
最悪……。
恥(は)ずかしいを通り越(こ)して、もはや絶望。
そりゃあ、そうだよね……。
あんなにお嬢様がたむろっていたんだもん。
ズーンと落ち込む私に、紗姫は頬をかきながら苦笑い。
「あー、まあな……皇財閥のお嬢様が転校してくるってのでも結構ざわざわしてたけど、それよりもあの有名な黒木様が、ひとりのお嬢様につくってことのほうが、何倍も話題になってたなー」

「え？　黒木さんって、元々皇家の執事だったんじゃないの？」

おじいちゃんとも普通に話していたし、お屋敷の中だって普通に案内してくれていたし。

てっきりそうなのかと思っていたけど……。

首をかしげる私に、紗姫は口をモグモグさせながら教えてくれた。

「この星水学園って、幼稚園（ようちえん）から大学まであるんだよ。朝来る時、校舎の隣に一際大きい建物あっただろ？　それが大学。で、黒木はそこの３年らしいよ」

「えっ、あの人って大学生だったんだ……」

大人っぽいし、余裕（よゆう）のある感じがむんむんしていたから、普通に25歳くらいかと思っていた。

大学３年てことは、20か21……。

「とくに大学は日本中でも知らない人はいないほどの難関校だし、そこを出た人は将来は約束されたといっても過言ではないらしい」

「へ、へぇ……」

「それに、大学のほうは家柄とか関係ないし。そりゃあ、同じ系列だから金持ちな家の人は多いけど、大学から実力で入った生徒もいるって。黒木もそうだって聞いた」

あの容姿に、天才的な頭脳まで……。

天は二物を与えずって言葉があるけど、本当にいるんだ完璧（かんぺき）な人って。

加えてあの性格でしょ？

弱点なんて、ないんじゃないの？

「で、隣が金持ちの通う高校ってことで、黒木みたいに、財閥の家の御曹司やお嬢様につく執事をバイトにしてる人が多いんだよ。黒木の場合は、ものすごいイケメンが大学にいるって、お嬢様たちの間で戦争が起きたらしいよ」

「は？　戦争？」

「そ。あの容姿と頭のよさ。そりゃあ、どのお嬢様も執事としてほしいし、自分のものにしたいわけで。だから、今まで数え切れないくらいのお嬢様たちが、こぞって黒木をスカウトした」

「芸能人かよっ!!」

「それな」

執事がどうしてあんなに騒がれてるのかと気にはなっていたけど、そういう理由だったたって訳ね。

学校中で話題にされて、数え切れないほどのスカウト。

ここまで来ると、さすがに黒木さんが不憫（ふびん）に思えてきたわ……。

「けど黒木って、めちゃくちゃクールだろ？」

「え!?　ま、まあ……」

そう、なのかな？

クール……っちゃ、クールなんだけど、私が見る限りではいつもあの飄々（ひょうひょう）とした表情の裏に何かが潜（ひそ）んでるようでこわいんだけど……。

時にめちゃくちゃ笑顔だしね。

まあ、全力までとはいかないけど、普通に笑ってるイメージはあるけどなぁ。
「お嬢様や同じ大学の女子から告白されても、無理としか言わないらしいし、話しかけられても、基本は無視かよくて一言だって」
「え!?」
何それっ!?
信じられないっ!!
だって私といる時なんて、だいたいひとりでわけわかんないことしゃべってるよね、あの人。
表情は全然変わんないけど、無言の時なんかないし、普通に笑ってるもん。
首をかしげていると、紗姫も不思議そうな顔をしていた。
「だからさ、クールで他の女に対してはめちゃめちゃ無愛想なあの黒木様がまさかひとりのお嬢様の執事になるって知って驚いたってわけ」
「な、なるほど……」
今まで誰の執事にもならなかったのに、急に私……っていうか、皇家の執事になったってことだよね。
ふむ。
皇家の中に好きな女の人とか、気になる人でもいるのかな。
見る限り、きれいなメイドさんとかいっぱいいたし。
ま、別に黒木さんに想い人がいようがそうでなかろうが、私には関係のないこと。
私は黒木さんを執事とするお嬢様で。

　黒木さんは私の専属の執事。
　執事とお嬢様。
　たったそれだけの関係だもん。
　それ以上でも以下でもない。
「おーい。紗姫戻っておいで——」
　まだうんうん唸(うな)って考え込んでいる紗姫。
　黒木さんのこと、そんなに気になるのかな？
　私が声をかければ、その顔のままこっちを向いた。
「紗姫って、面白いね」
　あまりに間の抜けた顔に思わず噴き出せば、紗姫もブブッと噴き出した。
「それはこっちの台詞(せりふ)だよ!!」
「はいはい。もう昼休み終わるし、ささっとご飯食べちゃおうねー」
「って、美都ってば絶対面白がってるだろ!!」
「アハハっ!!」
　それから昼休みの終わりのチャイムが鳴るギリギリまで、この学校のことや紗姫の武勇伝で盛り上がっていた。

　無事に授業もすべて終わり、放課後。
「美都ー、帰ろうぜー」
「はーい！　今準備するねー」
　私と紗姫が話している横で、
「今日どこ遊びに行くー？」
「リムジン待たせてあるから、一緒に駅前のホテル行こうよ！　で、スイーツビュッフェ行かない？　貸し切りにするし！」

なんて、会話が教室中で飛び交ってる。

ビュッフェはまだわからないこともないけど、貸し切りって……。

そんなすぐに言ってできるものなんだろうか……。

ホテル側の事情もあるだろうに。

でもそれをサラッとやってのけるのが、お金持ちってもんだよねぇ。

「さすが、金づかいが荒(あら)いお嬢様は違うね」

「美都もそのひとりだけどな」

さすが紗姫。

まさにそのとおり。鋭いツッコミね。

って!!

「私はあんな会話しません──っ!!」

「あ、バレた？」

「当たり前でしょ!!　一緒にしないでよ、もうっ……！」

ジト目で見れば、てへぺろ顔の紗姫。

「やっぱり美都は弄(いじ)りがいがあるなー」

「……」

何を言ってんのよ……。

私は普通がいいのよ、普通が。

ムッとして、いまだ笑い続ける紗姫を置いて教室を出ようとすれば、ふっと頭上にできた影(かげ)。

「何……」

不思議に思って顔を上げた途端。

まわりいったいを囲まれていたことに驚き、絶句する。

「皇財閥のお嬢様って、キミだよね!?」

「おお!!　この子があの、黒木様の!!」

「へぇ、間近で見るとますますかわいい!!」

な、なんだこれは……。

呆然とする私の目の前には、朝とは反対に見渡す限りの男子、男子、男子。

「よかったら、サッカー部のマネージャーしてくれない？」

「いや、ここはバスケ部が!!」

「はぁ？　何言ってんだよ、ここは演劇部のうちが!!」

たぶん御曹司ばかりなんだろうけど、そんな人たちが押し合いへし合いを繰り返している。

「え、えっと……」

ど、どうすればいいの、これは……。

困惑していると、肩をポンと叩かれて後ろを見ればドンマイという顔で見る紗姫。

いつの間に来たんだか。

「部活の勧誘？」

「だな。皇財閥のお嬢様って名前だけでもみんな欲しいだろうし、何より美都と付き合えば、将来は勝ち組だし」

「つまりは皇の名が欲しいってこと？」

「ま、簡単に言えばそういうこと」

マジですか……。

名の知れた財閥ってだけで、そんな先のことまで。

やっぱりお金持ちの世界って、恐ろしい……。
「てか、部活なんてあったんだね？」
「まあな。チッ、邪魔(じゃま)だな」
いまだギャーギャー騒ぎ立てる彼らを押しのけ、私の肩を抱いて歩き出す紗姫。
い、イケメンすぎるっ……!!
「とくに運動部はいい成績残してるよ」
「そうなんだ」
こんな学校だし、普通の学校みたいに部活なんてないと思っていたけど……。
馬術場やゴルフ場もあるし、設備面がしっかりしてるから、練習に励(はげ)めるってことなのかな？
「もし美都が入りたいっていうなら見学行く？　運動部から文化部まで多種多様だし」
「うーん……強制、ではないんだよね？」
「ああ。現に俺も入ってないし……って、どけよ。邪魔」
つ、強い……。
私の肩に手を置いてこようとするのをバシッと払(はら)いのけている。
いくら女の子とはいえ、顔が整ってるぶん、低音＆睨みつけるその姿は迫力満点。
い、イケメンだっ……!!
ここに転校してくる前、つまりお母さんたちが亡くなる前はずっと家のお花屋さんを手伝っていたから、部活に入ったことがない私。

　せっかくの高校生活だし、いくらお金持ちの学校とはいえ、普通に楽しみたいしね。
「もし興味があるなら俺に言ってよ。案内するし」
「いいの!?」
　うーんと悩む横で、どっか行け、離れろと部活勧誘に暴言を吐く紗姫。
「もちろん。でも……」
「でも？」
「いや、なんでもねーよ」
「ん？」
　慌ててその先の言葉をのみ込んでしまった。
　なんだろ？
「どうかした？」
「んーん、なんでもねーから気にすんな」
「そう？」
　ならいいんだけど……。
　そう首をかしげていたのも束の間、気づけばエスカレーターを降り、エントランスについていた。
「おっ、もう美都のお迎え来てんじゃん。さすがは黒木様」
「えっ、嘘!?」
　もう来てるの!?
　優秀な執事だ、なんて冷やかす紗姫の横で慌ててローファーに履き替えて自動ドアを抜ければ、キャーキャーと騒ぐお嬢様たちの軍団が。
「うわぁ、すげーな」

驚くのも無理はない。

その人の多さは、朝にも増して何倍もある。

だって、朝のように駐車場(ちゅうしゃじょう)じゃなくて、エントランスの目の前にリムジンがあるんだもん。

どうしてここに停めてるの。

これじゃ、また目立っちゃうじゃない!!

何よりも、リムジンに背を預けて立っている黒木さんが、話しかけられてもすべてスルーってのがまた。

これが、紗姫の言っていた外での姿ってやつね……。

ほんと、勘弁(かんべん)して。

このまま走って帰ろうかなんて考えた時、黒木さんとバチッと目が合う。

うわ、最悪。

途端に早足でこっちへ向かってくる。

「え、な、何……っ」

なんかとてつもなく黒いオーラを感じるんですけど!?

「なんか黒木、怒ってね？」

「うん、いったいどうし……っきゃあっ!?」

耳元で紗姫が呟(つぶや)いた瞬間(しゅんかん)。

「くっ、黒木さん!?」

「きゃ——!!」

「黒木様あぁぁぁ——!!」

「私もしてぇぇぇー!!」

またもやされたお姫様抱っこ。

「はっはーん、なるほどな」

他人事みたいにニヤニヤ笑う紗姫は、見ているだけで助けてくれない。

さきぃぃぃぃ――っ!!

「おかえりなさいませお嬢様。さ、行きますよ」

「はい!?」

なんかめちゃくちゃ早口だったんですけど!?

いまだ状況を掴めず目を白黒させる私をリムジンに乗せ、そのまま無言で発進した。

それからお屋敷についた途端。

車から降りたと思いきや、またもや抱き上げられた。

「なっ、お、おろしてください……っ!!」

いくら抵抗しても、背中と膝の裏に回った腕に力がこもるだけ。

やばいっ……。

向こうから人が……。

「あ、お嬢……」

おかえりなさいませと言おうとしたメイドさんたちの笑顔がピシッと固まり、ギョッとした目を向けられる。

で、ですよね――!!

こんな状態を見られるなんて!!

ぶわっと顔が赤くなる。

「もう、黒木さん!?　いい加減に……っ!!」

我慢ならないと睨みつければ、身震(みぶる)いするほど最上級の笑顔がそこにはあった。

「これ以上騒ぐようなら、メイドたちが行き交うこの廊下で深いキスをいたしますが」
「っ!?」
　はっ!?
　そんなこと言われたら……。
「……」
「ふっ、素直でよろしいですね」
　黒木さんは、目を細めてクスリと微笑む。
　黙るしかないでしょうが!!
　無表情どころか、むしろ楽しんで見えるその顔は。
　どこがクールで笑わない人なの!?
　人が困ってるのを楽しんで見てる、ただの悪趣味野郎（あくしゅみやろう）じゃない!!
　無表情でクールで、ほとんど話さない黒木さんと。
　こんなふうに、いじわるに微笑む黒木さん。
　どっちが本当の黒木さんなの……？

　そんなことをグルグル考えているうちに、気づけば私の部屋に到着。
　私を軽々とかかえたまま、片手でドアを開けた。
　ゆっくりおろされた場所は、室内にあるアンティーク調のイス。
「お嬢様」
「は、はいっ……！」
　学校から今までの会話は先ほどの一言のみ。

　話しかけられたことに驚いて思わず声が裏返ってしまう。

「お嬢様らしくもありませんね。私のそばにおられる時はいつも強気でいらっしゃいますのに」

「それは……っ」

　黒木さんの雰囲気がいつもと違う、から……。

　夕日が差し込む部屋の中が、徐々に暗くなり始めている。

　その中で黒木さんの瞳が妖(あや)しく光って。

　クールな佇まいは、まるで夜を連想させるほど、妖艶(ようえん)。

　座る私の前にいつもどおり立っているだけなのに、ゾクッとするくらいの色気が感じられる。

「お嬢様」

　私の前に跪(ひざまず)いたと同時に、一段と低くなったその声と。

「黒木、さん……？」

　太ももの上にあった両手を包むように握られる。

「転校初日の学校はどうでしたか？」

　え。

　これだけ溜(た)めといての質問が……まず、それ？

　怒っているように見えたからちょっと拍子抜(ひょうしぬ)け。

　それに、なんなんだろう。

　この手は……。

「は、はい。楽しかったですよ？　不安もありましたけど、初めて心から信頼(しんらい)できると思える友達ができましたから」

　どういう意図かはわからないけど、怒ってないようでよかった。

ほっとして目を見て言えば、一瞬眉毛がピクッとしたけれど、黒木さんの表情は変わらず落ちついた様子で微笑んだまま。

「へぇ……信頼できる、友達」

「はい。私がここに来ることになった経緯を話した時、つらかったねって一緒に泣いてくれて。何よりも、自分の生きる理由がまたひとつ増えました」

「帰り際、お嬢様の隣におられた方？」

「そうです。見た目はすごいかわいい系って感じですけど、頼りになってかっこよくて。さっきだって、部活勧誘でたくさんの男子に囲まれた時に、助け……」

「お嬢様」

気づいたら。

「っ、く、くろ……」

グイッと繋がれたその手を引っ張られて。

「お嬢様は、私の独占欲が人よりも何倍も強いということをご存じですか？」

視界いっぱいに、整った顔が映り込んでいた。

「黒木、さん……？」

「はい。どうされました？」

逃がさないというように、腰に回った手。

鼻がくっつきそうなほど、近い距離。

「今、何しようとしてます？」

「何って、お嬢様の大好きなキスを……」

「す、好きじゃありませんっ!!」

　慌てて繋がれたその手を振り払い、口元をバッ!!と隠す。
「残念」
「残念っ!?　てか、ど、どうしてキスなんて……っ!!」
　ドッドッドと高ぶる心臓。
　またもや出てきた甘いワードに、何もされたわけじゃないのに顔が熱くなる。
　どうやら私は、本気でキスという言葉に弱いらしい。
「お嬢様があまりにもあの男子生徒のことを、楽しそうに話すものですから」
「だ、男子生徒？」
　集まる熱を冷まそうと、パタパタと手で風を送る目の前で、不機嫌そうに……。
　今にも舌打ちしそうなほど、こわい顔をしている執事がひとり。
「はい。私が話しかける前、その方に耳打ちされていたではありませんか」
　男子生徒？
　耳打ち？
「……もしかして、紗姫のことですか？」
「おや。私のことは苗字、加えて丁寧語ですのに、他の男には名前で呼び捨て。しかもタメ口とは……」
「ちょっ、ちょっと待ってくださいっ!!」
　ブツブツと言いながら立ち上がった執事の前で、私は頭をかかえた。
「あの子……というか、私が一緒にいた子は、女の子です」

「え？　女の、子？」
　えっ!?
　なんなのこのキョトンとした顔は!?
　いつも飄々としているくせに、こんな表情。
　ほんのちょっとだけ、かわいいと思った自分を殴(なぐ)りたい。
「そ、そうです。たしかに男子の制服着てましたが、れっきとした女の子です。元々長い髪やスカートが嫌いらしくて。本人的には今すぐにでも男になりたいそうですが……紗姫は、れっきとした女の子です」
「そ、そうでしたか……」
　心の内の動揺がバレないようにと必死に説明すれば、途端にガクッとうなだれる黒木さん。
　えっ!!
　そ、そんなに落ち込むことかな？
　紗姫を男の子と見間違えたことなんて。
　たしかになんでもスマートにこなしそうな黒木さんだし、プライドとか高いのかも。
「大丈夫ですよ。黒木さん」
「はい？」
「間違いなんて、誰にでもあります」
「……」
「女の子を男の子と間違えたくらい、どうってことな……」
「お嬢様」
「はい？　なんでしょう？」
「ここに……私の目の前に、立っていただけますか」

「?　はい」

なんだろう……。

今度こそ、禍々(まがまが)しい……というか、笑ってるはずなのに、目が笑ってないんですけど……。

ん?

というか、なんで私たち、こんな至近距離で向かい合わせで立ってるの?

頭にハテナを浮かべる私に、にっこり笑って黒木さんは耳元で囁いた。

「お嬢様、危機管理のお時間です」

かわいすぎです

「き、危機管理？」
「はい」
　その瞬間。
「っ、黒木さんっ!?」
「はい。どうされましたか？」
「どうしたもこうしたもないですよ！　どうして私を抱きしめているんですかっ!?」
「理由は先ほど述べたとおりです」
「理由って……全然理由なんかじゃないですっ!!」
　理由の意味、１回辞書で調べてよ!!
　日本トップレベルの大学に通っているなら、知ってて当然だよね!?
「く、黒木さんっ……そんなにぎゅーってしないでくださいっ……！　く、苦しい……」
「っ、かわいい……かわいすぎです、お嬢様」
「な、なに言って……!?」
　後頭部と腰に優しく回された手。
　首に擦(す)り寄るかのように、肩に載(の)せられた頭。
「っ……」
　こんなの、ドキドキしすぎて心臓が壊(こわ)れちゃう……。
「はぁ……好きすぎて無理……大好きですよ、お嬢様」
「わ、わかりましたから、離れて……っ！」

　もう、耳元で囁かないでぇぇぇぇ――!!
　なんか好きすぎとか大好きとか聞こえるけど、それどころじゃないっ――!!
「お嬢様の命令です。仕方ありませんね」
　黒木さんは残念そうに言うと、私からそっと離れる。
　そして、表情と雰囲気をいつものクールに戻し、私をじっと見つめながら、ゆっくりと口を開いた。
「では、先ほどの話に戻りますが」
「はい……」
「お嬢様は男という生き物を何もわかっておられません」
「男という、生き物？」
「はい。皇財閥のご令嬢という身分がバレてしまった以上、これから先、どんなゴミどもがお嬢様に近づいてくるかわかりません」
　ゴミどもって……。
　たまにサラッと毒を吐く黒木さんに苦笑しつつ、ずっと思っていたそれ。
「あっ!!　その皇財閥の話……」
「おそらく、私がお話しせずともお嬢様の耳に入ることになるだろうと思っておりましたので、敢えてお伝えしませんでした」
「そうだったんですか……」
　たしかに。
　私が紗姫から聞かなかったとしても、あれだけ話題になってればなぁ……。

「つい昨日、財閥のご令嬢であることを知り、急に転校となりましたのに、これ以上一度に負担をかけるのはよくないのでは、と私が判断しました」
　申し訳ありません。
そう言うと、胸に手を当てて恭しく礼をする。
「いっ、いえ!!　そんなふうに思っていただけただけで十分です。ありがとうございます」
　シュンとしているように見えて慌ててそう言えば、表情が少しやわらぐ。
「お嬢様は、本当にお優しいですね。かわいいのはもちろん、こんなに気づかっていただけるなんて、私はこれ以上にない幸せ者です」
「ど、どうも……」
　調子が狂う……。
　目を細めてあまりにもうれしそうにするから、ふいっと顔をそむける。
　目尻が下がって優しさが滲(にじ)み出るその瞳に、胸がトクンと音を立てた。
「ですが、時にそのお嬢様の優しさは、男がつけ入る隙となります」
「す、隙ですか？」
「そうです。例えば……」
「またこの体勢ですかっ!?」
　両腕(りょううで)を取られ、グイッと顔を近づけられる。
　慌てる私に黒木さんは、

「っ!!」
　さっきまでの柔らかい雰囲気から一変。
　じっと射抜くような瞳はどこか恐ろしさを纏っている。
「村上さん」
「え？」
　唐突な呼び方に固まると、優しく掴まれた手を離された。
「このように、お嬢様は男が大好物な無防備であることが多いのです。もしかしたらこうやって両手を取られ、キスされそうになることもあるかもしれません」
「……」
　絶対にない、とは言えない自分がつらい……。
　現に今日だって、部活勧誘で普通に肩とか触られそうになったし……。
「私もなるべくお嬢様のそばにおりますし、かわいいお嬢様にふれるなど、私が生きて帰さないのですが、万が一ということもあります。そのためにぜひ、危機管理というものをしっかりしておいてほしいのです」
「わ、わかりました……」
　い、生きて帰さない？
　今すごい物騒な言葉が聞こえたような……。
　黒木さんだって、ひとりの人間で大学生。
　つねに執事としてそばにいられるわけじゃないもんね。
　コクンと頷くと、黒木さんも頷いた。
「では。私がクズ役、お嬢様はそれを受ける相手ということで、実践してみましょう」

　ク、クズ役……。
　苦笑する私に黒木さんは、あと……とつけ足す。
「なんでしょう？」
「今から私は執事としての黒木ではなく、クズ男のひとりです。丁寧語も一度外しますので、失礼します」
「わ、わかりました」
　てことは、さっきみたいに呼び方も変えるってこと？
　すごい本格的……。
　さすがにここまでしなくても……なんて思うけど、全部私のためを思ってのことだよね……。
　むしろ、感謝しないといけない。
「では、失礼して……村上さん」
「な、なんでしょうか？」
「俺と、付き合ってくれない？」
　つねに丁寧語の黒木さんから丁寧語を取ると、本当に違う人と話してるみたい。
　この流れは、告白されてってことだよね？
　だったら……。
「ご、ごめんなさい……」
「なんで？　好きな人とかいんの？」
「そ、そうなんです。好きな人がいるから、ごめんなさい。無理です」
　目を見てハッキリそう言えば、目を逸らし、ふーんと頷く黒木さん……いや、クズ男。
「けど、彼氏はいないんでしょ？　だったらさ、俺と試しに付き合ってよ」
「えっ……」
「もしかしたら、俺のこと好きになるかもしんないし」
　えええええ──っ!?
　黒木さん、じゃなくてクズ男、めっちゃ押してくるんだけどっ!?
　なるほど。これが、押して押して押しまくるタイプ、つまりはクズってことか……。
「む、無理なんで……っ!!」
「無理なことないって。俺だったら、村上さんのこと好きにならせる自信あるし」
　も──っ!!　しつこいっ!!
「とにかく無理なんで!!」
　強く言い放ち、離れようとすれば、ガッと腕を掴まれた。
「な、何を……っ」
「待ってよ。まだ話、終わってないじゃん」
　そう言って顔を近づけてくる。
　これはさっきと同じ流れ!?　ど、どうする!?
　いくら相手がイケメンでも、こんな性格だったら絶対に無理!!
　えっと、えっと……。こんな時の対策は……。
「くさい!!　近寄らないで!!」
　そう言うと、近づく体がピタッと止まる。
「ほんとくさいので、どっか行ってください」
　自分でもどうかと思うけど、これしかない!!

するといた手が離れて、黒木さんは口に手を当てて俯いた。

「あ、あの、どうでした……？」

おそるおそる俯く黒木さんを見れば、なんだか肩がプルプル震えている。

ま、まさかこれって……。

「ちょっと黒木さん!?」

「ふふっ……あははっ!!」

えええええ——!!

黒木さんが、あの無表情でクールで飄々として淡々(たんたん)としているあの黒木さんが、声を上げて笑ってる!?

「も、申し訳ありません、お嬢様。まさか、そう言ってくるとは思わず、ついっ……！」

そして、また声に出して笑ってる。

ドキッ——。

心から笑ってると思える表情。

涙目(なみだめ)でいつものクールな佇まいが剥(は)がれて、普通のどこにでもいる男の人のように笑ってる。

ふ、不意打ちすぎる!!

「はー、久しぶりにこんなに笑いました」

目をぬぐって、お腹を押さえる黒木さん。

「そんなに面白かったですか？」

私的にはいくら役といえ、結構思い切ったこと言ったつもりだったんだけど……。

「はい。それはもう、最高でした。くさいは、男が言われていちばん傷つく言葉だと言われています。まさかそれが出てくるとは思わなかったので、驚きました」
　そ、そうだったんだ……。
　結果的には、よかった……のかな？
「お嬢様なら、たとえどんな男がやってきても突っぱねそうですね」
「黒木さん、楽しんでません？」
　さっきのクズ役だって、本当は結構楽しんでたんじゃ？
　ジト目で見れば、黒木さんはクスクス笑う。
　ほんと、私が見る限りじゃ、こんなに表情豊かなのに。エントランスでの姿とじゃ、どう頑張っても同一人物だと思えない。
「そんなことは断じてありません。すべて、大切な俺のお嬢様のためですから」
　俺、の……。
「ですが、お嬢様にはつねに私がいるということをお忘れなく。どんなことがあろうとも、命をかけてお守りしますから」
「黒木さん……」
　いつになく真剣な目でそう言われてしまえば、こっちもはいとしか言えなくなる。
「それと、先ほどのあれは……」
「あれ？」
「好きな人がいるとおっしゃったことです」
「ああ、はい。それがどうかしました？」

首をかしげれば、黒木さんは気になる……と訴えるようにじっと見つめてくる。
「……実際に、そういう方はお嬢様にはいるのですか？」
「私に？　いえ、いませんけど……」
元カレのことがあってから、そういうことに対して臆病(おくびょう)になってる自分がいる。
てか、なんで今その話？
さっきの話題は、もう終わったんじゃ？
「そうなんですか。死ぬほどうれしいです」
「は、はあ……」
めっちゃにっこり笑ってるけど、それの何がうれしいんだろう？
しかもたぶんこの表情は、さっき大笑いしていた時と同じで、きっと、黒木さんの本心。
何を考えているのかわからない黒木さんに、私の頭の中は“はてなマーク”で埋め尽くされていたのだった。

Love 2

全部、俺のものですよ

「あ〜、やっぱりダメだったかー」
「えっ!?」
　ポーンポーンと上にボールを上げて、バレーボールのトスの練習をする最中。
　紗姫の鈍い反応に、ポロッと手からボールが落ちる。
「……もしかして紗姫、気づいてた？」
　驚いて目を見開けば、まあねと苦笑する紗姫。
　まじですか。
「せっかく部活、入ろうかと思ってたのに……」
　昨日、何気なく部活の話を出した途端。

『絶対にダメです』
　その一言で片づけられた。
『どうしてダメなんですか？』
　そう聞けば、黒木さんはこう言うだけ。
『もちろん、お嬢様と私のふたりきりの時間を取られたくはないので』
　取られるって言ったって、たかが数時間。
　黒木さんもいくらバイトだからって、早朝から深夜の長時間。
　大学生活を十分に楽しめてないんじゃないのかなって、不安になる。

『お嬢様が心配になることは何もありません。私はお嬢様が、何よりも大切なんですから』

「って、言われた……」
「うっわ！　予想的中っ!!」
　今は各自、練習の時間。
　チャイムが鳴るまでということで、私はもちろん紗姫とふたりで、アンダーやトス、アタックの練習をしていた。
「よ、予想的中って？」
　昨日、黒木さんから言われたことをそのまんま紗姫に話した途端。
　みるみるうちに、顔が歪んでいく。
「昨日エントランスで俺が美都の隣にいた時に、俺のことすごい顔で睨んでたし。一瞬、寒気した」
「そ、それはごめん……」
　昨日、紗姫を男子だって勘違いしてショック受けてたのはわかったけど、なんで睨む必要があるの？
　というより、自分でも何に対して謝ってるのかわかんなくなってきた……。
「絶対俺を、美都に近づく悪い虫……いや、それ以下に思ったんだろうな～。美都に過保護っていうか、雰囲気とかでいろいろダダ漏れだし」
「いろいろ？」
「そうそう。つまりは、美都に他意があるってこと」
「他意？」

「まあ、黒木のためを思って何も言わないけどさ」
　他意、ねぇ。
　お嬢様っていう以外に、別の他意なんて思いつかない。
　強いていうなら……。
「おもちゃとか？」
「は？」
「きっと、私が意地っ張りな女だから、反応とか見て楽しんでるんだよ」
「……」
「だってそうでしょ？　黒木さん、私にかわいいとかよく言うけど、私にその言葉は似合わないよ」
　よくよく考えれば、わかることだった。
　ずっと不思議に思っていた、あること。
　どうして外での姿と、私と接する時では口数も、雰囲気も、表情もしぐさも、何もかもが違うのかなって。
　元カレのことがあって、結局私は強情っぱりで、男の人から見れば、かわいさの欠片（かけら）もない女で。
　だからきっと、黒木さんの言動すべては、動揺する私を見るのが好きだからに違いないって。
　昨日も危機管理の話の最中に、私のこと好きとか言っていたし。それもたぶん、動揺させる要素のひとつで。
　だってあんなにハイスペックな男の人が、３つか４つも年下の女子高校生に優しくしてくれるなんて、他に理由が見当たらない。
「黒木さんは、ただお嬢様の私をからかってるんだよ。もしそうじゃなかったら、今頃黒木さんに彼女がいてもおかしくないじゃない？」
「あぁーうん。ソウデスネ……」
　ん？
　なんだか紗姫が遠くのほうを見た気がするけど、どうしたんだろ？
　まあ、元々黒木さんに甘えるつもりはさらさらなかったし、ちょうどいいや。
　昨日もあれから、私が寝つくまでずっとそばにいてくれた黒木さん。
　とってもありがたいし、うれしいんだけど……。
　正直、緊張するんだよね……。
　外での他の女の子と接する時のギャップが大きすぎて、そんな超絶人気の人の時間を、私が奪っていいのかと思ってしまう。
　甘えるのが苦手な私にとって、いろいろ面倒を見てくれるのが、恥ずかしいって思ってしまう。
　昨日は、優しい黒木さんに完全に流されていた。
　これ以上一緒にいたら、自分がダメになっちゃいそうだし、いろんな意味でいつか絶対限界が来ると思う。
　だから。
「紗姫、私決めたよ」
「え、何を？」
「逆に、黒木さんに甘えて甘えて甘えまくって、こんな面倒なやついらねって言われるくらいになるわ!!」

うん、これがいい。

きっとこれが最良の方法だよねっ!!

我ながらバカだと思うし、より高難度になってしまったけど……。

「絶対に成功してみせる」

メラメラと燃える私の横で、

「黒木、今まであんたのことどうとも思ってなかったけど、さすがにこれは同情するわ」

紗姫が黄昏(たそがれ)ていたなんて、知るはずもなかった。

「じゃあ、美都。またな」

「うん！　また明日ね～」

エントランスで靴(くつ)を履き替え、駐車場へ向かう私。

リムジンはたくさん停まってるけど、きゃーきゃーと騒がしいリムジンは、まわりでただひとつ。

「黒木さん」

今日も今日とて暑いというのに、汗ひとつかかず、淡々とした顔で長袖(ながそで)の執事服(しつじふく)に身を包む黒木さん。

夕方とはいえ、まだまだ暑さの残る９月の半ば。

半袖でも暑いのに、長袖で襟(えり)つき。

絶対、暑いはずなのに、つねに自分のそばにいてもらうことにチクリと胸が痛む。

「おかえりなさいませ、お嬢様」

「ただいまです」

そう言うと、私の頭をポンポンと撫でて目を細めて微笑む黒木さん。

　ドキッ――。

　いやいや、ドキッ！　じゃなくて!!

　さっそく目的を見失いかけてるんじゃないよ!!

「あの黒木様が笑っておられるわ!!」

「破壊力(はかいりょく)がやばすぎる!!」

「ちょっと、あなたのせいで見えないじゃない!!」

　お嬢様の黒木様の笑顔見たい戦争が勃発(ぼっぱつ)してる中、私はひとり、てんわやんわ。

　黒木さんに甘えるって決めたんだから、いちいち反応してたらだめ……！

「では、帰りましょうか」

「は、はいっ!!」

「ふふっ、そんなに意気込(いきご)んで……そんなに私に、会いたかったですか？」

「ち、違います……っ!!」

　人差し指を唇に当てて、不敵に笑う。

　これはもう一度、甘えることを自分に言い聞かせていただけで……。

　なんて、言えるわけもなく。

　サマになりすぎてるその仕草に、ふいっと顔を背(そむ)ける。

　あーもう!!　いちいち取り乱すな、私!!

　それから無事お屋敷につき、部屋へと入れば、すぐにひんやりとした風が頬を撫でていった。

「す、涼しい……」
「よかったです。暑がりなお嬢様のために、前もってつけておいた甲斐がありました」
「あ、ありがとうございます」
「いえいえ」
　胸に手を当て、恭しく礼をする。
　どこまで完璧なの、この人……。
　お屋敷の中自体はそこまでなんだけど、この部屋……私の部屋だけはより涼しい。
「ではお嬢様。一度私は退出しますので、何かありましたら、お声がけください」
「わかりました」
　そんな会話をしてる中でも、外はむんむんとした暑さ。
　いくらお金持ちの通う学校とはいえ、中は涼しいけど、外はサウナ並み。
　ちょっと歩いただけでも、汗ばんだ背中に制服がくっついて気持ち悪い……。
　早く、脱いでしまいたい。
「っ……お嬢、様」
「はい？」
　ブラウスのボタンを外す途中、黒木さんがゆっくり歩み寄ってきた。
「あの……何、か？」
　なんか、昨日と同じくこわいんですけど……。
　何も言わず、ただ私を見おろすだけの黒木さん。

眉間(みけん)がグッと寄り、どこか不機嫌なオーラを放っている。
「お嬢様」
「はい？」
「お嬢様は、昨日私がお教えしたこと、もうお忘れですか」
昨日？
「もちろん覚えていますよ？　私は無防備で、隙が多いって話ですよね？」
それが今、どうしたってんだろう？
首をかしげる私に、黒木さんは「はぁ……」と顔を片手で覆(おお)うだけ。
「あのですね、お嬢様。たしかに私は昨日、お嬢様に不埒(ふらち)な輩(やから)が……というお話はしましたが、それは必ずしも他人だけとは限らないのですよ？」
「他人、だけじゃない？」
うん？　どういうこと？
目をパチクリさせて聞く私に、黒木さんはまたため息をつくだけ。
「本当に、おわかりにならないのですか」
「わかるも何も、黒木さんの言っている言葉の意味がわかりませ……」
!?
「ちょっ、黒木さん!?」
なな、なな何やってるの!?
一瞬、鋭い目で私を見たかと思うと、グイッと腰を引き寄せられる。

　そして。
「ま、待ってっ、黒木さ……」
　外れかけていたブラウスのボタンを、片手でゆっくり外していく。
　片手で外せるとか、さすが……。
　じゃなくて!!
　そこに見とれてる場合じゃない!!
　これじゃあ、キャミソールもブラも丸見えになっちゃう!!
「お嬢様、勉強のお時間です」
「はっ？　えっ？　勉強って……」
　どういうこと!?
　わけがわからずあたふたしている間に。
「っ!?」
　めちゃくちゃスースーする!!
　いやな感覚にバッと下を向いた時には、ボタンは完全に外され、前は全開き。
　加えて、レースのキャミソールが丸見えの状態になっていった。
　逃げなきゃっ……!!
　慌てて両手で隠して、なんとか部屋の隅(すみ)へと逃げるけど、黒木さんはものすごい目で歩み寄ってくる。
　クールとか振り切って、もうギラギラとしか言えないような目。
　まるで、野生のオオカミでも見ているように。
「な、何するんですか黒木さんっ!?　変態の罪で訴えますよっ!!」
　見られたという羞恥心から叫ぶ私に、おや？という目を向けてくる。
「男はみんな、変態な生き物ですよ？」
「そっ、そういうことを言ってるんじゃありません!!　てゆーか、こっちに来ないで……」
　前を必死に隠す私を、まるで舌舐めずりでもするかのようにじっくりと見ている。
　頭おかしいんじゃないの!?
　人の恥ずかしがっているところを見るとか！
　変態！
　すけべ!!
　ムッツリ男っ!!
「お嬢様。先ほども述べましたとおり、男というものはそういうものです」
「き、聞こえて……っ」
　ジリジリと距離を縮めてくる黒木さん。
「あ、あの……どうしてこっちに寄ってくるんですか？」
　冷や汗ダラダラ。心臓はバックンバックン。
　頭が警鐘を鳴らしている。
　早くこの場から逃げないと、まずいって。
「お嬢様が、お逃げになるからに決まっているでしょう」
　ひいぃぃぃ――っ!!
　この笑みだけは見たくなかった!!
　普通に微笑むとかじゃなくて、最上級の微笑み。

これは完全にスイッチが入っている証拠。
いつだったか、前にもこうやって笑ったあとの黒木さんは、人が変わったように私に近づいた。
みるみるうちに、唇が引きつるのが自分でもわかる。
「さあ、お嬢様。お勉強をしましょう」
「だから、そのお勉強ってなんなんですか！」
「おや、お嬢様？　私が今から何をするかなど、察しのいいお嬢様はもうお気づきのはずでは？」
ニヤリと口角を上げた瞬間。
「っ……」
私の背中は花柄の壁に当たる。
「わかりません……っ、というか離れて……」
「離れませんよ。お嬢様がその気にさせたのですから。責任、取ってくださいね？」
「い、意味がわかりません……っ！」
トンッと私の顔の横に片手をつき、ググッと距離を縮めてくる。
「いいですかお嬢様。男というものはこうして女性に目の前で服を脱がれては、誘われてると思ってもおかしくないのです」
「ふ、服を脱ぐ？　私はただ、ボタンを外しただけで……」
あ〜もうっ！　近い近い!!
鼻がくっつくほど近すぎる。
「それだけでもです。男は単純ですから、お嬢様がボタンだけと思われていても、そうではないのです。例えば、私も……」

「っ……!!」

腰に腕がまきついて、黒木さんの顔は私の耳元へまっしぐら。

「ほらこうやって。お嬢様の首を撫でることなど、たやすい……」

「ひゃっ……!!」

首から鎖骨(さこつ)へ。

ゆっくりゆっくり這(は)わされた指。

いくら手袋をして直に触られていないとわかっていても、身をよじるほどくすぐったい。

「っ……かわいい。たまらない反応をなさいますね」

「んっ……！」

そして、耳たぶにそっと落とされる口づけ。

頭がクラクラする。

何も考えられない。

冷房(れいぼう)がついているのに、体中が沸騰(ふっとう)するほど熱い。

耳から首、鎖骨へと唇が下に落ちていく。

「ここも、ここも、ここも。こんな甘い声も、全部……全部俺のものですよ、お嬢様」

力が入らなくなって、掴んでいた手が滑(すべ)り落ちそうになったけど、そっと掌(てのひら)で受け止められた。

「俺だって、お嬢様をこうすることは簡単です。わかっていただけました？　お嬢様のそばにお仕えしている俺も、その内のひとりにすぎないのだと」

「はっ……い……っ」

いつの間にか一人称が変わっていることも。

「いくら俺が執事だからって、安心……すんなよ？」

丁寧語が外れて、ただの普通の男の人にしか見えなかったことも。

「美都のこんな姿は、俺だけがひとりじめしたいから」

初めて、名前を呼び捨てされたことも。

熱のこもった眼差しが、私を愛おしいと言わんばかりに見つめていたことも。

「もう、だめ……っ」

「……美都？　み……お嬢様っ!!」

これは全部夢、なのかな……。

うん、きっと夢を見ているんだ、私……。

黒木さんの焦る声が聞こえたけど、まぶたはどんどん重くなってまわりが真っ暗になっていく。

黒木さん、丁寧語をとるとあんな感じなんだ……。

意識が薄れゆく中、頭の片隅でそんなことを考えていた。

あまり喜ばせないでください

ふわふわと、優しい手が頭をすべっていく。
前髪を撫で、横の髪がすくわれ、するりとその手からこぼれ落ちていく。
なめらかな肌ざわりに、もっとさわりたいと頬を寄せれば。
「っ……」
誰かの息をのむような声が聞こえて、ゆっくり目を開ける。
「んん……ここ、は……」
見慣れた高い天井……ではなく、見えた先にあるのはキラキラと宝石のように輝くものと。
闇の中に浮かぶほんのりとした明るいもの。
「お目覚めになられましたか」
「黒木、さん……？」
なんか、あたりが暗くてよく見えない……。
瞬きを繰り返していると、それに気づいたのか、キャンドルを持ってきた黒木さん。
「ここは……」
起き上がろうとすると、慌てて黒木さんが背中を支えて起こしてくれる。
「もう起きて、大丈夫ですか」
「はい……というより、私……帰ってきてどうしたんでしたっけ?」

やっと目が慣れてきてあたりを見渡せるようになった頃、はたと気づく。

あれ? もしかして私……。

頭も冴えてきて、一気に覚醒した瞬間。

意識が落ちる前のことを思い出し、かーっと頬が熱くなる。

「す、すみませんでした!!」

「えっ!?」

ふかふかのベッドから起き上がって、素早く頭を下げた。

珍しく黒木さんの驚く声が聞こえたけど、私は気にとめなかった。

「その……意識、失っちゃって」

耳や首、鎖骨にキスをされて、いつの間にかいっぱいいっぱいになっていた私。

いくらドキドキしすぎたとはいえ、意識飛ばすとか恥ずかしすぎる……っ!!

されたことはともかく、急に意識を失うなんて絶対驚いたに違いない。

甘えるどころか、迷惑をかけてしまった。

今日決めたことも、さっそく挫折してしまったし……。

「お嬢様、ちょっとこちらへ座っていただけますか」

「えっ、あっ、はい……」

頭を上げると目の前に黒木さんが立っており、そっと手を引かれてベッドに腰かける。

「あの、黒木さ……」

幻滅(げんめつ)しただろうかと尋ねる前に。

「申し訳ありません、お嬢様……」

私のすぐ隣へと座った黒木さんに、ふわっと抱きしめられた。

「く、黒木さ……」

「本当に、申し訳ありませんでした」

驚く私に、黒木さんは謝り続けるだけ。

「謝るなら、私のほうじゃ……」

意識、飛ばしちゃったし……。

恥ずかしくてさすがにその先は言えず黙り込むと、黒木さんは口を開いた。

「いくらお嬢様に男というものをわかっていただきたかったとはいえ、意識を飛ばしてしまうほど、無理をさせてしまいました」

そういうこと、か……。

私が意識を飛ばしたのは、いきすぎた行動のせいだと思ってるってこと。

そんなの、謝ることじゃないのに……。

そもそも、執事とはいえ、黒木さんは年上の男の人。

そんな人の前で何も考えず、悠長(ゆうちょう)に服を脱ごうとした私が悪い。

いくらボタンだけとはいえ、結局脱ごうとしたことには変わりないしね……。

「本当に、申し訳ありませんでした」

心から落ち込んでいるような、シュンとしたような弱々しい声。

普段クールな黒木さんが謝るだなんて、調子が狂ってしまう。

「あの、黒木さん……」

「はい」

「一度、離していただけますか？」

そっと体を離されて正面から見たその表情は。

「なんて顔、してるんですか……」

見ているこっちが泣きたくなるような、後悔の念が刻まれた苦しそうな顔。

そんな顔してほしくない。

いつものクールで飄々とした黒木さんに戻ってほしい。

「あの……別に私、怒ってなどいませんよ？　というより、逆に感謝してるくらいですし」

「感謝？」

「そうです」

まっすぐ顔を見て言うのは恥ずかしかったから、体の向きを黒木さんではなく、ベッドの側面と同じにする。

「その……一方的に服を脱ごうとしたのは私ですし、そう思われてもおかしくないです」

「ですが……」

何か言おうとしたのを手で遮った。

「黒木さんに言われてなかったら、たぶんこれからもああしてたと思いますし、きっとなんてバカな女だと思われると思います」
　前の元カレの時も一緒。
　自分ひとりが浮かれて、思い込んで。
　勘違いして。
　甘えられない部分も、私のかわいいところだと言ってもらえていたから。
　内心は、なんてかわいくないやつなんだと思われていたことにショックでしかなかった。
　それと、同じ。
「それに……」
「それに？」
　ふと黙り込んだ私を心配するように、覗き込んできた黒木さん。
「いやでは、なかったので……」
「は？」
　間の抜けた反応に一瞬ビクッとしたけれど、なんとか平静さを持ち直して続ける。
「その……ああやってふれられることが、前の元カレのことがあって絶対無理だと思ってたんですけど、黒木さんなら、全然こわくな……」
　って、あれ？
　さっきから何を言ってるの？
　これじゃあまるで、私が黒木さんにふれられることを、望んでいるみたいな……。
「っ……お嬢様」

「ん？……きゃあっ!?」
　ポスンと音を立てて押し倒された私の上で、
「く、苦しいですっ、黒木さっ……！」
　のしかかるように、背中にぎゅっと腕を回す。
「あまり私を喜ばせないでください」
「よ、喜ぶって……」
　さっきの私の発言、ただただ恥ずかしいものでしかなかったと思うけど……。
　てゆーか、いくら体重をあまりかけてきていないとはいえ、体をぴったり寄せられているのは事実。
　ううっ……勘のいい黒木さんのことだ。
　心臓の音、絶対バレてる気がする。
「それにしてもここ、すごい星がきれいに見えますねっ!?」
　黙っているとなおさらバレると思って、なんとか話題を絞(しぼ)り出した。
「ふふっ、そうですね。お嬢様が意識を失ったあと、少しでも外の風に当たったほうがいいのではと、最上階へとお連れしました」
「最上階……」
　この建物の大きさは横にもあるけど、縦にもある。
　星に手が届きそうなほど高い場所。
　完全に外というわけではなくて、屋上は透明(とうめい)のドームのようで、まるでプラネタリウムを見ているかのよう。
　少し風を感じるから、どこかの窓が開いてるのかもしれない。

今私たちがいるベッドのまわりをよくよく見れば、色とりどりの草花や植物が植えられている。

ところどころにキャンドルが置いてあって、とっても幻想的。

建物の中にいるのに、大自然の中にいるような気分。

「お気に召されましたか？」

「はい。とっても……」

ゆっくり上体を起こして、私からどいた黒木さん。

「ここは旦那様と美里様の、お気に入りの場所だったそうですよ」

「お母さんと、おじいちゃんの……？」

「はい」

お母さんが小さい頃、おじいちゃんと住んでいたこのお屋敷で、ふたりはよくここへ足を運んでいたんだって。

「昔から、美里様も旦那様も、草花がお好きで。その影響もあってか、生花店を経営されていた圭人様との出会いは、運命だと感じられたようです」

「そうだったんだ……」

毎日仕事が忙しくてお父さんを手伝えなくても、休みの日には必ず、お店にあるお花の手入れは欠かさずしていたお母さん。

「お母さんもお父さんも、おじいちゃんも。みんな私と同じように、お花が好きだったんですね……」

そよそよと流れていく風に、月明かりとキャンドルに照らされた花々が揺れている。

とても心地よさそうに揺れるその花は、私の心をあったかい気持ちにさせてくれた。

「もう時間も遅いですが、お食事はどうされますか？」
ベッドから下りた黒木さんは、まだ体を横にしている私に聞いてきた。
「うーん……胃もたれしたらいやなので、今日はやめておきます」
時間を聞けば、もう９時近くだった。
「明日も学校ですし、ご入浴だけはされますか？」
「はい。そうします……」
ベッドから下り、部屋のお風呂へと行こうとしてはたと気づく。
よくよく考えたら、汗だくの状態であんなことされたんだよね？
「っ!!」
「お嬢様？　どうされました？」
「い、いえ……なんでもないです」
せめて着替えてから……シャワーを浴びてからにしてほしかったっ!!
きっかけを作ったのは、完全に自分だけど……。
「大丈夫ですよ、お嬢様」
「へっ？　な、何が……」
「お嬢様はいつもいい匂いですから、少しくらい汗をかかれていても、私は気にしませ……」

「私が気にするんですっ!!」

どうやら私の考えていたことがわかったみたいでクスクス笑う。

いい匂いってなんだ。

そんなフローラルな香りでも振り撒(ま)いているんだろうか、私……。

プンプンと怒る私に、黒木さんは笑うだけ。

こっちはめちゃくちゃ気にしてるっていうのに。

「まあ、でも……」

「ん?」

屋上庭園を出て、エレベーターに乗った途端。

「お嬢様の体に私の服の香りがついているのは、なかなか興奮するものですね」

興奮!?

変態だ……。

やっぱりおかしいってこの人!!

唇に人差し指を当て、ニヤッと不敵に笑う。

「動揺しまくりですね」

「当たり前じゃないですか!!」

「顔も赤いですし」

「これは黒木さんのせいですっ!」

「本当のことを言ったまでです。私はつねに、お嬢様に欲情し……」

「それ以上言ったら怒りますからっ!」

ポーンとタイミングよく、私のお部屋のある階に到着したことを知らせる音が鳴る。

　そしてエレベーターが開いた直後、全速力で駆け出した。

　もちろん、クールな顔してとんでもないことを言うこの男から逃げるために。

「お待ちください、お嬢様!!」

「待つわけないじゃないですかっ!!」

　やばい。

　後ろで噴き出す音がする。

　めちゃくちゃ笑ってるし、ほんと私といる時コロコロ表情変わるよね。

　黒木さんってもうひとりいるんですかと何度も聞きたくなる。

「じゃあ、おやすみなさい!!」

　振り向かずにそれだけ言ってまた走り出そうとすれば。

「お嬢様!!　よかったらご入浴の、お手伝いをして……」

　明らかに、からかうように言うもんだから。

「いらない!!　てゆーか、入ってくるな！　この変態執事!!」

　恥ずかしいのと熱くて心臓も頭もパンクしそうで、さすがの私も丁寧語なしに言い放った。

「それで？　宣言したあの目的は、達成できたのか？」

「いや、まったくです……」

　甘えると決めた日から数日。

　学校の机に突っ伏して、ズーンと落ち込む私。

　甘える、というより黒木さんが何かと気にかけてくるから、なかなか思うようにいかない。

　というか、ことごとくかわされているような……。

『お勉強ですか、お嬢様。苦手な教科にもしっかり取り組まれていて、とてもえらいですよ』

　とか。

『今日のお食事は、お嬢様の大好きなものばかりですよ。ぜひたくさん、召し上がってください』

　とか。

　執事とお嬢様の関係のはずなのに、子ども扱い？されてるようにしか感じない。

　そんな中で、自分から甘えるなんてしたら絶対……。

『お嬢様は、小さい子どもとなんらお変わりありませんね』

　などと毒を吐くに違いない。

　いつも何かと気にかけてくれたり、お世話してくれる黒木さんだけど、この間の変態発言だとか、耳にキスしてきたりだとか。

　たまーに、ああやっていじわるを言ったりするから、

　普通の男の人ってことをいやでも実感させられてしまう。

「なかなかうまくいってないみたいだな」

「そういうこと」

　苦笑いする紗姫に、私は落ち込むばかり。

　今までしてこなかったことを実行するのって、こんなに難しいことなのね……。

「まあまあ、気を取り直してさ？　今日は昨日も言ってた

とおり、食堂行こうぜ！」
「食堂って……あの、五つ星シェフのいるレストラン？」
こんなに沈んだ気持ちで行きたくない。
イケメンシェフがいるって話題のそこは、つねにお嬢様たちで満席。
あんまり行きたくないんだけどなぁ……。
「違うって！　うちの高校のじゃなくて、隣の星水学園大学の食堂！」
俺だってあんなとこ行きたくねーよとボヤく紗姫の言葉に、ガバッと起き上がる私。
「星水学園大学の、食堂……？」
「そうそう。３週間に１回、高校の生徒も使用できるシステムになっててさ、今日がその日なんだよ。よかったら行ってみようぜ」
「へぇ、そんな日があるんだ……」
星水学園高校から、大学へエスカレーター式に進学する人も中にはいる。
そんな人たちのためにと、高校生向けに解放してくれてるらしい。
高校に隣接（りんせつ）してるから、中庭を突っ切っていけばすぐにつくんだって。
「基本的に、お金持ちは一般家庭で出るようなご飯は食べないから行く人はほとんどいないけど、俺はよく行ってんだよね」
「そうなんだ？」

「ああ。俺の世話をしてくれてる人も、黒木と同じ星水学園大学に通う３年だから、美都が転校してくる前はよく昼、一緒(いっしょ)に食ってた」
「えっ、紗姫の執事さんも大学に!?」
　しかも、黒木さんと同じ学年……。
　これは驚いた。
「それでな？　そいつのこと、紹介しようと思ったのと美都の気分転換(てんかん)も兼(か)ねて今日は食堂にしたんだ。よかったか？」
「うん！　全然いいよ！　私も会ってみたいし！」
　紗姫の執事か……。いったいどんな人だろう？
　男らしいイケメン紗姫のことだから、もっとTHE男!!ってタイプの人かも。
　楽しみだなぁ……。
　もしかしたら、大学生姿の黒木さんも見られるかもしれないし。
　落ち込みムードから一変、私の頭は紗姫の執事さんのことでいっぱいになった。

「うわぁ、ここが大学の食堂……」
「な？　広いだろ？」
「それに人も多い……」
「まあ、大学だからな」
　感嘆(かんたん)の声を上げる私に、ふふんと鼻を鳴らす紗姫。
　ふたりがけテーブルから、大人数で座れるような横に長いテーブル、五角形のテーブルなど、たくさん。

メニューもオムライス、カレー、からあげ定食、きつねうどんなどさまざま。

おいしそう……っ!!

豊富な品揃え(しなぞろえ)に、お腹がぐうっと鳴る。

「くくっ……！　じゃあさっさと選ぶか！」

「ごめんっ……」

ふはっと噴き出す紗姫を睨みつつ、そのあとに続く。

中は人が埋(う)め尽くすように多くて、はっきりとはわからないけど……。

黒木さんはいない、みたい。

まあいつも執事服で見慣れてるから、気づいていないだけかもしれないけど……。

見渡す限り、うちの高校の生徒は誰もいない。

やっぱりみんな、高級なご飯のほうを好むのかな？

「美都、何にする？」

「うーん……。じゃあ、オムライスかな！」

小さい頃、よくお父さんに作ってもらったオムライス。

看護師で夜勤の多かったお母さんに代わって、ご飯はお父さんの担当で。

ふわふわの卵(たまご)にチキンライス。

仕上げにケチャップで、動物や花の絵を書いてくれたんだよね。

よく作ってもらったなぁ……。

「じゃあ、俺はとんかつ定食！　で、ご飯は大盛り!!」

すみませーん!!と、食堂の人に声をかける紗姫。

相変わらず、よく食べるなぁ。それに声も大きい……。

「ね？　声かけてみる？」

「でも隣、彼女いるよ？」

私、彼女でもなんでもないんだけど。

てゆーか、紗姫は女の子だし。

こうやってふたりでいると、紗姫のイケメン度は本当にずば抜けてるんだと実感する。

さっきから紗姫を見て、いろいろな女の人が『かっこいいイケメン』って囁いてるし。

年上にまで騒がれるなんて、やっぱり紗姫はすごいなぁ。

黒木さんだって間違えた。

絶対、男の子って思ってるに違いない。

「どこ座る？」

「うーん、もう待ち合わせの時間なんだけどな……」

それから無事ご飯をゲットし、お皿の載ったトレーを持ってウロウロする私たち。

混雑してるせいか、誰もが席が空くのを待っている。

どうしよう……。

そう思っていると。

「紗姫ちゃん!!」

「っ!?」

あまりに大きい声にビクッとすれば、手をブンブン振って紗姫を呼ぶ人がひとり。

こ、この人……。

「いたなら声、かけろっつーの!!」
「いやぁ、紗姫ちゃんに見つけてもらいたくて！」
「うるせえ。つか、外でちゃんづけやめろって言ってんだろ。それと声のボリューム抑（おさ）えろって！　みんな見てるから！」
　みるみるうちに不機嫌になる紗姫。
　しかも吐き捨てるように言うもんだから、まるで別人を見ているかのよう。
「さ、紗姫？　もしかして、この人が……」
　目を見開き驚く私に、紗姫はため息をついて言った。
「ああ。俺の執事で、経営学部（けいえいがくぶ）３年の……」
「はじめまして、美都ちゃん！　下野界（しものかい）ですっ!!」
　こ、これは……。紗姫と真逆のタイプ!!
　座って座ってと促され、ついたテーブルは４人席。
「は、はじめまして。紗姫と仲良くさせてもらってます、村上美都です。よろしくお願いします、下野さん」
「やだ美都ちゃん、私のことは界でいいよ？　せっかく巡（めぐ）り会えた縁なんだし、苗字（みょうじ）なんてよそよそしいわ！」
「じゃあ、お言葉に甘えて……。よろしくお願いします、界？さん」
「くうっ～!!　皇財閥のお嬢様に名前を覚えてもらえるなんて、これ以上に幸せなことなんてないわ!!」
　体をクネクネとして、頬に手を当てて喜ぶ界さん。
「な、なんかキャラ濃（こ）いね……」
「ほんとに。いつもこうだからめっちゃ疲れる……」
　なんてため息をついているし言葉はぶっきらぼうだけ

ど、紗姫はとってもうれしそう。
　執事ってこともあって、仲もよさそうだし。
「にしても見た目こんなにかわいいから、男の人だって知ってびっくりしたよ」
「やだ〜ありがとね、美都ちゃん!!」
　ニコニコ笑う下野さんは、見るからに女子!!って格好。
　男性ではあるけれど、メイクも服も持ってる物も仕草もすべて女性のようで、もうパーフェクト。
「まあいわば、俺の真逆だな。ごめんなさっきは。界の声で驚かせて」
「いや、全然……」
　というより、THE☆男みたいなのを予想していたから、こっちのほうがびっくりしたっていうか……。
「ごめんね？　声だけはさすがに変えられなくって。
　でも結構ギャップになって、よくない？」
「はいはい。それはいいけど、あの声の大きさどうにかしろよ」
「んもうっ！　せっかく美都ちゃんとのご飯なんだから、そういうのはナシナシ！　ね、美都ちゃん？」
「はっ、はい……！　そうですね！」
「美都、動揺しすぎ」
「だって……」
　界さん、男性とは思えないくらいすっごいきれいなんだもん。
　モデルさんかと思うほどスタイルもいいし、憧れちゃうほど素敵。
「こんなに美人さんとお話しする機会なんてないから、緊張しちゃって……」
「っ！　美都ちゃん、かわいい！　かわいすぎる!!」
「えっ、界さ……」
「おい」
　目をキラキラさせて抱きついてこようとした界さんの頭をゲシッと叩く紗姫。
「こんなの黒木に見られたら、殺されるぞ界」
「ごめんごめん。ついっ!!」
　てへぺろと両手を合わせて謝る界さん。
「今日、黒木は？　一緒じゃねーの？」
「え？　黒木さん？」
　思わぬ名前に、ピクッと反応する私。
「あ〜、今日はまだ会ってないのよ。授業かぶらなかったし」
　とんかつを入れた口をもぐもぐさせながら、そう言う界さん。
　紗姫も同じようにとんかつを食べてるから、なんだか姉弟を見ているようで、ふふふっと和む私。
「界さん、黒木さんと仲いいんですか？」
　私もっと、オムライスを一口。
　ん〜、この卵ふわっふわ!!
　いくらでも食べられちゃいそう！
　あまりのおいしさから頬に手を当てていると、ふふっと笑う界さん。

「そうね。私と同じ経営学を学んでるわ。１年の頃から仲良くしてる」
「そうなんですか」
　普段、黒木さんの口から大学の話やお友達の話を聞くことはないから、なんか新鮮(しんせん)。
「でもその割に黒木さん、紗姫を男子だって勘違いしてたんですけど……」
　界さんと仲がいいなら、当然紗姫を知っててもおかしくない。
　でも黒木さんはまったく知らないようだった。
「いくら仲のいい友達でも、お嬢様の話なんてしたって十夜には興味のかけらもないの」
「え？」
「ただでさえお嬢様や女たちに振り回されているから、日常的に、そういう会話をシャットアウトしてるみたい。私が紗姫ちゃんに仕えているって話も、ずっと知らなかったらしいし」
　そうなんだ……。
「黒木さん、お嬢様たちにも人気ですけど、やっぱり大学でも人気なんですか？」
「そりゃあ、もうっ!!　大学の女子は、ほとんど告ってるんじゃないかしら。あ、ちなみに私はこんな格好してるけど、恋愛対象は女の子だから安心してね？」
　バチッとウインクをする界さん。
　やっぱり人気あるんだなぁ、黒木さん。

お嬢様たちにはいつも囲まれているイメージだから、大学でもと思ってはいたけど……。

私とじゃ、歳が3つか4つも違う。

黒木さんから見れば、私は所詮(しょせん)年下の高校生。

大学にはきれいでかわいい女の人、いっぱいいるんだろうなぁ……。私なんかじゃ太刀打(たちう)ちできないくらいの、きれいな女の人……。

そう考えると、胸にチクッと痛みが走った。

「美都ちゃん？」

「美都？　どうかしたか？」

「あっ、いや……なんでもないよ……」

何ショックを受けているの私。

別に黒木さんがモテようが、大学の人と付き合おうがどうでもいいじゃない。

この間決めた目標、もう忘れたの？

こんなんじゃ、離れてもらうどころか私のほうが離れられなくなって……。

「十夜。相変わらず、すべてバッサリだよ」

「え？」

ぐるぐると考えていると、界さんは私を見てにこにこ笑っていた。

「ミス星水ってのが毎年学祭で決まるんだけど、その女に告られたって、見向きもしないよ十夜」

「そうそう」

紗姫もウンウンと、とんかつをめいっぱい口に入れて頷いている。
「いくらきれいでかわいい女から誘われようが、告白されようが、電話番号交換(こうかん)してって言われようが。今までそれに応えたこと、一度もないよ」
「……」
「私、1年の頃から一緒だって言ったでしょ？　だから全部知ってるのよ。今まで一度だって、振り向いたことはないわ」
「そう、なんですか……」
　紗姫の言っていたとおり……。
　でも、どうして。黒木さんなら選び放題のはずなのに。
「美都ちゃんがいるからよ」
　その答えは、界さんが教えてくれた。
「私……？」
「そう」
　頷き、優しい目で微笑む界さん。
　どうして私が黒木さんの恋愛話(れんあいばなし)に絡(から)んでくるの……？
　黙ってしまった私に界さんは何も言わず、ポンポンと頭を撫でてくれた。
「まあでも、こんなかわいい子がいたら、そりゃあ誰にも興味なんてなくなるわよねぇ」
「えっ!?」
　今までのしんみりとした空気から、さっきのテンションに逆戻(ぎゃくもど)り。
「かわいい紗姫ちゃんが寂しがるから無理かもしれないけ

ど、私も美都ちゃんの執事、やってみたいわぁ」
「誰が寂しがるかっ!!」
　ギロッと睨みつける紗姫に構わず、とびっきりの笑顔で顔を近づけてきた。
「ね、美都ちゃん。よかったら、私のお嬢様になってみない?」
「えっ、えっ!?」
　なんですと!?
「やだ！　驚いた顔も超キュート!!　こりゃあ、十夜が溺愛(できあい)するのもわかる気がするわぁ。ね、美都ちゃん。本気で私のお嬢様に……」
　なんて言いながら、またガバッと抱きついてこようとする界さん。
「ちょっ、界さん……!?」
「おい、界!!」
　驚く私と紗姫が、伸びてくる腕を止めようとしたその瞬間。
「それ以上美都に近づいたら、そのメイクとウイッグ、ここで全部落とす」
「黒木さん!?」
「あら、十夜！　あなたも来たのね！」
　声がしたほうへ振り向くと、どす黒いオーラで界さんを睨みつける黒木さんの姿が。
「おまえが連絡(れんらく)くれたんだろ。つーか、なんで美都に抱きつこうとしてんの。離れろ」

界さんから遠ざけられた私は、そのままポスンと黒木さんの腕の中へ。
「今日弁当いらないって言ってたから不思議には思ってたけど。まさか、界と一緒だったとはね」
「もう、そんなに怒んないでよ十夜!!　美都ちゃんがかわいいから、ついっ!!」
「は？　誰彼構わず抱きつこうとするその癖、いい加減、直せ」
「だって、かわいいんだから仕方ないでしょ？」
「開き直ってんじゃねーよ、バカ」
ちょっ、ちょっ、ちょっと待って!?
どうしてここに黒木さんが!?
座っている状態とはいえ、胸の前に回された腕に、頭も心もショート寸前。
黒木さんがここにいるのなんて、大学の食堂だから当たり前……って。
だからってどうして私、後ろから黒木さんに抱きしめられてるの——っ!?
「で？　美都がかわいいのは当たり前だからいいとして、なんで抱きつくことになるわけ？」
「んもうっ!!　別にいいじゃない、少しくらい!!　しつこい男は嫌われるわよ？」
「しつこくて結構。独占欲強いとか、今さらだし」
「うっわ!!　自分で言っちゃうとか、マジでタチ悪い!!」
「そうだけど？　つーか、女子とわかってても男の格好で美都のそばにいるの、見ててイライラする。まあ、そのおかげで？　変なゴミどもがつかなくて済んでるから、礼は言っとく。八神お嬢様」

「え、界ってばほんとにこんなやつと仲良くしてんの？　頭大丈夫？　正気？　てか、俺のことお嬢様って呼ぶの、まじで無理」

もうね、こんな会話が目の前で繰り広げられてるけど、ぜんっぜん頭に入ってこない。

黒木さんはクールどころか、いつものキャラがぶち壊されてて、めちゃくちゃ毒吐いてるし。

紗姫はなんかめっちゃ不機嫌だし。

界さんもなんか、プンプンしてるし。

なんだこれ、なんだこれ、なんだこれ。

え、これって動揺してる私がおかしい？

こんな状況を目の前で見せつけられて、何も言えない私が変？

もう、カオスだ、カオス!!

それに……。

胸の前の腕に視線を落として、またドキッとする。

さっきから、心臓がバカみたいにうるさい。

だって黒木さん、とんでもないくらいかっこよすぎるんだもん。

今はもちろん執事服じゃなく、普通の私服だけど……。

白のTシャツに、黒のダメージジーンズ。

サラリと着ている薄手(うすで)のカーディガン。

加えて、シルバーの腕時計。

すごくシンプルな格好だけど、それがよりクールな雰囲気を際立たせていて。

振り向いて姿を見た瞬間、思わずドキッとせずにはいられなかった。

それにさっきの『美都』って……。

初めて名前、呼び捨てにされたんですけど!?

この間、私が意識を失う寸前にも呼ばれた気がするけど、意識がちゃんとある今回とは話が別。

いつも丁寧語だし「お嬢様」って呼ばれるから、新鮮極まりない。

自分の執事がこんなにかっこいい人だということを改めて実感して、めちゃくちゃドキマギしてしまう。

「あ、あの……」

まだわーわー言ってる３人に、おそるおそる声をかける。

「どうされました？　お嬢様」

「うっわ!!　俺と界との扱いの差よ!!　うっぜえええええ!!」

「ちょっと紗姫ちゃん！　十夜に嫉妬なんてしないで!!」

「こんな男にするわけねーだろ、バカ!!」

「やだ、怒った紗姫ちゃんも素敵!!」

「お嬢様？　どうされました、お嬢様？」

後ろから覗き込まれた甘すぎる瞳。

胸元に回された力強い腕。

それと、耳元で名前を呼ばれた破壊力。

こんなに目立つ容姿の人に囲まれてるおかげで、さっきからずっと食堂中の注目の的。

「わた、し……私……」

「お嬢様？」

　ガタッと勢いよく立って、黒木さんから距離を取る。

「……ちょっとトイレ行ってきますっ!!」

　もう、逃げるしかありません。

「はぁ……」

　あのあと、

『では、私がご案内を……』

　意地でもついてこようとする黒木さんを断って、食堂を出てすぐのところにあるトイレに駆け込んだ私。

「顔、真っ赤……」

　鏡を見れば、熟(う)れたトマトのように真っ赤な顔。

　両手を当てれば、燃えるほど熱い。

「こんなんじゃ、紗姫たちのところに戻れない……」

　心臓はずっとバクバクしてるし、耳には黒木さんに名前を呼ばれた声が残っている。

　あ～、もうっ!!

　こんなんじゃ、意識してますって言ってるようなものじゃん!!

　黒木さん、絶対そういうのいやがりそうだし……。

『美都ちゃんがいるからよ』

　なんて界さんは言っていたけど、そんなの、ますます意識してしまう。

　黒木さんが外ではあんなにクールなのに、私の前じゃ別人のように表情を崩(くず)して笑うことも。
　時にいじわるだけど、本当はとびきり優しいことも。
　どんな女の人に告白されても、すべて断ることも。
「あーっ、もう……」
　ほんと、どうしよう……。
　これからどんな目で黒木さんを見たらいいの……。
「耳まで赤いし……」
　ますます赤くなる鏡の中の自分を見て、私はまたため息をついた。
「大丈夫か？」
　トイレから出ると、壁に寄りかかった紗姫がいた。
「待っててくれたの？」
「ああ。まあ、黒木に頼まれただけだけど……」
　私がトイレに行ったあと、すぐに誰かに呼ばれていなくなった黒木さん。
　どうやら私のほうへ行こうとしたタイミングで呼ばれたらしく、めちゃくちゃ機嫌が悪かったらしい。
「紗姫、ご飯は？」
「美都がトイレに行ってる間に全部食ったよ。美都も食べ終わってたし、片づけといた」
「ごめん紗姫、ありがとう……」
「いいよ、いいよ。謝んなって」
　にこっと優しく笑いかけてくれる紗姫。
　私、紗姫に助けられてばっかりだ。

「そういや界さんは？」
　トイレを離れ、校舎に戻りながら聞いてみた。
「ああ。黒木が行って、しばらくたってから授業だって言って慌てて行ったよ。美都によろしくって」
「そっか」
　界さん、いろいろぶっ飛んでたなぁ……。
「なんかごめんな？　せっかく気分転換にって誘ったのに、バタバタしちゃって」
「いいよいいよ!!　界さん、変わった人だけど面白いね？　紗姫のこと、めちゃくちゃ大好きみたいだし」
「まあ、あれはいつものことだから」
　あれ、珍しく紗姫が照れてる。
　ふふっ、男の子の姿をしているとはいえ、やっぱり心は女の子。
　いつもかっこいい紗姫も、こんなかわいい一面があるんだなぁ……。
「おい！　笑うなって」
「ふふっ、ごめんって!!」
　口を尖らせて怒る紗姫に私は笑う。
　新しい一面が見れて、ちょっぴりうれしい。
　そんな会話をしながら校舎に戻っていくと。
「ん？」
　紗姫がピタッとどこかの方向を見て、立ち止まった。
「どうかした？」
「いや、あれ……黒木じゃね？」

「え？」

見れば、食堂から少し離れた花壇の近く。

そこに、黒木さんと茶髪の女の人がふたりで立っていた。

「何してるんだろう？　あんなところで」

近くにベンチがあるにもかかわらず、座りもしないで向かい合っている。

もう授業、始まってるんじゃ……。

首をかしげていると、急に私の腕をガッと掴む紗姫。

「えっ、紗姫!?」

驚く私に、ニヤリと笑う。

「行ってみようぜ」

「はぁっ!?」

「黒木があの女と何を話してるか、盗み聞きしようぜ」

「ぬ、盗み聞き!?」

さすがにそれはダメなんじゃ……。

大事な話、してるかもだし……。

「まあまあいいじゃん？　美都も、本当は気になるだろ？」

「うっ……そ、それは」

核心をつくその質問に、言葉が詰まる。

女子とはほとんど口をきかない、会話しても一言で有名な黒木さんが、女の人とふたりきり。

そりゃあ、気にならないって言えば、嘘になるけど……。

「じゃあ、行こう」

口ごもる私を、紗姫はズルズルと引っ張っていく。

「ちょっ、紗姫!?」

「まあまあ、あんな人目につくところで話してる黒木が悪いってことで」
「えぇ……」
　それはちょっと、無理がない？
　てか、なんでそんなにワクワクしてるのよ紗姫は……。
　それからなんとか逃げようとする私を引っ張り、どこか楽しそうに紗姫はそこへと近づいていった。

「このあたりなら聞こえるだろ」
「もう……」
　それから黒木さんたちのいる、すぐそばまでやってきた私たち。
　近くにある木の陰から、紗姫の後ろでその様子をうかがう。
　内心罪悪感(ざいあくかん)はあるものの、その会話の内容が、本当はめちゃくちゃ気になる。
　人として間違ってるし、ダメだってわかってるけど、ごめんなさい黒木さん!!
　全力で心の中で謝って、そっと耳を澄ました。
「いい加減にしてくれる？」
　聞こえたのは、黒木さんの低い声。
　びっくりするほど普段より、何倍もトーンが低い。
「っ……どうしても、諦められなくて」
　次は、女の人の声。
　そっと木の陰から覗いて、その人を見てため息が出そうになった。

めちゃくちゃ、きれいな人……。

界さんもすごかったけど、それを上回るほどの美人さん。

天使の輪が見えるほど、きれいに染められたブラウンの髪。

洗練されたきれいな顔は、ばっちりメイクが施（ほどこ）してある。

「ケバい女……」

「ちょっ、紗姫……!!」

ぼそっと言った紗姫の口を慌てて塞ぐ。

なんてこと言うの!!　聞こえるって!!

「だから？」

黒木さんの声は、また一段と低くなる。

「何度言われようが、この先、俺があんたに振り向くことは一生ない」

「で、でも……っ」

涙目になって、女の人は必死に引き留めようとする。

「じゃあ聞くけど。俺の、何がいいの？」

「そ、それはもちろん……」

「どうせ、容姿しか見てないくせに」

「っ……」

言葉に詰まる女性は、きっと図星なんだろう。

別にこの女の人が悪いってわけじゃないけど……。

何人ものお嬢様にスカウトされていた話もそうだし、中身も知らずに、容姿だけできゃーきゃー言われる人の気持ちは、いったいどんなものなんだろう。

「ほんと迷惑」
　今も吐き捨てるように言う黒木さんだけど、私はその気持ち、わかる気がする。
　元カレが私と付き合ったのも、結局は容姿だった。
　私の、甘えるのが苦手だということを知った途端、一度も振り返ることもなく離れていった事実。
　その時の、つらくて泣いた思い出は、たぶん一生忘れられない。
　自分の性格、つまりは本質を否定されたみたいで。
　私の場合、生きる気力もなくすほど、落ち込んだし……。
　好きなのは見た目だけ、そんな傷つくようなことを言われて、誰が付き合おうなんて思うかな。
　次第に泣きそうになる女の人に構わず、黒木さんはイラつきを隠すことなく、容赦（ようしゃ）なく言葉を浴びせる。
「とにかく、無理だから」
　そう言って立ち去ろうとする黒木さんに、待ってと涙声（なみだごえ）の女の人。
「そ、それは、皇財閥のお嬢様が、いるからなの……？」
　えっ……。それって、私のこと……だよね？
　背中を向けていた紗姫も、振り返って自分を指さす私を見て、ウンウン頷く。
「だったら？」
「え……」
　ドキッ——。
「だったら、なんなわけ？　他人のあんたにそんなこと、関係ないだろ」

それだけ言うと黒木さんは、私たちがいるのとは反対方向、大学の校舎のあるほうへ去っていった。

途端に泣きながら崩れ落ちる女の人を横目に、紗姫に行こうと合図されて歩き出す。

「黒木、別人みたいだったな」

「そう、だね……」

「告ってきた女に、いつもあんなふうに冷たく返してんのかな」

「どうだろうね……」

「美都ー」

「んー？」

「喜んでるだろ」

立ち止まって、ニヤリと笑う紗姫。

そうだろ？　そう顔に書いてある。

「そっ、そんなわけないじゃん……。女の人、泣いてたんだよ？」

「へえ……顔、真っ赤なのに？」

「っ!!」

図星、だった。

まさかあのタイミングでそんなこと、言われるなんて思ってなかったから。

なんとなく、気づいていた。

黒木さんと女の人がふたりきり。

きっと、女の人が黒木さんに告白するんだろうなってことは。

　さすがに、今まで何回も言い寄られていた人だってことは、わからなかったけど……。

　でも、あの反応。

　思わずドキッとした、あの質問。

　黒木さんは、私がいるから、告白を断ってるってこと？

　私がいるから誰にも振り向かないって、解釈でいいの？

　あの女の人は泣いていた。

　だからこんなこと思っちゃいけないって、頭ではわかってる。

　でも、勘違いしてしまう。

　私なんかが期待しても、いいのかなって……。

「おかえりなさいませ、お嬢様」

「た、ただいまです……」

　放課後。

　いつもどおりエントランスを出て、駐車場で待っていたリムジンに乗り込む。

「もう、着替えられたんですね」

　スピーカーを通しての声だけど、一応運転席が映るカメラも設置されている後部座席なので、姿も見える。

　見れば、昼休みに見た私服から、いつも着ている執事服に変わっていた。

「ええ、もちろん。執事ですからね」

「そう、ですよね……」

って……いやいや残念がるな、私!!

あくまで黒木さんは私の執事であって、この仕事もバイトの一環。

私服じゃなくて当たり前でしょ!!

「おや。もしかして、私の私服、お気に召されました?」

「えっ……!?」

「今日昼休みに初めて私を見た時のお嬢様が、あまりにかわいらしい反応をしておられたものですから」

ドキドキしてたの、バレてた!?

鏡でも見たけど、あんなに真っ赤な顔して気づかないほうが無理あるよね……。

「普段、執事服に見慣れているから、かっこいいなーと思っただけで……」

って、あっ!

「かっこいいと思ってくれたのですね。死ぬほどうれしいです」

スピーカー越しに、クスッと笑う声が聞こえる。

墓穴掘ったぁぁぁぁ!!

「よろしければ今度から、執事服ではなく、私服にいたしましょうか?　お嬢様のご要望どおり……」

「要望なんてしてないですから!」

「遠慮なさらなくて結構ですよ?」

「執事服でいいです!」

というより、私の心臓がもたない!!

「ふふっ、承知いたしました」

「それと、あの時……」
「あの時？」
「私が丁寧語を外し、お嬢様のことを、美都と呼び捨てにした時。本当は、うれしかったですか？」
　まっ、また美都って言った!!
　それになんなの!?　この拷問(ごうもん)のような質問は!?
　黒木さんの顔は見えていないのに、まるで毒牙(どくが)にかかったように答えそうになっていた。
「う、うれしいも何も、黒木さんだって、ひとりの大学生です！　お友達といる時は、丁寧語なんて使いませんし、年下女子を呼び捨てなんて、普通のことじゃ……」
　そう言いかけて、ふと胸のあたりがもやもやしていることに気づく。
　別に私じゃなくたって、年下の女の子は山ほどいる。
　呼び捨てなんて、日常的にしてるだろうし……。
　自分でも知らない汚(きたな)い感情が渦巻(うずま)いてる気がして、いやな気持ちになる。
「安心してください」
「えっ？」
　どこか言い聞かせるような心地いい声は、
「私が呼び捨てで、下の名前を呼ぶ女性は、この世界でひとりしかおりません」
「へっ？」
「もちろん、あなた様のことです。お嬢様」
「……」

　私をつねにドキドキさせてくる、強者。
「お嬢様？　どうされました？」
「な、なんでもないです……」
　心臓を殴られたみたいな。
　言葉の暴力だ。言葉の暴力!!
　いい意味でのね！
　もうね、完全に心がかき乱されてる。
　黒木さんのとびきり甘い言葉に、私はいつも翻弄(ほんろう)されている。
「み、見ないでくださいぃぃぃ……!!」
「見ますよ？　お嬢様のかわいい姿は１秒たりとも逃(のが)したくありませんから」
　カメラは運転席だけじゃなくて、後部座席にもついてる。
　悶(もだ)えながら両手で顔を覆っている私もばっちり映ってるわけで。
「今すぐそちらに行って、抱きしめたいほどかわいいです」
「来なくていいです……というか、運転中なんですから前向いてくださいっ!!」
　私のこと殺す気か!!
　いろいろな意味で!!
「そうですね。では、屋敷についたあとにしましょうか」
　だからいらないってぇぇぇ——!!
「そ、それより、紗姫の執事さん、界さんとお友達だったなんて驚きましたよ」
「ええ、まあ……」

よし。

話題を変えることに成功した。

「界さん、とってもきれいな方で憧れちゃいます。優しくて面白くて……」

よしよしこのまま。

抱きしめるなんて話、すっぽり忘れてくれれば……。

「お嬢様」

「はい？」

「今夜、お部屋にお伺いしてもよろしいでしょうか」

「今夜？」

だからって。

なぜ急に？

「ええ。私用で、何時になるかははっきりとわからないのですが……」

「それは構いませんけど……今じゃ、ダメなんですか？」

リムジンの中とはいえ、私と黒木さんしかいない。

別に今でもいいんじゃ……。

ポンポンとハテナを浮かべる私に、黒木さんはますます謎(なぞ)なことを言う。

「はい。というより、私が見られたくありませんので」

「見られたくない？」

「はい。お嬢様のとろけたお姿は、私だけのものですから」

「は……？」

目が点になる。

お？　今とんでもないワードが聞こえたぞ？

　すごいことを言われたのに、逆に冷静になる。
　さらっと言ったけど、違和感しかなかったよ？
「お、おかしくないですか……？」
「どこがでしょう？」
「そ、そのぉ……」
　言えるわけないでしょーがっ!!
「なっ、わかってるんじゃないですか!!」
　二度も言ったよこの人!!
　照れもしないでさらっと!!
「と、とろけるって……」
「はい。お嬢様が、私の手の中で、とろけるという意味です」
「……っ!?」
　声にならない悲鳴が上がる。
　え、えっ、えっ……。
「えええぇぇぇ——!?」
　はっ、は？　はぁぁぁぁ——!?
「そんなに驚かれることですか？」
「当たり前じゃないですか!!　私に何する気ですか!?」
　身の危険を感じ、両手を胸の前でクロスしてぶるぶる震える。
　赤くなる……のを通り越して、冷や汗をかくほど私の顔は真っ青だと思う。
「何って……夜に男女がふたりきり。思い浮かぶものは、ひとつしかないでしょう？」
「……」

ひとつ、しかない……。

頭の中に浮かぶのは、あんなことやそんなことで……って、違──うっ!!

えっ、えっ、えっ!?

嘘。嘘でしょ!?

息が荒くなって、動悸(どうき)が止まらない。

「では、そういうことなので。覚悟、しといてくださいね？めいっぱい、とかしますから」

クスッと笑った声が聞こえた直後。

「つきましたよ、お嬢様」

ドアが開き、手が差し出される。

そして黙り込む私を見てまた、ふっと笑みを浮かべる。

「今夜のことはさておき、後ほどまた、ご夕食のお呼びに伺います。それまで私は少々やらなければいけないことがございますので、何かありましたら、メイドに」

「……」

そして恭しく礼をした黒木さんは、スっと私の耳元へ近づくと、腰が砕(くだ)けるほど甘く囁いた。

「そんなに顔を赤くさせて。今夜は、長い夜になりそうですね──……」

とびきり甘い夜にしましょう

「お嬢様。私の勘違いでしたら、大変申し訳ないのですが。どこか、体の具合でも……」
「えっ!? ど、どうしてですか?」
「あまり、召し上がっておられないようなので……」
「あ、いや、これは……」
「はっ、もしやお口に合いませんでしたか!?
　申し訳ありません!! すぐに作り直して……」
「違います!! 体調は悪くないですし、めちゃくちゃおいしいですから! いつもありがとうございます!!」
「お、お嬢様……?」
　早口で言い切った私にますます心配な目を向けてきたメイドさんやシェフ。
　おいしすぎて、いつもならもっともっとと食べちゃうのに、今日はなんだかお腹がいっぱいで。
　箸が進まないのは、体調でも、味が問題でもなく……。
「我慢だけはなさらないでくださいね、お嬢様」
　どの口が言ってるの?
　かんっぜんに、私のすぐ後ろで控えるこの執事のせいだ。
　今は、夜ご飯の時間。
　私がいるのは、最初このお屋敷に来た時に通された、おじいちゃんがいた部屋。
　まぶしいほどに光を放つシャンデリア。

白いレースクロス。

座り心地が抜群(ばつぐん)にいい、ふっかふかのアンティークのイス、テーブル。

いつもご飯を食べる時には、お誕生日席である端っこの席に座ってる。

つねにそばにはメイドさんがふたりに、シェフがひとり必ずいるんだけど……。

ご飯なら、みんなで一緒に食べませんか。

私だけだと、食べづらいので。

前からそう言ってるのに、使用人には使用人の食事がありますので、と聞き入れてもらえない。

でも今日は……。

「すみません。今日はもう、お腹いっぱいで……」

それすらも気にならないほど、私の頭はこのあとのことでうめつくされていた。

「では、部屋までお送りします」

今はとにかく、ひとりになりたい……。

「ほんと、大丈夫ですので……」

黒木さんの目が見れなくて、それだけ言えば、

「わかりました」

そう言って私が部屋を出るのを見届ける。

「お嬢様」

「は、はい……」

ドキマギしてうまく受け応えできない私に気づいてるのかはわからないけど……。

「のちほど、お部屋に伺いますね」
　メイドやシェフがいる中、こそっと耳元でつぶやかれた声は、秘密と言ってるようで。
「っ……」
　コクコクと頷くのでさえ、いっぱいいっぱいだった。

「ど、どうしたらいいの……」
　早足で戻るも、何をするわけでもなく、部屋中をウロウロする。
　夜に男女がふたりきりで。
　思い浮かぶのはひとつで。
　黒木さんが言ってるのは、アレだよね？
　もう、アレしかないよね!?
　アレしか……。
　数時間後には、黒木さんと私が、このベッドで……。
　ぎゃあぁぁぁ――っ!!
　ベッドにぼふんっと倒れ込んで、足をジタバタさせる。
　どうしようどうしようっ!!
　私、そういった経験ないんだけど!?
　てか、黒木さんはこんなちんちくりんが相手でいいの!?
　今から、「いやです!!」って断る？
　心の準備ができるまで、待っててくださいって言う？
　言ったところで、黒木さんが聞き入れてくれるかわからないけど……。
　でも優しい黒木さんのことだから、私が泣いていやがれば、きっと止めてくれるはず。

でもそういうのって、男の人からすればどうなんだろう。

元カレは、いやがった途端、態度をコロッと変えて私を捨てた。

執事である以上、私がやめろと言わない限り……っていうか、おじいちゃんがクビにしない限り、離れていくことはないだろうけど……。

うつ伏せになっていた体を起こして、胸にゆっくり手を当てる。

トクントクンと規則的な胸の音。

「いやでは、ないんだよね……」

はっきりとはまだ言えないけれど、確実に黒木さんを意識している自分がいる。

黒木さんへ気持ちが傾きつつある自分がいる。

そんな人にふれられて、いやなはずない。

前にも黒木さんに触られた時、いやじゃないって思ったことに気づいて。

元カレのことがあって、そういうのは一生いいやと思っていたのに。

黒木さんだけは、不思議とこわくない自分がいて。

そこから、意識し始めたんだよね……。

黒木さんの、素の姿を知ってるからなのかな。

私を何よりも大切にって、考えてくれてるからなのかな。

初めてだし、緊張しかないけど……。

昼休みの、黒木さんが女の人に言ったこともあって。

今日の夜のことを言われて、驚きももちろんあったけど、それ以上に。

込み上げてくるほどのうれしさで、胸がいっぱいだった。

「ふぅ……」

湯船のほどよいあたたかさに、思わずため息が出た。

時間はもう９時。

そろそろ黒木さん、部屋に来るかな……。

足を軽く動かすたびに、ちゃぽんとお湯が跳ねる。

「いい香り……」

緊張でばくばくしていた心が、ふわりと鼻をくすぐるラベンダーの香りに穏やかになる。

それにしても、すごいお風呂……。

毎日入ってるのに、いつもそれに圧倒される。

まん丸の、まるでプールのよう。

電気を消せば、湯船の底にあるライトが光って幻想的になるし、

シャンプーやトリートメントも見たことないブランド。

湯船から見える外の庭には、さまざまな種類の植物が植えられてて、それもライトアップされてる。

入るたびにホテルみたいだと感じる。

そっと両手でお湯をすくえば、ぽたぽたと落ちていく音が浴室内に響く。

足も、腕も、首も。

体全体をぴかぴかにした。

なんか期待してるみたいで恥ずかしい……。

一応だよ、一応!!

もしも……もしもの場合のことを考えた時に、汚い? よりは、きれいなほうが絶対いいし……。

なんてこんなことを考えてる時間がいちばん恥ずかしいかもしれない。

ああーっ！　もう!!　どうしよ!!

ぬぉぉっ——!!

ほっぺたに両手を当てて足をバタバタさせていると。

「お嬢様」

「はい——!?」

浴室のドアの向こうに見える黒い影。

いつの間に黒木さん、部屋に入ってきてたの!?

思わず素(す)っ頓狂(とんきょう)な声を上げてしまう。

「く、黒木さん!!　絶対に入ってこないでくださいよっ!?」

今はすりガラスのドアの向こうにいるから見えないけど、入ってこられたらおしまい。

だってこの湯船、ラベンダーの香りがついているだけで、普通に透明だから!!

「お部屋の外でお待ちしていようかと思ったのですが、あまりに遅いので心配になりまして」

「す、すいません……」

どこもかしこも気合い入れて、きれいにしていたなんて言えない……。

「お顔だけでも拝見できませんでしょうか？　お嬢様が出

るまで心配でなりません」
「絶対いやです!!」
「それは残念」
　ザバッと立ち上がったところを慌てて座り直す。
　顔なんか見せにいこうもんなら、絶対ドア開けられて、体見られる。
　そんなのできっこない!!
　行く前に気づいてよかったよ、ほんと……。
「では、上がられるのを待っています」
　クスッと笑って黒木さんは浴室前から姿を消す。
　また、からかわれた……。
「髪を乾(かわ)かしますので、こちらに座っていただけますでしょうか」
　まだいたんだ……。
　ルームウエアに着替えて、髪を拭(ふ)きながら出てきてギョッとする。
　追い出すような形になっちゃったし、てっきり戻っちゃったのかと思っていた。
　ドライヤーを持って待機する黒木さんを黙って見つめていると、
「お嬢様。早くしないと風邪(かぜ)を引いてしまいますので」
　急かすようにポンポンと手で叩いた場所は。
「そ、そこに座れと？」
「はい。何か不都合でも？」
「そういうわけでは……」

離れた距離からでもわかる。

そこは絶対おかしいって。

だって、ベッドに深く座る黒木さんの前。

つまりは足の間に座れってことでしょ!?

そんな付き合ってるカップルがすること、恥ずかしすぎて無理!!

「ほら早く」

「うわっ、ちょっ……!!」

近寄ってきた黒木さんに腕をクンっと引っ張られて、否応なく座らされる。

ち、近いっ……。

執事服から漂う柑橘系(かんきつけい)の香りが鼻をくすぐって、頭がクラクラしてくる。

「私は早くお嬢様との時間を楽しみたいのです。それに尚(なお)のこと、私を意識していただけるかと思いまして」

今以上に、と。

「なっ……!!」

横の髪を耳にかけられて掠(かす)めた唇が紡いだ言葉は、とっても甘い。

途端にこのあとのことが想像できて、鼓動が一気に加速し始める。

「……」

俯いて黙る私に、黒木さんはクスクス笑うだけ。

どれだけ人をドキドキさせたら気が済むの。

意識なんてとっくにしている。

　だからこうして、黒木さんの言動ひとつひとつに一喜一憂してるんだよ。
「お嬢様の髪は、とてもきれいなブラウンですね」
　指が優しく髪をすり抜けていく。
　そのたびにうなじや耳に指が当たって、心臓がバクバクうるさい。
「あっ、は、はい。母の遺伝だと思います。母も元々黒髪じゃなくて、明るい色をしてましたから」
「そうでしたね」
　え……？
　瞬間、ドキドキと高鳴っていた鼓動がピタッとやむ。
　黒木さん、生前お母さんと会ったことがあるのかな？
　おじいちゃんとお母さんのこの家でのことも知っていたし、お父さんの名前も。
　まあ、会っててもおかしくないか。
　いや？
　でもたしか黒木さんは、私がこの家に来る１週間前ほどに執事になったって……。
「私は好きですよ」
「へっ？」
　カチッとドライヤーが止まってハッとする。
「く、黒木さん？」
　思考が戻ってきた時にはすでに、黒木さんは私の正面にひざまずいていて。
「さらさらで、指どおりも滑らかで。ずっとさわっていたいほど、愛おしいです」
　髪をひと束持ち上げられて、そっと口づけが落とされる。
「何よりも大事なお嬢様の一部ですから」
「っ!!」
　なんて甘すぎるセリフ……。
　目を細めてにっこり笑ったその表情は優しさがこぼれんばかりに感じられて。
　またドキッと心臓が跳ねた。
「ではお嬢様、少々お待ちくださいませ」
　一礼して、黒木さんが部屋を出ていく。
　い、いよいよね……。
　ドライヤーが終わって髪をとかされている時からずっと、心臓の音がバレていた気がする。
　黒木さんから漂う雰囲気も、視線も、髪にふれていたその手も、とびきり甘くて優しくて。
　はぁ……やばい。
　本当に緊張してきた。
　カチコチとして、うまく体が動かない。
　ほんとどうしたらいいの!?
　頭がグルグルと回って落ちつかない中。
「失礼しました、お嬢様」
「い、いえ……って!?」
　戻ってきた黒木さんの格好に目を見開いてギョッとする。
　な、なな、ななななんで!?

「どうして上着脱いでるんですかっ!?」
「え？　どうしてって……汚(よご)れちゃ、困りますし」
　私を横目で見てクスッと笑う。
「っ!!」
　何その流し目と甘すぎる微笑みは……。
　あまりに色っぽすぎて、思わず顔を背ける。
　でもやっぱり気になって目線だけ送った途端。
　っ!?
　声にならない悲鳴が心の中で響き渡(わた)った。
　なんでなんでなんでぇぇぇ——っ!?
　ネクタイをシュルッと落とし、シャツのボタンを上からふたつほど外す。
　手袋はそのままに、腕まくりまで始める黒木さん。
　きれいな鎖骨と伏せられた長いまつ毛が、妖艶でとてつもない色気を放っている。
　ひぇぇぇ——っ!!
　今度こそ真っ赤になっているだろう顔を両手で覆って、ドッドッドと爆発(ばくはつ)しそうなほどうるさい心臓に体がぶるっと震える。
　こ、これはまじのやつだ。
　嘘じゃない。
　もしかたら違うなんて思っていたけど、嘘。
　絶対あれしかない!!
「だ、だからって他のメイドさんたちに見られても大丈夫なんですか？」

黒木さんを始め、どのメイドさんも使用人も、いつ見てもキチッと制服を着ている。

いくら暑かろうが、腕まくりはあっても、ネクタイやボタンを外すことは絶対しない。

「大丈夫ですよ。今この家にいるのは、お嬢様と私だけですから」

「えっ……。えええぇぇぇっ!?」

「そんなに驚くことですか？」

「驚くも何も……っど、どうしていないんですか!?」

「私が、今夜はいないようにと屋敷にいる者全員に伝えましたから」

最上級の笑顔で見られても……。

ていうか、なぜそんなことを!?

「もちろん、お嬢様の甘い声を誰にも聞かせたくないからに決まっています」

「は？」

「前にもお伝えしましたよね？　お嬢様の全部は私のものだと」

「……」

「私の腕の中での甘い声など、誰にも聞かせたくありません。もし万が一聞かれるなんてことがあればその時は……」

「その時は？」

「拒否権（きょひけん）なしに、ころ……いえ、お嬢様の前でそんなこと、恥ずかしくて言えません」

恥ずかしい!?

今絶対、物騒な言葉言おうとしましたよねぇ!?
「とにかくです。お嬢様は何も気にせず、私にすべてを預けてもらえれば大丈夫ですので」
そう言われて近寄ってきた黒木さんは、
「私に掴まっていてくださいね」
ふわっと私を持ち上げたかと思うと、スタスタとベッドのほうへ歩いていく。
ま、待って!! 心の準備がっ!!
「ま、待ってくださいっ……!!」
「待ちません。私は、この時をずっとずっと待ち望んでいたのですから」
「く、黒木さっ……」
そっとベッドにおろされた私の隣に黒木さんも腰かけると、グッと距離を詰めてきた。
「今夜は、お嬢様と私のふたりきり。声のことなど、まったく気にしなくていいですよ」
「っ……!!」
スルッと頬を撫でられて、じっと射抜くような視線が向けられる。
「心臓、すごいです」
「んっ……」
首の脈の部分をつつーっと上から下へとなぞられて、変な声が出てしまう。
「ふふっ、たまんないですね」
ドキッ――。

ペロッと唇を舐めるその姿は、今にも獲物に飛びかからんとする肉食動物のようで。

かぁっと全身が熱くなって、両手で口を覆う。

「お嬢様。その甘い声、もっともっと聞かせてください。私しか、聞いておりませんので」

そう言うと、部屋の明かりを二段階ほど暗くする。

それが恥ずかしいって言ってるのに!!

黒木さんからあてられる色気ダダ漏れの雰囲気に、心臓が壊れそうなほど暴れている。

少し暗くなったせいか、より一層黒木さんの瞳が妖しく光った気がした。

「お嬢様。目を閉じていただけませんか」

「目を……?」

言われたとおりゆっくり閉じれば、一層ドキドキが速まっていく。

「そうです。いい子ですね、お嬢様は」

「んっ……」

まぶたの上に柔らかいものが押し当てられて、体がピクっとなる。

「大丈夫です。そのまま……」

ああ私、今夜黒木さんと……。

両頬にじんわりと熱が伝わってくる手が当てられて、黒木さんが徐々に近づく気配がする。

「お嬢様……」

色っぽくかすれた低い声。

「そのままずっと目を閉じて、私の声だけを聞いていてください」
「は、い……」
なんとか絞り出した声は震えていたけれど、黒木さんの優しいその手に安心して私は身を預けることに決めた。

十数秒後。
「黒、木……さん？」
「はい」
「い、いえ、なんでもないです……」
けれど、いつになってもその熱が降ってくることはなかった。
「待ちきれませんか？」
「そ、そういうわけでは……」
「そうですよね。早く甘くとろけたいですよね」
もちろん、うんなんて言えるはずない。
「そのままですよ、そのまま。絶対に目を開けないでくださいね」
「は、い……？」
再度念を押し、私から手を離した黒木さんがベッドから立ち上がる音がする。
え……？
ただ困惑して動けないでいると、黒木さんが何かをガラガラと持ってくる音がする。
「お嬢様も私も、焦らしプレイは嫌いですからね。では、目を開けて？」

焦らしプレイって何？

ハテナマークが漂う頭の中、ゆっくり目を開ければ、

「こ、これはいったい……」

目の前には、色とりどりのバラやエディブルフラワーが載った６段のモスグリーンのもの。

「え、えーと……これ、は？」

目が点になる私をよそに、黒木さんはそれにゆっくりゆっくりナイフを落としていく。

「お嬢様のお考えどおり、抹茶ケーキです」

「ま、抹茶ケーキっ⁉」

「はい。これをお嬢様にどうしても食べさせたいと思いまして」

「……」

え？　え？　ちょっと待って？

よし。１回整理しよう。

私は今夜、黒木さんと過ごすはずだった。

しかも黒木さんは、やけに甘い夜だのなんだのと繰り返していた。

つまりは、とろけるどうのこうの……と言っていたのって……。

「黒木さん、ひとつ聞いてもいいですか」

「なんでしょう？」

「なぜ上着を脱ぎ、腕まくりまでする必要があったのですか？」

「もちろん、袖（そで）にクリームがついてはいけないと思ったからです。これは皇財閥から支給されているものなのですが、１着に何十万。汚すなんてできませんから」
「じゃ、じゃあ、ボタンを外した意味って……」
「お嬢様は日頃（ひごろ）から、お食事の際、いつも自分だけ食べているのはいやだとおっしゃいますよね。せっかく私が作ったものですし、お嬢様と一緒にいただこうと思いまして」
「え、ま、まさかこれ……黒木さんが？」
　嘘でしょ。
　こんなウエディングケーキみたいなものまで作れるなんて、ほんと何者なの黒木さん。
「はい。お嬢様に、と。抹茶ケーキ、お好きですよね？」
「す、好きですけど……」
　たしかに好きですよ!!
　ここに来た初日だって黒木さん、抹茶のシフォンケーキ出してくれたもんね!!
　だ、だからって……。
「さすがに食事の際にまでボタンを止めているのは息苦しいですから」
　そういう、こと……。
　すべて合点がいったわ。
　ガクッとうなだれた私に、黒木さんは「どうされました？」と聞くだけ。
「誰にも声を聞かせたくないっていうのは？」
「もちろん、大好きな抹茶ケーキに悶えるお嬢様のかわいい声など、私以外が聞くなどありえませんから」

　な、なるほど……。

　再びガクッとうなだれる。

「お嬢様？　なぜだかすごく疲れた顔をなさっておりますが、どうなさいました？」

「な、なんでもないです……」

　どうしたもこうしたもないよ。

　あんな熱っぽい瞳で見てきたり、愛おしいと言わんばかりの手つきでさわってきたくせに。

　勘違いしないほうがおかしい。

　ずっと緊張していたぶん、今になって、どっと疲れが襲ってきた。

「それになんだか残念な顔をなさっておりますし……」

「し、してないですから!!」

　たしかに残念ではあるけれど、ホッと安心したような、これでよかったような、不思議な気持ち。

「お疲れのようでしたら、今夜はお召し上がりになるのはやめておきますか？　冷蔵できますし」

　差し出されたお皿の上には今にもよだれが出そうなほどおいしそうな抹茶ケーキ。

「いっ、いただきます……」

　せっかく作ってくれたんだし、ここはもうやけくそだ。

　食べて食べて食べまくって、きれいさっぱり忘れてやる!!

「じゃあ、いただきま——」

「お待ちくださいお嬢様」

「え？」

　差し出されて取ろうとしたお皿がすっと遠ざかる。

「どうしました？」

　ベッドに腰かけた状態で黒木さんを見上げた瞬間。

　っ!?

　すっと首筋をなぞられた。

「な、何を……っ」

「期待、しました？」

　穏やかな空気から一変。

　黒木さんの纏う雰囲気が、さっきみたく鋭く妖艶なものになる。

「な、何がですかっ……ん、ふっ……」

　撫でていた指はそのままゆっくりゆっくり鎖骨へと移動していく。

　そのたびにくすぐったさに、全身に甘い何かが駆け抜けていくみたいで。

　声にならない声が、自然と漏れてくる。

「先ほどネクタイやボタンを外していた時。お嬢様はどんな目で私を見ていたかわかりますか？」

「わ、わかりません……っ」

　めまいがしてきて潤(うる)んだ目で見上げれば、黒木さんはフッと不敵に笑った。

「ならば、教えましょう……お嬢様、嫉妬のお時間です」

「し、嫉妬？」

「やっぱり、わかっておられないのですね」

「えっ……」

　トンッと肩を押されて、私の体はそのままベッドへ。

　そして私の顔の横へと両手をついた黒木さん。

　ちょっ、ちょっと待って!?

　ボタンを閉めてないからシャツははだけまくりだし、普通に鎖骨とか見えてる!!

「お嬢様」

　はあっと、ため息をついた黒木さん。

　邪魔だと言わんばかりに前髪をかき上げたその仕草は、とんでもない色香を放っていて。

「っ……」

　心臓がバックンバックンと音を立て始める。

　黒木さんて、こんなに男の人だっけ。

　普段とにかくきちっとしているのに、今は余裕のなさやゆるい感じが見え隠れしている。

「お嬢様は本当に私を翻弄しますよね」

「えっ、それはどういう……っ!?」

　そっと頭の後ろと腰に手を回され、グッと引き寄せられた体。

「んっ……！」

　加えてまぶたの上にそっとキスを落とされて、体がピクッとなる。

「ほら。ちゃんと考えてください」

「そ、そうは言ったって……っ！」

　不機嫌な声に頭をフル回転させるけれど、頬に、こめかみに、おでこにと熱が落とされるせいで、全身の力が抜けていくばかり。
「先ほども今のように薄明(うすあ)かりの下で、とろんとした目をされて。私がなんの手も出さないとでもお思いですか」
　そして、私の肩からするりとカーディガンを抜き取っていく。
「黒、木さ……」
　抵抗しようにも、頭がぼんやりとして手足が動かない。
　それどころか、鋭い目の中にとんでもない熱っぽさがあって、不思議と目を逸らすことができない。
「このまま、お嬢様の望みどおりにしてもよろしいのですが、もちろんそうはしませんよ？」
「えっ？」
「どうして今こうなっているのか、ちゃんと理解していただかなくては」
「で、でも本当に、身に覚えがなくて……」
　嫉妬。
　つまり、私のことで黒木さんは誰かにそう思った。
　でも私は本当に何も……。
「お嬢様の鈍感っぷりは、私を翻弄……いや、誘惑(ゆうわく)しているのではないかと常々思えてなりません」
「んっ……！」
　下から上へ、手首から二の腕へ。
　キャミソールだけでむき出しになったそこを、ゆっくりなぞられる。

「ほんっと、かわいい反応をされますね。声もずっと聞いていたいくらい、甘い……」
「ひゃっ……」
　上下していた指がルームウエアの裾を少し上へと持ち上げ、太ももを撫で上げた。
「あー、ほんっとやばいな」
「んっ、ちょっ……」
　唇をペロッと舐めて、次は私の肩からキャミソールの紐をおろそうとする黒木さん。
「待っ、待って……」
「待たない」
　なんとか抵抗しようと手を伸ばしても、頭の上でひとまとめにされるだけ。
「っ……！」
　またもや耳に落とされたキスに、体温が一気に上昇していく。
「このまますべて俺のものにして、美都をずっと俺の腕の中に閉じ込めておきたい」
「っ!?」
　丁寧語が外れ、私の名を呼ぶ黒木さん。
　スッと目を細めて囁かれる声に、鼓膜が、体中がぶるっと震える。
「俺だけを見て、俺でもっといっぱいになって。美都のすべては俺とともににある」
「……」

もう、目が離せない……。

「なんて、ね」

「へっ？」

次にされることがわかってぎゅっと目を閉じていたのに、降ってきたのはクスッと笑う声だけ。

「さあ、お嬢様。当然答えはおわかりいただけましたね？」

「なっ、なななっ!?」

カッと目を見開いてみれば、ただニヤリとした笑みがあるだけで。

ま、またからかわれた――っ!?

「っ!!」

ぶわっと熱くなる頬を隠したくても、両手がまとめられてるせいでそれは不可能。

目の前には、ん？　と微笑む端正な顔があるだけで。

本当にやばいかもしれないと頭の中で警告が鳴り響く。

「界」

「えっ？」

「どうして界を下の名前で呼んでおられるのです？」

わからない私に痺(しび)れを切らしたのか、ググッと眉間にシワを寄せる黒木さん。

って、どうしてここで界さんの話？

「下の名前も何も、今日の昼休みに界さんがそう呼んでくれって……」

年上の方だし最初は苗字だったけど、界さんはいやがっていたし。

「だったら、私のことも呼べますよね？」
「えっ？」
　近い近いっ!!
　ずいっと詰め寄ってきたその表情は、問答無用と書かれている。
「界を下の名前で呼べるなら、当然執事である私のことも同じように呼べますよね？」
「……」
「呼べますよね？」
「……」
「お嬢様？」
「はい……」
　正直、界さんと黒木さんとでは同じ男の人でも簡単じゃないっていうか。
　界さんは紗姫の執事だからっていうのもあるし、見た目は女の人だからっていうのもあった。
　でも黒木さんは……。
「さあ、お嬢様」
　私が意識してるひとりの男の人、だから。
　めちゃくちゃ緊張するんだけど……。
「……さん」
「聞こえません」
「とう、やさん……」
「もう一度」
「十、夜さん……」

「ちゃんと私の目を見て」
「っ!!」
　固定された手は放されたものの、グイッと顔を黒木さんのほうへ向かされ、期待した目が私を射抜く。
　ただ名前を呼ぶだけなのに、黒木さん相手だとどうしてこんなにも緊張しちゃうんだろう。
「十夜さん」
「っ!!」
「ちょっ、黒木さん!?」
　ぎゅううっと強く覆いかぶさるように抱きしめられ、息がとまりそうになる。
　く、苦しいっ!!
「もう戻っていますよ、お嬢様。
　これからはちゃんと、十夜さんって呼んでくださいね？」
「は、い……」
　うれしさで弾(はず)むような声で囁かれてしまえば、頷くしかなくて。
「もしまた、私を嫉妬させた暁(あかつき)には……」
　ゆっくり上体を起こし、脱がされたカーディガンを体にかけられる。
「暁、には……？」
　ゴクリと唾(つば)を飲んだ私を見ていたその目が一瞬ギラりと光った気がした。
「お嬢様が期待されましたとおり、いやと言われても必ず襲いますので、覚えておいてくださいね」

なんと甘い言葉……ではなくて、脅迫(きょうはく)。
「それと今後、私を苗字で呼ぶことも厳禁です。もし一度でも呼んだならば、朝になってもベッドから放してあげないつもりですので」
黒木さ……いや、十夜さんは。
「どうなさいました？」
「いえ、何も……」
たぶん……いや、確実にどんな男の人よりも独占欲が強くて、嫉妬深くて。
「さあお嬢様。口を開けてください。私と一緒にスイーツを食べながら甘い夜を過ごしましょう」
一度怒らせたなら、きっと。
私の体は、十夜さんに溶(と)かされて使い物にならない気がする。

手取り足取り教えましょう

「黒木、やばいね……」
「やばいって？」
「だって、美都への愛が重すぎるというか……渋滞(じゅうたい)しすぎというか……」
　翌日の朝。
　授業が始まるまでの少しの時間、私は昨日の出来事を紗姫に話していた。
「だって、他の男を下の名前で呼んだからって、本当はケーキを用意してただけなのに、親密な夜を過ごすような期待させたり、脅迫めいたようなこと言ったり」
「……」
「黒木って、あのクールな表情の裏では美都のことしか頭になさそう」
「わ、私のこと？」
「そう。一に美都。二に美都。三も四も美都で、なんなら十まで美都ばっかり」
　それって、一に勉強、二に勉強……ってやつだよね？
「俺なら逃げ出すレベル。つーか、引くわ」
　紗姫は根っからの自由気質だもんね。
　渋い顔をして両腕をさする紗姫に、私も思わず苦笑い。
　たしかに十夜さん、見た目と中身とのギャップがすごいよね。

てゆーか、別人かと思うほど。
「それで？　その抹茶ケーキは食べたのか？」
「うん。それはもうおいしくいただきました……」
あんな夜遅くに食べるなんて罪深いとは思いつつも、結構食べてしまった。
だってあんなにおいしい抹茶ケーキ、初めて食べたんだもん。
見た目がかわいいのはもちろん、味も言うことなし。
好きなものだったら誰だって、時間なんて関係なしに食べちゃうよね。
「じゃあ一応？　甘い夜だったってわけか」
「ま、まあね……」
ニヤニヤ笑う紗姫の目から逃れたくてふいっと横を向く。
普通に並んで座って食べ始めたのはいいものの、何度もアーンしてきたり、逆にしてほしいと言われたり。
挙げ句の果てには口移ししてあげましょうかとか言ってきて死ぬかと思った。
さすがイケメン……。
やることなすことハードルの高さが普通じゃない。
「で？　相談っていうのは？」
「あ、うん、そのことなんだけど……」
「うん？」
「男の人って、何あげたら喜ぶのかな」
昨日いろいろあったとはいえ、あんなにたくさんの抹茶ケーキをご馳走になってしまった。

　作るのなんて簡単じゃなかっただろうし、何度も練習したに違いない。

　大学生で授業の準備とか課題もあるだろうに、わざわざ時間を割いて。

　私のためにってしてくれた十夜さんに、何かお礼がしたくなった。

「なるほどな。じゃあ、美都をあげれば？」

「は？」

　うーんと一瞬悩んだあと、すぐに真面目な顔してとんでもないことを言った紗姫。

「どういうこと？」

「黒木がいちばん喜ぶものなんて、美都以外考えられない。ほら、クリスマスとかであるじゃん？　プレゼントは、私ってやつ」

「そ、そんなことできるか——っ!!」

　ガタッと立ち上がって、自分の両頬をバチンと叩く。

　たしかに昨日、黒木さんに流されそうになっていたけど、それは付き合っているカップルがすることで、私たちじゃない。

　てゆーか、恥ずかしすぎて死ぬわ!!

　頭にポンッと首にリボンをつけた自分が十夜さんに歩み寄るシーンが浮かんできて、慌てて消す。

「んーなら、ブランドの時計とかは？　黒木、私服の時、腕時計つけてたじゃん」

「時計、か……」

シルバーの、見るからに男の人っぽいのつけていたっけ。

ブランドにしようが何にしようが、高校生の私じゃ買える範囲(はんい)なんて限られてる。

それに、本人の好みもあるしなぁ。

うーんうーんと頭を悩ませる私に、紗姫はハッと目を見開いた。

今度こそ、ちゃんとした案が出てくるといいけど……。

「クッキーは？」

「クッキー？」

「そう。今日の家庭科の授業、調理実習だろ？　しかも作るものはクッキー。これならどうだ？」

「なるほど……」

これならお金は学校持ちだし、何よりも手づくり。

抹茶ケーキには到底(とうてい)及(およ)ばないけど、真心込めて作ったものならきっと喜んでくれるはず。

「ありがとう紗姫!!　私頑張るよ！」

お菓子(かし)作(づく)りは結構得意だし！

気合いを入れる私に紗姫は、

「ほんとに美都をプレゼントにしなくてよかったのか？」

なんて聞いてくるもんだから、

「もしうまくできても紗姫には味見させてあげない」

と突っぱねたら血相を変えて謝ってきたので、思わず笑いを堪えきれなくて、嘘だよと返しておいた。

「紗姫は界さんにあげたりしないの？」

６限目。

今日の最後の授業は家庭科。

型取りをする私の隣で、ただその作業を見ていた紗姫に聞いてみた。

「俺、料理とかそういうのほんと苦手で。一度作ってみたことあるけど、食べられたもんじゃなかったし」

「そ、そっか……」

イスに座ってズーンと落ち込む紗姫に私は微笑む。

「もしかして紗姫、ちゃんと分量とか計らなかったんじゃない？」

「え？」

「ご飯を作るならそんなに問題ないと思うけど、それがお菓子なら話は別。目分量だとだいたいうまくいかないから」

お菓子作りって、ひとつひとつの材料のグラム数が決まってるから念入りに計らないといけない。

それを怠（おこた）ると固まらなかったり、パサパサになったり。

昔はよくそれで失敗して、何度も材料を買い直しては作り直すを繰り返していたっけ。

「今は私もいるし、少しでもいいからやってみない？　界さん、喜ばせてあげたくない？」

「界を喜ばせる……」

「そうそう！」

紗姫、ほんとかわいい。

苦手なことなのに、界さんのためなら頑張ろうとする。

　界さんのこと、絶対好きだよね。
「わかった。頑張ってみる。美都先生、よろしくお願いします!!」
「ふふっ！　一緒にとびっきりのクッキー作ろうね」
「おう！」
「まずグラムを計る時は、必ず0に針を合わせてから……」
「うわっ！　めんどくさっ！」
「めんどくさくてもやるの！」
「ど、どうすんの美都！　なんか型取りがグチャッてなった」
「大丈夫。落ちついて。ゆっくりやれば平気だから」
　とまあ、いろいろあったけれど……。
「できたっ!!」
「うん！　これなら絶対においしいはず！」
　オーブンから取り出したクッキーはきれいな焼き色がついていた。
　真ん中をハート型や星型にくり抜きそこにジャムを流し込んだから、見た目もとってもキュート。
「やったあぁぁ――っ!!　初めてうまくできたっ!!　美都、ありがとう！」
「ふふっ、どういたしまして」
　ほっぺたに生地をつけたまま、わーいわーいと喜ぶ紗姫。
　途中で放り出しそうになっていたけれど、頑張ってよかった。
　界さん、喜んでくれるといいね。

　死ぬほどうれしいと飛び上がる紗姫に、私も思わず笑みがこぼれた。

「そういえばさ、家庭科の時、女子しかいなかったね」
　片づけも終わり、教室へと戻る私たちの隣をキャッキャウフフと通りすぎていく子は女子ばかり。
　みんな頬を赤く染めてラッピングしたものを持ち、このあとの何かを期待してるよう。
「あー……なんかクッキーを作る時だけは男子は外に追い出されるって聞いたことあるな」
「追い出される？」
「そうそう。女子が好きな人のためにクッキーを作って、それを男子にあげる風習みたいなのがあるって」
「へぇ……」
　つまり、女子が作ったクッキーを男子が受け取るってわけか。
　なるほどねぇ。
　いつもなら進んで男子と体育をする紗姫が行かなかったのは、何気に界さんにあげたかったからなのかも。
　だるいって顔をしつつも、本当は作る気満々だったのかな、なんて。
「もちろん俺はクラスの誰にも渡さねーよ？」
　ぎゅっと袋(ふくろ)を大事そうにかかえる紗姫。
「私だって誰にもあげないよ。十夜さんのためにって作ったから」

結果がどうであれ、私を喜ばせようとしてくれた十夜さん。

その気持ちに私も何かしてあげたいって思ったんだ。

「それにしても、“十夜さん”とはねぇ。いつの間に？」

「そ、それはそう呼んでくれって本人が言うからっ……」

昨日のことがフラッシュバックして頬が火照る。

ほんと恥ずかしい……。

「あれ美都ってば顔赤いぞ？　何を思い出したのかな?」

「もう紗姫!!　からかわないでっ!!」

「ふはっ、ごめんって！」

噴き出して走り出した紗姫を追いかけるように私もあとに続く。

無事十夜さんに渡せますように。

「美都、また明日な！」

「うん！　私も日誌を出したら帰るから！」

あんなにダッシュで帰っていく紗姫、初めて見たなぁ。

教室へと戻ってきたあと、とにかく早く帰りたいオーラが出ていた紗姫。

日直の仕事手伝おうかと言ってくれたけれど、丁重に断った。

きっと早く界さんに渡したいだろうし。

紗姫、頑張って。

心の中でエールを送り、あとは日誌を出すだけだと教室を出る。

それにしても好きな人にクッキーか……。

ちらりと教室を見れば、ドギマギしながらも、クッキーを男子に渡す女子があちこちにいる。

いつも派手で気高い雰囲気のお嬢様も、この時ばかりは普通の女の子と変わらない。

お嬢様たちなら、同じクラスの男子なんて興味ないと思っていた。

芸能人と友達だったり、お金持ちの世界にいる以上、いろいろな男の人と出会うはず。

それでも、好きな人は同じクラスにいる。

こうやって見ると、お金持ちの学校に見えないかも。

なんて思いつつ、職員室へと向かう足を速めた。

よしっ、私も早く帰ろう！

十夜さん、待ってるだろうし。

急ぎ足で教室に戻り、カバンの中にラッピングされた袋がちゃんと入っていることを確認する。

これを忘れちゃったら、元も子もないもんね。

なんだか渡すの緊張するなぁ……。

喜んでくれるかな？　それとも驚く？

なんならうれしいって笑ってくれるかもしれない。

きっと十夜さんなら、何をあげてもありがとうって微笑んでくれる。

早くその顔が見たいなぁ。

こぼれる笑みを抑えようと、両頬に手を当てた時。

「村上、さん？」

「はい？」

振り返ると、そこにいたのはひとりの男子生徒。

ネクタイはキチッとしめていて、メガネをかけている。

黒髪で、どこか理知的なオーラが感じられるその人。

同じクラス……ではなさそう。

こんな人、たしかいなかった。

「えーと、私に何か用ですか？」

早く帰りたいなぁと思いつつも、表情には出さず問いかけた。

「ちょっと話があって……」

「話？　私、今、急いでいて……」

見れば教室を見回し、モジモジとしている。

何かここでは話しにくいことなんだろうか？

まだたくさん人残ってるし。

「す、少しでいいので、お願いします！」

なぜか顔を赤くしたその人は、早足で歩き出す。

「あっ、ちょっと！」

引き止めたにもかかわらず、振り返ることなく歩いていくその人。

早く帰りたいんだけどなぁ……。

そう思いながらもさっさと終わらせようとついていくことにした。

ついた場所はバラ園のそばにある噴水の近く。

「あの？　それで、話って……」

背を向けたまま黙りこくるその人に問いかける。
「あのっ!!」
「はい」
「ぼ、僕（ぼく）、隣のクラスの林（はやし）っていいます！」
やっとこっちを振り返ったその人は林くんというらしい。
さっきからずっと顔はりんごのように真っ赤だし、体調が悪いのかと思ってしまう。
「あ、あのっ、急にこんなこと言われても困るってわかってるんですけど……。そ、その持っているクッキー、僕にくれませんかっ！」
「えっ？」
林くんがじっと見つめる先は、私の肩にかかったカバン。
クッキーって、さっき家庭科の授業で作ったクッキーのことだよね？
「ぼ、僕、村上さんを初めて見た時から好きで！　で、でも、僕なんかに振り向いてもらえないのはわかっています。だ、だからそのクッキーをもらえたら、本当に諦めますので……」
え、林くんは私のことが好きで、でも私が好きになることはないから、諦める代わりにクッキーをくれって言ってるってこと？
そういや教室でも、お嬢様たちに男子がちょうだいよーって群がってるの見たっけ。
でも私は……。

「ごめんなさい。気持ちはとてもうれしいですけど、このクッキーは渡せません」
「えっ」
　頭を下げてはっきり告げる。
「命の恩人、私にとってこれ以上にないくらい大切な人のために作ったものなんです。だから、ごめんなさい」
　からかわれたり、時にはいじわるだったり。
　それでも根は優しくて、本当はいつも私のことを再優先してくれる人。
　そして今、私が意識してやまない人。
「わ、かりました……」
　諦めてくれた？
「それならそれでいいです。でも……」
「えっ」
　顔を上げた途端、その近さに息をのんだ。
「ひとつだけ。ひとつでいいから、もらえない？」
　ちょっと待って。
　急にキャラ変わってない？
　さっきまでのアタフタした雰囲気が一変して、どこか鋭い眼差しで私との距離を詰めてくる。
「む、無理です……」
「どうしても？　ねぇ、どうしてもだめなの？」
　一歩一歩と後ろへ下がる私に、ジリジリと歩み寄ってくる林くん。
　声のトーンは低くなり、口調もさっきまでとは全然違う。

　舌なめずりをして、じっと私のカバンを見つめる。
　逃げなきゃ。
　前に十夜さんに言われたとおり、早くここから立ち去らなきゃ。
　そう思って背を向けた瞬間。
「逃がさないよ」
「っ!!」
　ぶるっと背すじが凍（こお）るほど冷たい声と、掴まれた腕から一気に体が冷えていく。
「俺がやすやす逃がすと思ってんの？　バカだね」
　そう言ってクルッと私を正面に向け、吐息（といき）がかかるほど顔を近づける。
「どうせ、あの執事に渡すんだろ？　いつも女子に囲まれてヘラヘラしてるやつに渡すくらいなら、俺にちょうだいよ」
　ヘラヘラですって？
　私が生きる意味を失っていた時、命を助けてくれた。
　泣いてつらい時もただそばにいてくれた。
　私を喜ばせようと、大学生で時間だってないはずなのに、好きなものまで作ってくれた。
　そんなあたたかくて優しい人が、女子に囲まれてヘラヘラ？
　笑わせないで。
「ヘラヘラしてるのはあなたのほうでしょ」
　ブチッと頭の中で何かが切れる音がした。

「は？」
笑っていた顔が真顔になり、一気に恐怖が襲ってくる。
でも私はやめなかった。
「何も知らない他人のあなたが、知ったかぶりで十夜さんのことを口にしないで。汚れるから」
そして、これでもかと睨む。
「あなたみたいな最低な人に渡すクッキーなんてありませんから」
目を見開いて固まる最低野郎に背を向け、私は歩き出す。
最悪だ。
こんな人のために時間を無駄にしてしまった。
十夜さんが待ってるっていうのに。
早く帰らなくちゃ。
「黙って聞いてれば、好き放題言いやがって」
後ろでブツブツ言っていたことに気づかなかった。
「やめてっ!!」
どうしてもクッキーが欲しいのか追いかけてきた最低野郎は、私のカバンを後ろから強く引っ張る。
「やめて！　離してっ!!」
これは、十夜さんのために作ったクッキー。
絶対に渡さないっ!!
キッと再度睨み返せば、ゾッとするほどの目で見おろされた。
「皇財閥のお嬢様だからって、調子に乗ってんじゃねーよ!!」
「っ!!」

ドンッと背中を強く押され、私の体はスローモーションで前へと傾いていく。

最悪なことに目の前は淡(あわ)いライトグリーンが一面に広がる噴水。

落ちる……っ!!

そう思ってぎゅっと目を閉じた時。

「お嬢様!!」

ふわっと安心するぬくもりに包まれて、そのまま噴水へと落ちていった。

「十夜さん!?　大丈夫ですか十夜さん!!」

ハッと目を開けて飛び込んできたのは、いつもの黒いネクタイに、ベスト。

すぐに十夜さんの胸板だと気づいた。

「大丈夫ですよ、お嬢様。こんなのなんともありません」

「で、でもっ……！」

あふれる涙をグッと堪えて見上げれば、十夜さんは私の頭に手をのせ優しく微笑んでいた。

浅いとはいえ、水面から守るようにして私を抱きしめたせいで、十夜さんは全身ずぶ濡(ぬ)れ。

私は足しか濡れてない。

「遅くなってしまい申し訳ありません。すぐに車の手配を。一色(いっしき)」

「任せろ」

片耳にイヤモニをつけた十夜さんは何かを呟き、私をお姫様抱っこしてザバッと噴水から出る。

「と、十夜さ……」

慌てる私をよそに、いつものリムジンと一台の車が目の前にとまり、真っ黒のスーツを着た5人の男の人が出てくる。

「一色。あとはよろしく」

「了解」

一色と呼ばれたその人は十夜さんと一言二言言葉を交わすと、残りの4人を引き連れ、真っ青になったまま動かない最低野郎(さいていやろう)の元へ歩いていく。

「お嬢様に手を出したこと、決して許さない。おまえにはいろいろ話がある。来い」

鳥肌(とりはだ)が立つほど低い声で言い放つと、最低野郎を引きずり、もう1台の車へと乗せる。

「黒木」

窓を開け、一色さんという人は十夜さんを呼んだ。

「すぐに済みますので。失礼します、お嬢様」

私をそっとおろすと、優しい目で頭をポンポンとし、うなだれる最低野郎につかつかと歩み寄る。

そして、

「っ!!」

グッと胸元を掴み上げ、苦しむのを気にもとめず鋭い眼光で言い放った。

「二度とその汚い手で美都にふれるな近づくな。

もし次同じことがあれば、今度はおまえを殺す」

ドンッと胸元を押すと、ゲホゲホと咳(せ)き込む林を冷たい目で見おろした。
「消えろ」
　そのあと一色さんを見て頷くと、発進する車を見届け、また戻ってきた。
「あ、あの十夜さ――」
「美都」
「えっ」
「美都……」
　助けてもらったお礼を言おうとした瞬間。
　全身を包み込むかのように、強く強く抱きしめられた。
「十夜さ……」
「美都、美都……っ」
　何度も私の名を呼ぶその声も、背中に回された腕もどこか震えていて、思わず口を閉ざす。
「心配、しました」
　そっと体を離され覗き込んできた瞳は、ゆらゆらと切なげに揺れていた。
「いつになってもお嬢様が学校から出てこず、執事が持つ証明書で中に入ったはいいものの見つからず、一色……先ほどの者たちと探していた時、お嬢様が噴水に落ちる寸前で、心臓が止まるかと思いました」
　そっと頬に手を当て、今にも泣きそうな目で私を見つめる。
「どうして、あんなことに？」
　それから私はすべてを話した。

クッキーを十夜さんのために作ったはいいものの、最低野郎に取られそうになったこと。

絶対に渡さないと抵抗しようしたら、噴水に落とされたということ。

「ほんっとに、お嬢様は……」

すべてを話し終えたあと、囁くように私を再度ぎゅっと抱きしめた十夜さん。

「まさかお嬢様がそこまでして私への贈物を守ってくれたとは思いもしませんでした。それだけで、幸せでおかしくなりそうです」

濡れたにもかかわらず、ただただうれしいと言わんばかりに笑う十夜さん。

その笑顔に胸がきゅーんとなって、全身が熱くなる。

「ちょっと、十夜さんっ!?」

「こんなにうれしいのは、人生で初めてです」

ひょいっと私を抱き上げ、ぎゅっと体を寄せる。

そして、私の耳元に口を寄せると……。

「帰りましょう、お嬢様。お嬢様にはいろいろ、手取り足取りお教えしないといけませんね」

「ひっ!!」

髪が濡れているせいか、色気が半端ない十夜さん。

ニヤリと笑った眼差しにゾクリとしつつも、大人しくリムジンに乗ることを決めた。

もっと、気持ちよくしてください

「まだ熱が下がってないそうです」

「そう、ですか……」

　昨日の今日だもんね……。

　あのあと帰ってきたはいいものの、玄関先でバターンと倒れた十夜さん。

　季節はもう10月。

　全身に冷たい水を被れば風邪を引いてもおかしくない。

　すぐに着替えることもしなかったから。

「お嬢様、お食事はここに置いておきますのでお好きな時にお召し上がりくださいませ」

「ありがとうございます……」

　時刻は土曜の午前９時。

　部屋に来たのは十夜さんではなく、メイドさんだった。

「あ、あの……」

　一礼して出ていこうとするメイドさんを引き止めたはいいものの、言葉が出てこない。

　こんなこと、メイドさんに聞いてもいいんだろうか。

「ご案内しましょうか」

「えっ？」

　俯いていた顔を上げれば、メイドさんはふふふっと上品に笑った。

「黒木さんのことが心配なのですよね。よろしければお部屋にご案内しましょうか？」
「はっ、はい！　お願いします！」
　ダッシュでルームウエアから着替えて、メイドさんと部屋を出る。
「あまりに心配でたまらないというお顔をされておりましたので、かわいらしくって。よろしかったですか？」
「な、なんかすみません……」
　隣を歩くメイドさんにクスクス笑われて、恥ずかしくて俯いた。
　十夜さんの具合が心配なこと、そんなに顔に出ていたのかな……。
「こちらです」
　しばらく歩いてついたのは、私の部屋とは違う棟の部屋。
「このあたりにはすべて、執事やメイド、コックなど屋敷に仕える者の部屋が集まっています」
「そうなんですか……」
　お屋敷の中は広いし、絶対に迷うってわかってるからこっちの棟に来たことはなかった。
「ただいまの時間から夜になるまで基本、屋敷の者はみな仕事で、このあたりにはいませんので。どうぞ、ごゆっくり」
「えっ!?」
　人差し指を唇に当て、ふふっと微笑むメイドさんはそのまま廊下の先へと消えていった。
　別にメイドさんは変な意味で言ったんじゃなくて、ただ単に近くにはいないよって教えてくれただけで。
　平常心、平常心……。
　ふうっと胸に手を置いて深呼吸。
　うんとひとつ頷いて、コンコンとドアをノックした。
「……」
　返事がない……。
　も、もう一度。
「……」
　寝てるのかな。
「失礼しまーす……」
　小声で言って入ると、そっとドアを閉めた。
　勝手に入ってあとから怒られるってわかっていても、どうしても一言、顔を見て伝えたかった。
「助けていただき、ありがとうございました」
　それと、
「私のせいで、風邪を引かせてしまってごめんなさい」
　って。
　足音を立てないように、ゆっくりゆっくり膨らむベッドへと歩み寄る。
　艶やかな黒髪が枕の上にあるのを見て、寝ているのだと確信する。そして、ベッドサイドにあるイスにゆっくり腰かけた途端。
「暑い……」
　十夜さんは寝返りを打った。
　ひぃぃぃぃっ——!!

飛び込んできた光景に思わず両手で顔を覆った。

色気が大渋滞っ!!

熱で火照った頬、汗ばんだおでこに張りつく前髪。

閉じたまぶたの下に影を作る長いまつげ。

暑いのか、はだけたシャツから見える上半身。

心臓がバックンバックンと暴れ始める。

やばいやばいやばい。これじゃ変態と一緒だ。

クラッとめまいがする頭を押さえて、なんとかイスに座り直す。

汗すごいし、タオルタオル……。

ベッドの頭上に置いてあったタオルに手を伸ばし、そっと拭こうした瞬間。

ズルッ。

……!?

ベッド下に敷いてあったラグがすべり、私の体は十夜さんの上へと倒れていく。

ぎゃああああ——っ!!

悲鳴なんて上げれるはずもなく、踏みとどまることもできなかった私は、ボスンッと十夜さんの体の上へ。

な、何この体勢!!

これじゃ、私が十夜さんを押し倒しているみたいになってる!!

ぼぼぼっと熱くなる頬にハッとする。

落ちつくのよ、美都。

ここは冷静に、冷静に。

よし、まだ起きてない。

十夜さんが寝ている間に、さっさとベッドから降りなきゃ。

ゆっくり音を立てないように四つん這いになった瞬間。

「離しませんよ」

ぎゅっと腰に腕が巻きついて、またもや十夜さんの体の上へと逆戻り。

ゆっくり開かれていくその目が私をとらえた。

「朝っぱらから私を襲おうだなんて、ずいぶん大胆(だいたん)なことをしてくれますね、お嬢様」

「ちがっ……！」

至近距離で視線が絡まり上体を起こそうとするも、不敵に笑う表情から離す気はないのだと知る。

「ずっと寝ていたら何をしてくれるのかと思っていたのですが、まさか覆いかぶさってくるとは」

口角を上げてクスリと笑う十夜さんに、私の鼓動は最高潮に。

「起きてたんですか!?」

「もちろん。お嬢様が入ってきた時からずっと」

そ、そんなぁぁ──っ!!

穴があったら入りたい……。

「わ、私は昨日助けてもらったお礼と、風邪を引かせてしまったことをお詫びしようと思って……」

「お嬢様のために引いた風邪など、私にとってはご褒美ですのに」

「わ、わかりかねますっ」
　風邪を引くのがご褒美ってどういうこと!?
「こうしてお嬢様から襲ってもらう望みも叶いましたし？」
「ううっ、それは引っ張らないでください……」
「お嬢様がどうしても私の風邪を気にするのであれば、ひとつお願いしてもよろしいでしょうか？」
「お願い？」
「そうです。それを聞いてくだされば、お嬢様の心も少しは軽くなるやもしれません」
「わ、わかりました……」
「言いましたね？」
「へっ？」
「あとからなかったことに、とか、なしですからね？」
「わ、わかりましたから、とにかく離れて!!」
　心臓がもたないっ!!
「いやです」
「はっ？」
　火照ったはずの頬が、一気に冷えていく。
「お嬢様。看病のお時間です」
「か、看病？」
「はい」
「看病なら、別に私じゃなくても、他のメイドさんにお願いすれば……」
「久しぶりに熱が出て、私、結構つらかったんですよ？」
「うっ」

「守れたとはいっても、あんなクソ野郎がお嬢様の背中を触るなんて、考えただけでもおぞましい」
「……」
どうします？
そう言わんばかりにニヤリと笑う。
うわーんっ!!
そんなの、やりますとしか言いようがないじゃないか!!
「わかりましたけど、この体勢じゃ何もできませんから、とにかく離れて……」
「仕方ないですね」
「一度、降りてもらえますか」と渋々言われて、なんとか無事ベッドから脱出。
うるさい胸を撫でおろし、ほっとしていると。
「お嬢様、こちらへ」
「は？」
「だからこちらへ来てください」
ポンポンとして言われた場所は……。
「あの十夜さん？　私の目にはなぜかベッドの上、しかも十夜さんの隣に見えるんですけど、見間違いですよね？」
うん、きっとそうだ。
「さすがお嬢様。ベッドに座る私の隣という解釈で間違っておりませんよ」
そ、そんなわけあるか――っ!!
カッと目を見開き、ズサササッとベッドから距離を取る。
「だいたい、看病ってそうじゃないですよね!?」

「はい？」
「母が看護師だったので知ってますけど、看病する人が布団に入るなんて絶対にしません!!」
「知ってますよ。私もよく美里様に看てもらっていましたから」
　ん？
　今、聞き捨てならない言葉が聞こえたぞ？
「え？　どうして十夜さんが母に看てもらうなんて……」
「お嬢様。お願いですから、こちらへ来てください」
「えっと……」
　話を掘り下げようとしたのに、片方だけ立膝をついた十夜さんはコテンと首をかしげた。
「熱の時は誰だって、ひとりじゃ寂しいですよ。私にとってお嬢様がそばにいてくださることが、いちばんの特効薬なのですから」
「っ!!」
　なんつー、殺し文句ですか!!
　そんなの……。
　そんなの、いやって言えるわけないじゃないですか!!
「ふふっ、いい子ですね」
　すすすっとベッドのほうへ歩み寄れば、腕をクンッと引っ張られて、ふっかふかのシーツに腰をつける。
「やっとそばにいらっしゃいましたね」
　声を弾ませて、ぎゅうっと私を抱きしめた。
「ちょっ、十夜さん!!」

「ん、もうちょっとだけ……」

まるで子犬のように、スリスリと擦り寄ってくる。

熱のせいで体は熱いし、雰囲気もとろんとした感じ。

「なら、もう少しこのまま……」

私の肩に頭をのせ、ぎゅううっと抱きしめる力を強めた。

やれやれ……。

「甘えたさん、ですか？」

広い背中をポンポンと撫でる。

小さい頃、よくお母さんにしてもらったそれは、元気が出るおまじない。

「甘えちゃ、だめですか？」

ぐはっ!!

とろけたような甘ったるい声。

心臓を撃ち抜かれたかのように、体に電気が走ったみたいになる。一瞬、世界がお花畑に見えちゃったよ。

普段クールで淡々とした人が、熱に浮かされてここまで変わるだなんて。

風邪って恐ろしい……。

「ご飯は食べました？」

もうこうなったら恥を捨てて、今日は十夜さんに尽くすとしよう。

風邪を引いて、ましてや思考もままならない人が変なことしてくるだなんて思えないし。

「まだです。それよりも、お嬢様の作ってくれたクッキーが食べたいです」

「クッキーですか？」
「はい。私のためにとお嬢様が愛情たっぷりに作ってくれたのですよね。昨日、食べ損ねましたし……」
　シュンと落ち込んだ声に、頭をポンポンと撫でる。
　なんだろう、さっきから。
　相手は十夜さんのはずなのに、大きい子どもを相手してるみたい。
　くそぅ……。
　不覚にもめちゃくちゃかわいいと思ってしまった。
「大丈夫です。元気になったら、いくらでも作ってあげます。昨日のだってちゃんと残してありますし。今はとにかく胃に優しいもの食べましょう？　ね？」
「わかり、ました……」
　なんだろうこれ。
　きゅんきゅんが止まらない。
　ギャップの破壊力。萌えの最強地？
　もう、やばすぎです……。

「はい。十夜さん」
　なんとか……というより無理やり十夜さんを引きはがし、お粥（かゆ）を作ってもらいにいった私。
　戻ってきた時にはまた寂しかったと抱きしめるもんだから、そこは大人しくされるままでいた。
「食べさせてください」
「え？」

「ほら早く!!」

　ベッドに腰かけた十夜さんの前にお粥ののったお盆を置いた途端、駄々をこねるようにそう言われた。

　やばいよ十夜さん。どんどん子ども化している……。

　そんな姿にまできゅんとしている自分に頭をかかえつつも、れんげにのせたお粥をフーフーして冷ます。

「熱いので気をつけてくださいね。はい、あーん……」

「あー……」

「大丈夫そうですか？」

「はい。お嬢様に食べさせてもらったおかげで、とってもおいしいです」

「そ、それはよかった……」

　穢れのない澄んだ目が私を見つめ、恥ずかしくて思いっきり顔を背けた。

　お、落ちつけ、私!!

　さっきからふわふわ十夜さんに翻弄されまくり!!

　大の男の人をかわいいって思ったの、生まれて初めてなんですけど!!

「お嬢様？　次、早く食べたいです」

「あ、ああ、はいっ……」

　ぬぉぉぉっ――!!

　それから私はお粥がなくなるまで、ずっと“あーん”をしてあげたのだった。

「十夜さん、熱を測ってもらえます？」

さっきから熱が上がっている気がする。

ぼーっとしてるし、目がますます潤んでとろんとしてる。

体温計がピピッと鳴る音がして見れば、

「39.2!?」

こ、高熱だ!!

40度出したことのある私ならわかる。

39度超えると頭がグワングワンとして、見えるものが傾いている感覚。

あれはほんとにつらい。

「と、とにかく寝てください！　風邪は寝るのがいちばんですから!!」

横にならせ、布団をかけようとするも。

「暑い……」

ガバッと布団を取り、挙句の果てには……。

「ちょっ、な、なに脱いでるんですかっ!?」

「そんな顔を赤らめてこっちを見ないでください。理性がぶっ飛びます」

「そ、そういうことじゃなくて……あーっもう!!」

ぼんやりと着替えもままならない十夜さんの服に手を伸ばす。

「と、とにかく汗かいた服だとよくないです。着替えた服は私がもらいますので、さっさと着替え……」

「私の体に欲情、してます？」

「と、十夜さんじゃあるまいし！　早くしてください!!」

顔がこれでもかと熱い。

　コテンと首をかしげて汗だくの状態。
　ただでさえ熱にあてられて妖艶さに拍車がかかっているのに、上半身裸って!!
　しかも思った以上に腹筋がすご……。
　って!!　あぁぁぁ——っ!!
　だから何を思い出してるの私は!!
「着替えましたよ」
「はい、ならもう寝てください！」
　やっと寝てくれる。
　ふうっとおでこをぬぐって、脱いだ服を持っていこうとしたら。
「添い寝してください」
「はっ？」
「何もしませんから、ただそばにいてくださいませんか」
　その破壊力のすごさと言ったら。
　寂しい。お願い。
　潤んだ瞳が訴えかけてきて、心にズドンと矢が刺さる。
「わ、わかりました。十夜さんが寝るまでここにいます。安心してください」
　なんとか体を離し、髪をポンポンと撫でる。
「私が寝ても、そばに……ずっとそばにいてくださいね」
　ドキッ——。
　まるで、今だけじゃない。
　いつかの未来まで言われてるような気がした。

「はぁ、やっと寝てくれた……」

スースーと寝息を立て始めた目の前の人を見て、ため息をついた。

寝るまで長かった……。

にしてもこの人、熱出すとほんと人が変わったようになるなぁ。

弱っている時こそ本性が出るっていうけど、もしかして十夜さん、本当はめちゃくちゃ甘えたさんなのかも。

ふふっとひとり笑いながら、端正なその顔を見つめた。

早く治してくださいね。

ずっとこんな調子じゃ、私まで熱出そうだし。

よし、寝てくれたことだし、水を絞ったタオルでも持って……。

ってあれ？

体が動かない。

背中と腰に回された腕をなんとか外そうとするも、相当力が込められているようで、離れられない。

熱があってしかも寝てるのに、ここだけはしっかりしてるのね。

しょうがない。

十夜さんが起きるまで、今はそばにいよう。

そう心に決めた私は、早く治りますようにという願いを込めて、もう一度布団をかけ直した。

どうしてほしいですか

「お嬢様。今週の日曜ですが何かご予定はありますか」
　十夜さんが熱を出してから５日目の朝。
　やっと回復してまた執事として戻ってきた十夜さんは、開口一番に深く頭を下げた。
「申し訳ありませんでした、お嬢様」
「え？　えーと、どうして私、謝られてるんです？」
「治ってよかったですね」という言葉が、出かかったまま喉の奥に引っ込んだ。
「正直熱でほとんど覚えてないのですが、とにかく恥ずかしい態度を取った気がして……」
「……」
　一応、覚えてるんだ。
　普段じゃありえないほど甘えたさんだったあの時。
　私としては心臓に、それはもう心臓に悪かったけど、素を見せてくれてるんだってわかってうれしかった。
　病気の時なら誰だって、少しくらい弱ったところを見せてもおかしくない。
　まあでも、本人が聞いたらいやがるだろうし、一応黙っておこうかな。
「大丈夫ですよ。かわいいなーくらいには思いましたけど、別に引いてないです。むしろ、役得と言いますか……」
「そ、そうですか？」

十夜さん、今めちゃくちゃ素っ頓狂な声が出なかった？

男の人はあまりかわいいとか言われてもうれしくないのかも。

それよりも、十夜さんがベッドに横になっている姿を見て、何か違和感があったんだよね。

ベッドサイドで座って、時々汗をぬぐっていたけど、なんか引っかかるような、もやもやした感じがして。

「お嬢様？　どうなさいましたお嬢様？　もしや、私の風邪が移って……」

「だ、大丈夫!!　フル元気ですので!!」

「そうですか？　でも、熱があるか確かめないと……」

「結構です!!」

おでこを合わせようとしてくる手を押しのけ、熱くなる頬を冷ます。

「残念です」

「何がですかっ!!」

「熱を測るふりして、あわよくばキスできちゃう距離ですから」

「なっ、ななっ!!」

人差し指を唇に当て、クスリと微笑む。

十夜さん、完全復活。

「なんて冗談はさておき。お詫びと言ってはなんですが、私と出かけませんか？」

「え？　十夜さんと？」

「はい。私を手取り足取り看病してくれたお礼です」

「ちょっ、変な言い方しないでください!!」
　なんて慌てる私を見る目が、どこか違う。
　熱っぽい？
　ううん。
　なんだろう、なんか……。
　愛おしいと叫んでいるような。
　風邪が完治したのはいいものの、十夜さんの私に対する接し方が格段に甘くなっているようで、ドキドキが止まらない。

「お嬢様。今日はまた一段と大人っぽいですね」
「べ、別に普通ですっ……」
　迎えた日曜日。
　朝、私の部屋をノックした十夜さんが目を細めて一言。
「あーもう！　こんなにかわいい格好、誰にも見せたくないです」
「ちょっ、十夜さん!?」
　はあっと余裕なさげにため息をついて、ぎゅうっと包み込むように抱きしめられる。
「やっぱりお家デートにして、私の部屋でイチャイチャしません？」
「え、遠慮しときます……」
　絶対に死ぬ。
「まあでも、お嬢様が私のためにとかわいくしてくれたのですから。外に行きましょうか」

「……」

ニヤッと笑う顔に頬がやけどしそうなくらい熱い。

十夜さんの隣に並ぶと思ったら、少しでもかわいくないと釣り合わないって思ったから。

だいぶ涼しくなってきたということもあり、膝下のタイトニットワンピース。

ガーリーなのは得意じゃないから、上に黒のレザージャケットを羽織る。

髪もゆるまきにして、下は黒のブーツ。

全体的に大人っぽくまとめてみた。

私よりも……。

ちらりと十夜さんを見て、またドキッとする。

私服を見るのは今日で2回目だけど、ほんとにかっこいい……。

全体的にモノトーン調だけど、赤い腕時計がアクセントになってる。

ただでさえ夜のような、クールで涼やかな印象なのにそれに磨きがかかった感じ。

外に出たら、いろいろな女の人に注目されるんじゃ……。

いやだなぁ。

「そんなにかっこいいですか、私」

「えっ!?」

「ずっと私を見たまま固まっていらっしゃるので、見とれちゃうほどかと思って」

「っ!!」

　ず、図星……。
「前に私の私服がいいとおっしゃってましたし、お嬢様に少しでもかっこいいと思われたくて」
「そ、そんなのっ……」
「ん？」
「私服だろうが執事服だろうが、どんな姿でも十夜さんはかっこいいです……それ以上かっこよくなられたら、私の心臓が持たない……です」
　って、何を言ってるんだ私!?
　自分の言葉が頭の中でこだまする。
　今にも全身から火が出そうだ。
「す、すいません変なこと言って。早く行きまし――」
　早くこの場から逃げたい。
　そう思って後ろを向いて歩き出そうとしたのに、
「反則ですよ、お嬢様」
　肩を引かれて、後ろから抱きつかれた。
「と、十夜さん!?」
「ほんっとかわいい。めちゃくちゃかわいい。世界一かわいい。私を殺す気ですか？」
「何、バカなこと言ってるんですか！　早く行きますよ！」
　殺すって……。
　その前に私が十夜さんの色気パワーで殺されるわ!!
「あ、お嬢様」
「へっ？」
　プンプンと怒って部屋を出ていこうとする私に、

「忘れものです」
「っ!!」
　頭をポンッとして頬に口づけを落とす。
「私は外で待っておりますから、落ちついたら来てくださいね」
　脳が疼くほど甘い声が、鼓膜を震わせる。
「そんな真っ赤な顔をされていては、外であろうが我慢できなくなりますので」
　では。
　クスッと笑う声とともに閉められたドア。
「ほんと、無理……っ」
　途端にふっと膝の力が抜けて、私はその場にズルズルと座り込んだ。

「今日はどこに行くんです？」
　リムジンに揺られながら、隣に座る十夜さんに聞いてみた。
　せっかくのお出かけだからと今は別に運転手さんがいる。
「ついてからのお楽しみですよ」
「む……ケチ」
「そんなかわいい顔してもだめですからね？」
　……!?
　ツンッと頬を押されて、目を白黒させる。
　最近この人の手のひらの上で転がされているような気が

するのは気のせいだろうか……。
「いってらっしゃいませ」
　恭しく一礼した運転手さんにお礼を言って歩き出す。
「あの？　十夜さん？　腰に手、回ってるんですけど」
　このやりとり、前にもした気がする。
「わかってますよ？
　すれ違う男がみんなお嬢様を見ているので、牽制してるんです」
「け、牽制？」
「そうです。それにお嬢様も、内心ではうれしいのではないですか？」
　すると立ち止まって、私の顔を覗き込んできた。
「私に寄ってくる女に、私にはお嬢様というめちゃくちゃかわいい方がいることを知らしめることができますから」
「えっ……」
「先ほど私の私服姿を見たお嬢様が、少し暗い表情をされたのを私が見逃さないとでも？」
　……!?
　かぁっと顔が赤くなるのがわかる。
　バ、バレてたんだ……。
「安心してください。私はお嬢様しかありえませんし、お嬢様しか見えてませんから。というより、お嬢様以外の女なんて心底どうでもいい」
「っ!!」
　恥ずかしさとうれしさが混じりあってなんとも言えない

感情に駆られていると、ふわっと体を持ち上げられた。
「えっ、と、十夜さん!?」
「大丈夫。安心して身を預けてください」
　そ、そうは言っても……!!
　ここは外。
　どこだかわからないけど、たくさんの人がいることは明白。
　いろいろな人からの視線を感じる……。
「お嬢様。早く目を閉じないと、ここで深いキスをしますよ」
「そ、それは無理ですっ!!」
　ドキッとして慌てて、両手で顔を覆った。
「ふふっ、かわいいですね」
　指に口づけが落とされ、そしてそのまま歩いていく。
「ま、まだですかっ？」
「もう少しです。隙間から覗いちゃいけませんよ？」
「わ、わかってます！」
　そんなことしないってば……。
　むっとしていると、ほんのり優しい香りが鼻をくすぐった。
　この、香り……。
「さあ、お嬢様。目を開けて？」
　ゆっくりゆっくり視界が開けて。
　目に飛び込んできたその景色は。
「わあっ!!」
　青空の下、あたり一面に広がる広大な秋桜(コスモス)。

白、ピンク、赤、黄色。

色とりどりに咲く秋桜が風に揺れて、ほんのり上品な香りを生み出している。

遠くのほうにはサルビアやコキアも見える。

「ここは秋に見頃を迎える花ばかりを集めた花畑なんです。お嬢様は大の花好きですから、一度見せてあげたいと思っていました」

私をそっとおろしながら、話し始めた十夜さん。

「そう、だったんですか……」

見渡す限りの花々。

澄んだ空気と心地のいい風。

そして心安らぐ優しい香りが体を包む。

ああ、ほんとに生き返る。

「お気に召されたようですね？」

「はい。とっても……」

風でなびく髪を押さえながら、もう一度、秋桜畑を見渡した。

両親が他界し、実家のお花屋さんが閉まって。

埋めつくさんばかりのお花を見ることは、もう二度とないと思っていた。

「喜んでもらえたようで、よかったです」

十夜さんがぎゅっと私の手を握った。

うれしそうなその声に胸がきゅんと高鳴る。

「じゃあ、せっかくですし、行きますかお嬢様！」

「えっ、ど、どこに？」

「ここ、見る限り花畑しかないように思えますが、他にも植物園とかいろいろ乗り物もあるレジャーランドらしいんです」
「えっ！　そうなんですか？」
　やばっ、めちゃくちゃ楽しそうっ!!
　ジェットコースターに、観覧車に、メリーゴーランド。
　考えるだけでワクワクしちゃう!!
　うれしさと楽しさでいっぱいの私に、十夜さんは柔らかく微笑んだ。
「行きましょうか？　お嬢様、デートのお時間です」

「きゃーっ!!　すっごい高さですね！」
　まず最初に来たのは、遊園地に来たならまずはこれ!!ってやつ。
「お嬢様は高いところはお好きで？」
「嫌いじゃないです。むしろ、結構好きなほうです！」
　乗る順番が回ってきて、コースターに乗り込み上から安全レバーを下げる。
「へぇ……だったら心霊(しんれい)系などはどうでしょう？」
「し、心霊系、ですか？」
　ニヤリと笑う顔に、ギクッとなる。
「はい。ここ、リタイアが続出するので有名なお化け屋敷があるらしいんです。あとで行ってみませんか？」
　ガガガと音を立てて上へ上へと登っていくコースター。
　その音ともに私の顔も引きつってるに違いない。

「も、もちろんです！　受けて立ちます！」

ぎゅっと拳を握りしめてウンウン頷く。

「ふふっ、気合いも十分なことですし、あとで行きましょうね」

楽しみですねと十夜さんが言った瞬間。

「ぎゃぁぁぁ──っ!!」

ものすごい高低差を落ちていく私たち。

風がバンバン顔に打ちつけて、ぐるりと360度１回転。

それでも頭の中はこのあとのことでいっぱい。

なんで行けるとか言っちゃったんだ、私。

お化け屋敷なんて、大の苦手なくせに。

テレビで心霊番組やってたら光の速さでチャンネルを変えるし、少しでもそんな話をしてる人がいたら耳を塞ぐレベル。

つまり、体が拒否反応起こすくらいだめってこと。

こうなったら腹を括(くく)るしかない！

もしかしたらそんなにこわくないかもしれないしね！

またもやぐるんと１回転した真っ青な空の下で、私は強く意気込んだ。

「十夜さん。隣にいますか十夜さん」

「はい。ちゃんとお嬢様のそばにおりますよ」

「いいですか、絶対に離れないでくださいね？　どっか行っちゃったら私、今度から十夜さんのこと無視します」

「それは困りましたねぇ。でも無視されるっていうのも、またなんかイイ……ですよね」

「頭、わいてるんですか？」

　真っ暗な通路。

　遠くのほうで聞こえる悲鳴。

　そして。

「きゃぁぁぁぁぁぁ――っ!!　と、十夜さっ！　あれっ、あれぇぇぇ――っ!!」

「ほぉ。これはまたすごい作りになってますね。お嬢様、見てくださいよこの人。頭かち割れてますよ」

「正気ですかっ!?」

　十夜さんにしがみつき震える私の横で、ニヤリと笑いながら頭をぽんぽんしてくる十夜さん。

「心配しなくて大丈夫ですよお嬢様。お嬢様からこんなにぎゅっと抱きつかれて、私、今にも天まで昇りそうなくらい幸せなので」

「バカなこと言ってないで早く出ましょう!?」

　うー、こわい……。

　いくら安心安全の十夜さんがいるっていったってこわいことに変わりはない。

　ちょっと物音が聞こえただけでも肩が上がっちゃうし、声出ちゃうし。

　さっきから体が恐怖でプルプルしてる。

　なのに隣の人ときたら。

　ずっとそうやってこわがる私を楽しそうに見ている。

「十夜さんて、性格悪いんですね」

　無理やり連れてこられたようなもんだし、ちょっとくらい慰めてくれたっていいのに。
「やっとわかってもらえました？　私基本、腹ん中真っ黒なんですよ」
「……」
　にっこり笑うそのまわりの温度が、一気に下がった気がする。
「お嬢様がこわいこわいと私に泣きそうな顔で抱きついてくるんですよ？　こんなに幸せで、たまんないことってありませんよね」
　絶句。
　性格とか以前に、考えてることがこわすぎる。
「泣きそうな顔っていうと、いろいろ想像しちゃいますよね。あんなことやこんなことをお嬢様にしたら、どんな反応してくれるのかとか」
「あ、あんなことやこんなことって？」
「聞きたいですか？　だったら今夜、私の部屋に……」
「遠慮しときます」
　赤くなるはずの私の顔はみるみるうちに真っ青に。
　見た目や雰囲気が冷え冷えとしているぶん、時々この人の頭の中がとんでもないことで埋めつくされてるんじゃないかって思っちゃう。
「ふふっ、それにしてもいつも私から抱きつくことはあっても、お嬢様みずからということはないので。本当にかわいらしいですね」

「こっ、これは不可抗力（ふかこうりょく）ですから……」
　本当は、内心めちゃくちゃ恥ずかしいよ？
　こんなベタベタくっついて。腕を絡ませて。
　でもそれ以上に、このお化け屋敷こわいんだもん!!
「もう少しで出口ですよお嬢様。あとちょっと、頑張りましょうね」
「ううっ……」
　やっと希望の光が見えた。
　出られる。
　そう思った瞬間だった。
「ぎゃぁぁぁ——っ!!」
「お嬢様!?」
　運悪く、十夜さん側じゃなく、私側から出てきたそいつ。
　目の前に今までのと比べものにならないくらい、見上げるほど大きいゾンビ。
　体中血だらけだし、変なものグサグサ刺さりまくってるし。
　最後の砦（とりで）、ラスボスって感じ。
「ひっ!!」
　恐怖で足がすくみ、歯がガチガチいう。
　もういやっ、こんなとこ……。
　そう思ったら涙が出てきた。
　こんなことになるなら、ちゃんと入る前に断ればよかった。
　私っていつもそうだ。

自分の言動にあとから後悔するタイプ。

素直にこわいって言えないところとか、いやだから違うの乗りに行こうって甘えられない。

どうしてこうも、かわいくない女なんだろう。

ますます視界がぼやけて、前が見えなくなってくる。

「お嬢様」

いつの間にかその場にペタンと座り込んでしまった私の前に、しゃがんだ十夜さん。

「言って、いいんですよ」

「え……？」

「素直に、こわいって」

「それって、どういう……？」

すると私の目元にちゅっと優しい口づけを落とすと、ぎゅっと手を握った。

「お嬢様は、先ほど私の誘いを断りませんでしたよね？　こんなにこわくて苦手だとわかっていて。私にはお見通しです」

「うっ」

やっぱり、バレてるよね……。

あんなに反応してれば。

「ですが、お嬢様は強がって無理してでも入ろうとなさいました。現に今こうやって、恐怖で泣いておられるのに」

そう言うと、力が入らない私を引っ張るかのようにふわりと抱き上げた。

「お嬢様はもっとわがままをおっしゃっていいんですよ。

ご両親を亡くされて、ひとりでつらい思いをかかえ込んで。他人に甘えるのが苦手なことは十分にわかっています」
「ですが、私にだけは全部おっしゃってくれて構わないんですよ。何を言われたって私はかわいい、うれしいとしか思いませんし、もっとお嬢様のことを知りたいのです」
「十夜、さん……」
　そんなふうに思ってくれていたんだ……。
　ゆっくり歩き出した十夜さんは、私に優しく微笑みかけると、そっとつぶやいた。
「どうしてほしいですか、お嬢様」
　覗き込んできたその目には穏やかで優しい色しかなくて。
「甘えていいんですよ」
　そう言われてるみたいで。
　ぎゅっと胸が締めつけられて、また泣きたくなった。
「誰もいないところで抱きしめて……」
　震える声はどこか掠れていた。
　ここはまだ人がいるし、出口も近いから。
　恥ずかしさよりも、今は素直に甘えたかった。
　こんなに私のことをわかってくれて、見てくれている人がそばにいることをもっと強く感じたかったから。
「仰せのままに、お嬢様」

　それから連れてこられたのは観覧車。
　今はちょうどお昼時。

　そのせいもあってガラガラですぐに乗ることができた。
「っ、十夜さんっ……」
　ゴンドラに乗って、席へと降ろされた瞬間。
「お嬢様……」
　息もできないほど、ぎゅっと強く抱きしめられた。
「く、苦しいです……」
「だめです。お嬢様みずからしてほしいとおっしゃったのですよ。まだちゃんと構ってません」
　後頭部と腰に回された腕には力がこもるばかりで。
　ぽんぽんとされた手は、恐怖で震えていた体を安心させるには十分すぎて。
　心があったかくなって、次第に気持ちも落ちついてきた。
「もう、平気です……十夜さん」
「本当に？」
「本当です。私の目、見てください」
　そっと体を離し、私をじっと見つめる。
「ありがとうございました……私が甘えられるきっかけを作るために、わざとお化け屋敷に入ってくれたんですよね。性格悪いとか言っちゃってごめんなさい」
なのに、私はいろいろひどいことを……。
「そんなの気にしないでください。現に本当のことですし」
「えっ!?」
「私はお嬢様以外どうでもいいのです。お嬢様さえ隣にいてくれたら、笑ってくれたら、それ以上に幸せや求めたいものなどありませんから」

あ、また泣きそう……。

声も言葉もその表情も。

すべてが優しすぎてまた視界がぼやける。

「泣かないでくださいお嬢様。私の言葉で泣いてくださるのはうれしいですけど、別の意味でないてくださる方が好みです」

「べ、別の意味？」

腕の中に私を閉じ込めた瞬間、十夜さんの唇が耳たぶを掠めた。

「私の腕の中で、ベッドの上で、という意味です」

最後にちゅっとキスを落とすと、手を重ねられ、隣に座った。

「もう1周、しましょうか？」

「はい……」

「そんな真っ赤な顔で降りたら、やらしいことでもしてたのかと思われますしね」

人差し指を唇に当て、クスッと笑った十夜さん。

ほんと、この人には敵(かな)わないや。

まだ、ぜんぜん足りない……

「つきましたよ、お嬢様」
「え、ここは……？」
　首をかしげる私の手を取ると、リムジンから降りて歩き始める。
「では、手はずどおりに」
「承知しました。黒木様」
「えっ、十夜さん!?」
「では、またあとで」
　カーテンがシャッと閉められ、広い部屋へと押し込められる。
　あのあと散々遊園地で遊んで、リムジンに乗り、謎のお店にやってきた。
　見れば、１着何十万もするんじゃないかと思うほどのパーティードレスが、ところ狭しと並んでいて。
　天井からはまぶしいほどのシャンデリア。
　床は大理石。
　なんだか私には縁遠いお店のような……。
「さあ、美都様。お着替えしますね」
「着替え？」
　ニコニコ笑いながら駆け寄ってきたのは、スーツ姿の美人なお姉さん。
「担当させていただきます、宇川（うかわ）と申します。よろしくお願いいたします」

「あっ、村上美都です。よ、よろしくお願いしま……」

「存じておりますよ。黒木様の大切なお方なのですよね？」

「えっ!?」

　ピシッと固まると、宇川さんはふふふっと上品に笑う。

「私は外におりますので、何かありましたらお声がけください」

　やわらかい生地のドレスを渡され、シャッとカーテンが閉められる。

　着替えろってこと？　え。これに？

　渡されたそれに絶句しつつも、とりあえず着ることに決めた。

「あのー、着替えましたけど……」

　渡されたドレスに身を包み、一緒に置かれていったヒールの高いパンプスも履いた。

　にしても、似合わなさすぎる……。

　全身鏡を見て、ガクッと落ち込む。

　大人っぽすぎる黒のスリムドレス。

　レースとはいえ首も詰まってるし、五分袖まであるから上は全然いいんだけど……。

　下がものすごく恥ずかしい。

　足首から左太ももにかけて、横にガバッとスリットが入っている。

　片方だけど横から見れば、大胆すぎるこれ。

き、着替えたい……。

鏡から視線を外し、背中のファスナーに手を回そうとすると。

「あら素敵!!　かわいすぎです美都様!!」

なんの断りもなしに入ってきた宇川さんは上から下まで私を眺め、ニヤリと笑う。

「ちょっと!?　ノックくらいしてくださいよ!!」

「だって早く見たくてうずうずしちゃって。にしても、本当にキレイ!!」

「そう、ですか？」

「ええっ！　それはもう!!」

目をキラッキラさせて「きゃー!!」と叫んでいるけど、私にはさっぱり。

服に着られてるっていう気しかしない。

「これでも十分おきれいなのに、髪も整えてお化粧までしたら、黒木様も我慢できませんね」

「我慢て？」

「いえ、なんでもないですよ？　さあさあこちらへ」

「はぁ……」

一瞬、真顔になったかと思うと、すぐに笑顔でいろいろなメイク道具が置いてある鏡の前へ誘導される。

「もっともっときれいになって、あのクールフェイスをデレデレにしてやりましょう!!」

フンッ!!と意気込んだ宇川さんは、私にメイクを施していく。

「ずっと聞きたかったんですけど、ここはどういったお店なのですか？」
　パーティードレス専門店なのはたしかだけど、さっきからお客さんが誰もいない。
「簡単にいえば、皇家専用のおめかし部屋ってところですね」
「皇家専用？」
「はい。大企業ということもあって、他の財閥や、会社ぐるみのパーティーが年に何回も開催されるんです。その際にここでおめかしをされて、出席するというわけです」
　よし、メイク終わり！
　あとは髪！
　と、次はゆる巻きの髪をストレートにされる。
「ここは、皇家の方しか入れない専用のお店なんです。だから用がある時にしかお店は開きませんし、今日は美都様のためにと、黒木様が」
「そうだったんですね」
　でも、なぜにドレスコード？
　このあとパーティーにでも行くんだろうか？
　けど何も聞いてない……。
　不思議に思っていたら、「はいおしまいです！」と声をかけられた。
「とってもおきれいですよ、美都様!!」
「すごいっ……これが、私？」
　ふっと閉じていた目を開けて、まっすぐ鏡を見て驚いた。

ブラウンのアイシャドウでまとめられているのに、どこか華やかさを感じる目元。

唇はほんのり紅く色づいていて、プルプル。

髪はアップでまとめられて、横の髪だけが、クルクルッと巻かれている。

そして耳にはゴールドのイヤリング。

天井から下がるシャンデリアに反射して、キラキラ輝いて見える。

「美都様は元々美人系の顔立ちですので、やはり黒が映えますね。これなら黒木様も惚れ直すこと間違いなしです！」

「あ、ありがとうございます？」

惚れ直すって、別に十夜さんは……。

「さあさあ、黒木様がお待ちですよ!!　大人っぽくなった美都様を見せつけてやりましょう！」

「はっ、はい！」

ふっと現実に引き戻され、宇川さんに手を取られる。

「お足元、お気をつけくださいね」

「ありがとうございます」

そしてゆっくり部屋を出る。

「お嬢、様……？」

ドア近くにあるソファで待っていた十夜さんが、バッと立ち上がって駆け寄ってきた。

「と、十夜さん？」

途端に私をガン見し、黙りこくってしまった。

そんなに似合わなかったのかな。

　胸にズキっと痛みが走って、気まずくて俯いた時。
「宇川さん、ちょっと席外してもらえます？」
「絶対、そうおっしゃると思ってました。おふたりがおられる部屋には絶対に近寄りませんので、ご安心を」
「どうも……」
「気持ちはわかりますけど、いつもより何倍も気合いを入れてメイクさせていただいたので。また一から直さないといけないってことにならないようにしてくださいよ？」
「善処(ぜんしょ)します」
　な、なんの話？
　頭にハテナが浮かぶ私の手を取ると、さっき出てきた部屋へと誘導する十夜さん。
「ごゆっくり☆」
　最後にバチコーンと宇川さんがウインクをしてきたけど、まったく意味がわからなかった。

　バタンとドアが閉まって、ガチャッと鍵(かぎ)をかけた十夜さんは。
「えっ!?」
　すっぽり覆い被さるように、後ろから私を抱きしめた。
「めちゃくちゃかわいいです」
「え？」
「そのドレス」
　はぁっ……と熱い息が耳にかかり、ビクンと体が跳ねた。
「黒にして正解でした」

「黒？」
「ええ。このドレス、私からお嬢様へのプレゼントなのですが。やはり自分の色を着てもらうのはなかなかクるものがありますね」
「こんな高そうなもの、もらえないです……って、え？」
　自分の色って……黒木、だから黒ってこと？
「それに……」
「ひゃっ！」
　むき出しになった太ももをするりと撫でられる。
「ここ、とか、めちゃくちゃエロいですし。たまんないな」
　……!?
　出た。十夜さんのタメ口モード。
　私とふたりきりになった時、とくに甘い雰囲気の時になりやすい。
「それに、ここも……」
「んっ！」
　うなじに優しく口づけられて、ぶわっと全身が熱くなる。
「いつも髪おろしてるから新鮮。かわいすぎて誰にも見せたくない」
「なっ……」
「俺が美都のすべてを独占したい」
　つつーっと上から下へ撫でられて、変な声が出そうになるのを必死にこらえる。
「恥ずかしがらなくていいのに」
「む、無理です……っ」

　ちょっぴりムッとした声のあと。
「っ!?」
　ジーッと背中のファスナーが開く音がする。
「これでもまだ、我慢できる？」
　十夜さんに背を向けた状態で、慌てる私を壁の前に立たせる。
「なっ、何を……」
　後ろから覆い被さるように密着した体を、十夜さんの手がゆっくり時間をかけてなぞっていく。
「で、でも十夜さんの手、冷たい……っ」
「大丈夫。すぐ熱くなるから」
　途端に。
「ひゃっ……」
　背中に口づけが落ちてくる。
「ほら。もう体、熱くなってきた」
「っ……」
　クスリと笑って、また降ってくる。
　あんなに冷たいと感じられた体温が、今はやけどしそうなほど熱い。
　耳に、うなじに、背中に。
　ふれられたところから、じわじわと全身に熱が広がっていくみたいで。
「ん……はぁ……っ」
「かわいい……。その声、もっと聞かせて」
　我慢しようと思っても、どうしても出てしまう声。

体がひとつひとつに反応して、耳をかすめた唇が、鼓膜が震えるほど甘ったるい余韻(よいん)を残す。
「ひゃっ……ぅ」
うなじのある部分を強く口づけられて、吸われる。
「俺のものって印」
ふっと笑った気がするけれど、私はすでにいっぱいいっぱいすぎて。
「っ、じれったい。こっち向いて」
与えられる熱にされるがままでいたら、少し強引に正面を向かされた。
「もう、我慢なんてしない」
長いまつげが伏せられて、唇に熱っぽい吐息がかかった瞬間。
「くーろーきー様!!」
……!?
「リムジン、待たせてますよ!!」
ドアがドンドンと叩かれる音がして、宇川さんのイラついたような声が聞こえてきた。
「まったく。いつまでイチャイチャしてるんですか！　ここはお店ですよ！」
「……」
「……」
甘いムードをぶちこわす怒鳴り声に、十夜さんは苦虫(にがむし)を噛み潰したようにゆっくり私から離れた。
「はぁ……いいとこだったのに」

今にも舌打ちしそうな十夜さんの目の前で、私の頭はすっからかん。

え？

今……。

キス、されそうになったよね？

顔めっちゃ近かったし。

もし、宇川さんが呼びに来てなかったら……。

「うわぁぁぁっ──!!」

「お、お嬢様？」

頭をかかえてその場にしゃがみ込むと、止まっていた思考が一気に動き出す。

心臓がバクバクして、息も乱れて。

されるがままに目閉じちゃっていたけど……もしあのまま、十夜さんの唇が私の唇に重なっていたら……。

ひぃぃぃ──っ!!

「十夜さんっ!!」

「え？」

「は、早く行きましょう!?　リムジン待たせてますし！」

いまだ絶賛不機嫌中の十夜さんの手を引っ張り、ドアのほうへ行こうとすると。

「お嬢様」

「なっ、なんでしょう？」

真っ赤になっているであろう顔を伏せて聞き返す。

「キス、したかったですか？」

後ろから聞こえたのはとてもうれしそうに弾む声で。

「べ、別にっ……」
　バカ。
　そのまま受け入れようとしていたのは、どこの誰よ？
「まあ、いいです。手応えは十分にありましたから」
「え？」
「私がキスしたいと思っているように、お嬢様も同じ気持ちでいてくれるようですし」
「っ!!」
　ご機嫌にふわふわっと頭を撫でられて、背中のファスナーを直された。
「本当にかわいいです、お嬢様。とびっきり楽しい夜にしてあげますね」
　行きましょうか。
　そう言われて手を取られる。
　十夜さんは私服でもなく、いつもの執事服でもなくて。
　ビシッとスーツを着て、いつもおろしている前髪をワックスで横に流している。
　いつも目にかかっているから、両目がしっかり見えるのが貴重すぎて。
　つい、あの夜のことを思い出してしまう。
「十夜さんだって、負けないくらいかっこいいですよ……」
　誰にも見せたくないくらい。
　他の女の人に見られるのは、いや。
　私だけの隣にいてほしい。
　自分でもわからない、ふと浮かんできた汚い感情。

ただの私の身勝手、わがままにすぎないのに。

「世界一かわいいお嬢様の隣にいるんですから、私も頑張りました」

なのに、心のうちを見透かしたようにそんな言葉をくれる。

私をときめかせたり。

安心させたり。

もう気持ちが傾いているだけじゃ、済まないよ……。

それからやってきたのは。

「お手をどうぞ、お嬢様」

「ありがとうございます。ここは？」

「入ってからのお楽しみです」

さあさあと背中を優しく押され、誘導されるままに歩いていく。

何階まであるんだろ、このホテル……。

見上げても最上階が見えないほど、高い。

ラウンジに入って、エレベーターに乗る。

押したのはなんと最上階のボタン。

首をかしげる私に、十夜さんは何も言わず微笑むばかり。

チンッと音がして、扉が開く。

「つきましたよ、お嬢様」

そしてエレベーターをゆっくり降りた途端。

「え……」

目の前に広がる光景に、開いた口が塞がらなかった。

「きれい……っ」
　一面のガラス張りの向こうに見えるのは、夜景。
　何がすごいって、迫力が尋常(じんじょう)じゃない。
「この建物は皇財閥のものなのですが、この土地に立つビルの中では群を抜いて高いんですよ」
　そう。
　あまりに高いそのせいで。
　ビルも街も、走る車も。
　色とりどりのライトが暗闇を照らして、まるで夜空に輝く星々のようで。
　自分が天空にいるような気分になって、街に広がる景色すべてが星の海に見えて。
「驚くのはまだ早いですよ」
　その瞬間。
　――ドン!!
　大きな音がしたかと思うと、夜空いっぱいに咲き誇る大輪の花。
「花、火っ……？」
　口をパクパクさせて驚く私に、十夜さんはまだまだと微笑む。
　そして。
「ハッピーバースデー……」
　英語で書かれたその花火の文字をゆっくり口にした私。
「ま、まさか……っ」
「お誕生日おめでとうございます、お嬢様」

10月23日。

今日、私の誕生日だ……。

「もしかして今日のデートって……」

「はい。

看病してくれたお礼も兼ねてますが、メインはこちらです。大切なお嬢様のお誕生日ですので、この日のためにといろいろ準備して参りました」

目を細めて優しく微笑む十夜さんに、言葉が出なくなる。

プレゼントだと言っていたこのドレスも、もしかしてこのために……。

「っ……」

両親を亡くして、大好きな人もいなくなって。

頼れる人が誰もいない、ひとりぼっちの世界で。

誕生日なんて、どうでもいい。

私の誕生日なんて誰も気にしない。

そんな思いからいつの間にか忘れてしまっていたのに。

「誕生日おめでとう、美都」

「おじい、ちゃん……？」

十夜さんの後ろから現れた大好きな人。

「せっかくうちに来たのに、あの日以来会えなくてすまんかった。だが、どうしても今日は祝ってやりたくてな、なんとか仕事を終わらせてきたんだ」

その人はそう言いながら私の前に来ると、これ以上にないほど優しい目で頭を撫でる。

「17歳の誕生日、おめでとう美都。わしは、おまえがまたこの日を無事に迎えられて本当にうれしいよ」
「おじいちゃん……」
　だめ。泣いちゃう。
　いろいろな気持ちが重なって、抑えきれない涙がぽろぽろとこぼれてくる。
「美都、誕生日おめでと！」
「美都ちゃん、おめでとう!!」
　嘘……。
　落ちてくる涙をぬぐって顔を上げれば、整った格好をしたふたりが笑顔で駆け寄ってきた。
「紗姫？　界さん……？」
「驚いた？
　黒木から聞いて、3人で美都をお祝いしようってなって」
「そうそう！　かわいい美都ちゃんのお誕生日だからね！」
「おい。かわいいはやめろ」
「何よ、こんな時くらいいいじゃない」
「だめだ。言っていいのは俺だけ」
「こんな時まで言い合いしてんじゃねーよ、ったく……美都、本当におめでとう」
　照れくさそうに、でもちゃんと目を見て言ってくれた紗姫。
「ううっ、紗姫ぃぃぃ――っ!!」
　ベソベソ泣きながらもあまりにうれしくてガバッと紗姫に抱きつく。
「美都……」

よしよしと背中を撫でてくれる紗姫。
大好き。
何も言えないくらい、大好きでたまらない友達。
こんなに幸せな誕生日ってない。
「おーい、美都ー。そろそろ離れたほうが……」
「もうちょっとだけ……」
「いや、俺もうれしいのはやまやまなんだけど、アイツらがやばいっていうか……」
深刻そうな紗姫の声にさすがに渋々離れると。
「と、十夜さん？　おじいちゃん？」
ふたりは、紗姫のことをこれでもかと睨んでいて。
「おい、八神お嬢様。俺のお嬢様に抱きつくのはやめてもらえます？」
「美都。この男は美都の彼氏か何かなのか？」
「ちょっ、十夜さん！　丁寧語なのに俺って言っちゃってます！　それにおじいちゃんも、紗姫は女の子だから！」
紗姫は今ビシッとスーツ着ちゃってるから、勘違いしてもおかしくない。
「おい美都、俺はたしかに女だけど、男だぞ？」
「ど、どういうことだ美都!?」
「落ちついておじいちゃん!!　界さんも、なに泣いてるんですか!?」
「だ、だって、美都ちゃんの泣いた姿見たら感極まっちゃって……」
「なんでおまえが泣く」

あーっ、もう!!

はぁっとため息が出たけれど、私の口からは笑みがこぼれていた。

幸せとうれしさで胸がいっぱいすぎて。

紗姫も、界さんもありがとう。

おじいちゃんもお仕事で大変なはずなのに、来てくれてありがとう。

そして。

「どうかされました？　お嬢様」

不機嫌ながらにも、ぐすぐすいってる界さんにそっとハンカチを差し出す十夜さん。

「ありがとうございます、十夜さん。私、あなたのおかげでこれ以上にないくらい幸せです」

一瞬驚いたようだったけれど、すぐにふっと笑って目の前に来ると甘い視線を向けてきた。

「よかったです。喜んでもらえて」

「はい、とっても。こんなに心から幸せだと感じたのは本当に久しぶりです」

「でも私はこれからも、今よりももっと……もっともっと。お嬢様を幸せにするつもりです」

「え、それはどういう……」

「さて。どういう意味でしょう？」

ドキッとして見上げれば、いじわるに微笑む十夜さんの顔が。

「いじわるですね、十夜さん」

「ふふっ、お嬢様の反応がかわいすぎなんです」
　ムッとすれば、ふはっと噴き出すばかりで。
　もうっと言いながら、私はいまだ花火が打ち上がりつづける外を眺めた。
　お父さんお母さん、最高の誕生日だよ。
　まだ騒いでいる紗姫たちを見ながら、心の中でそっとつぶやいた。

「美都！　また明日な！」
「美都ちゃん、また会おうね！」
「今日はありがとうふたりとも！　界さん、また一緒にご飯食べましょうね！」
　あのあとみんなでディナーを楽しんで、ホテルの前で解散した。
　このあと連れていきたいところがあると十夜さんに言われ、リムジンに乗り込んだのだけれど。
「あれ？　おじいちゃんも一緒に行くの？」
「まあな」
　私、十夜さんが座る向かいの席に、帰るとばかり思っていたおじいちゃんがシートベルトをして座っていた。
「お久しぶりです、旦那様」
　静かにリムジンが発進したところでにこやかに話し始めた十夜さん。
　なんでだろう。
　このふたりが話す時って、いつもピリピリした空気がある気がする。

「ふんっ！　どうせ美都とイチャコラしてるんじゃろ？」

「なっ、何を言ってるのおじいちゃん！」

ふんっと鼻を鳴らし、そっぽを向く。

い、イチャコラ……。

まあそんなこともたまーにあるけど……。

「大丈夫です。まだ手は出してませんから」

「は？　その言い方だと、これから出すみたいに聞こえるが？」

「どうでしょう？　まあでも安心してください。私が欲しいのは、気持ちですから」

「当たり前じゃ」

さっきから何を話してるのかさっぱりわからない。

けど私に関することはたしかなよう。

「ついたようじゃな」

それから、しばらくしてリムジンが止まった。

「お嬢様」

すると横から急に真剣な声が飛んできた。

「最後に。旦那様と私からのプレゼントです」

「え……？」

同時にリムジンのドアが開かれ、十夜さんは先に降りて私を待つ。

「おいで」

どんなスイーツよりも甘い声に引き寄せられるようにリムジンから顔を出した瞬間。

パッと目の前の建物に明かりがついて。
「う、そ……」
驚いたのはデートと花火を含めて今日で三度目。
でもそれを遥(はる)かに超えるほど、目の前の光景が信じられなくて。
私の目からはふたたび、大粒の涙が流れ落ちた。
「どう、して……」
「驚いたじゃろう？」
手を引かれ、一緒にリムジンから降りたおじいちゃんは右隣で愛おしいと言わんばかりに目の前を見つめる。
「ここは美都の、大好きな場所だからな」
「そうですね」
十夜さんも左隣で目を細めて、とびきり穏やかに笑っていた。
「もう、とっくになくなったと思ってたのに……っ」
「なくすなんて絶対にさせない。美都が育ち、過ごした、美里と圭人くんの３人の生きた証がすべて詰まった場所だからな」
涙を必死にぬぐって、忘れもしない大好きな場所を見据える。
「お父さんのお花屋さん……っ」
そう。
私が連れてこられたのは、私が皇家に来る前に住んでいた家。
つまり、私と両親の３人で暮らしていた家で。

　その裏側に、お父さんが営むお花屋さんがあった。

　でも両親が他界して手放したから、てっきりお店は取り壊されてると思っていたのに。

　どうして……。

「どうして前の……お店が開いていた時みたいにお花があるの……？」

　とめどなくあふれる涙もそのままにふたりを見れば、おじいちゃんが優しい声で教えてくれた。

「美都がうちに来て、ここに戻ることはこの先ないだろうと思っていた。いくら自分が育った家とはいえ、お店を見れば両親のことを思い出してつらい思いを何度もするだろうから」

　切なげに笑いながらおじいちゃんは続ける。

「だけどそんな時、黒木がわしに言ったんじゃ」

「え……？」

　やれやれとため息をつきながらも、とても優しい顔をして。

「美都が家族と過ごした大切な場所で、大好きな花がたくさんあるからってな。自分が先頭に立って動くから、もう一度この店を開くことはできないかとな」

「う、そ……っ」

　ゆっくりゆっくり十夜さんを見れば、照れくさそうに、でも私をまっすぐ見ていた。

「経営学を学んでいる身であることと、美都のためにどうしてもと何度も頭を下げに来たから、ＯＫしたんじゃ」

「どうして、そこまでして……」
　大学生で、私の執事というバイトもして。
　時間なんか限られてるはずなのに。
　自由な時間なんてほぼないはずなのに、どうして……。
「ご両親を亡くされていちばんおつらい時、私はそばについていてあげられませんでした。お嬢様が誰よりも助けを求めていたのに」
「で、でも、十夜さんは私の家の事情なんか知らなくて当然で……」
　皇家の執事になったのは私がお屋敷に来る１週間前だ。
　そもそも苗字も違う、おじいちゃんと一緒にも住んでない私の事情を十夜さんが知るはずが……。
「私は、昔、お嬢様と会っています」
「え……」
「歩道橋で会った時、お嬢様は私を初対面だと言っていましたが」
　自嘲(じちょう)気味に笑うと、頭をそっと撫でられる。
　そっか。
　だからあの時、私が初対面だって言った時、悲しそうにしていたんだ。
　私は昔、十夜さんと会ってる……？
　いつ？　どこで……。
「なので お嬢様のご両親、圭人様や美里様とお会いしたことも何度もあります」
　やばい。

頭の整理が追いつかない。

私とは昔会っていたから、お父さんやお母さんのことも知っていたの？

「ですが、亡くなられたことを聞いたのはしばらくたったあとでした。おふたりとは子どもの頃以来お会いしてませんでしたし、連絡先も知りませんでした」

子どもの頃に……？

「だから、お嬢様が命を絶とうとした時は本当に驚きました。当時に、本当に自分が情けなかったのです。そこまでするくらいお嬢様は追い詰められていたのに、そばにいることはもちろん、ＳＯＳにも気づかなかった自分が」

「十、夜さん……」

苦しそうに顔を歪めながらも、私から目を離すことは決してなかった。

「その時に決意したんです。この先お嬢様に、絶対つらい思いをさせないと。同時に、お嬢様の大切なものもすべて守っていこうと」

「黒木の考えを知って、わしも協力した。この店をもう一度、開こうとな」

「おじいちゃん……」

すべてが元どおりになったようだった。

明かりが漏れる中で、ところ狭しと色とりどりにうめつくされる花々たち。

水に生けられたものや、観葉植物。

ラッピングされた売り物まですべて。

まるで、今にもお父さんがお店の奥から出てくるかのように。

「それにお嬢様、前におっしゃいましたよね」

「え……？」

「部活がしたいと。その時、私はだめだと言いましたが……」

「はい」

「このお店をまたオープンさせるので、ここでバイトされてみてはいかがかと思いまして。旦那様は断固反対されましたけど、お嬢様がよろしければ……」

このお店で。

お父さんを手伝っていたこの場所で、また働くことができる。

「い、いいの……？」

「本当はいやだが、美都がしたいようにすればいい。わしは、美都が幸せだと笑ってくれることがいちばんだから」

そして一瞬私をぎゅっと抱きしめたあと、おじいちゃんはリムジンに乗り込んだ。

「あとは任せたぞ、黒木」

「はい」

「さっきの黒木の話じゃないが……仕事で海外にいたせいでふたりが亡くなったことを知ったのも、おまえを迎えにいくことが遅くなってしまったのも事実」

「おじいちゃん……」

「今でもそれは心から申し訳ないと思っている。だからと言って、それを理由にするわけじゃないが……わしは美都がやろうと決めたことは全力で応援するし、援助する。皇家の人間である以上に、おまえはわしの大事な孫だから」

「っ……」

「何かあれば、絶対連絡するんじゃぞ？　我慢は無用。甘えることが苦手なのは十分承知の上。そこんとこ、よろしく頼むぞ黒木」

「かしこまりました」

「わしはまた次の仕事に行かねばならん。美都、またな」

最後に優しく微笑み、リムジンは去っていく。

心がぎゅっとなんとも言い難(がた)いほど苦しくなって、あたたかくなって。

また一筋涙がこぼれて。

「ありがとう、おじいちゃん……」

私と十夜さんはリムジンを見送った。

「まさかまた、このお店の開いた姿を見ることになるなんて思いもしませんでした」

おじいちゃんが去ったあと、十夜さんとふたりお店の中を見て回った。

「お嬢様の居場所は私が守ります。お嬢様の喜ぶ姿を見るためならなんだって実現させます」

「十、夜さん……」

優しい指がそっと下まぶたに当てられた。

ここまでしてくれたことが、本当にうれしくて幸せで。

「っ、お嬢様？」

　ありがとうって気持ちを存分に伝えたくて、ぎゅっと広い胸に抱きついた。
「……いつのことですか」
「え？」
「十夜さんと私が会ったのって」
　小さい頃。
　それは、いつのことをいうんだろう。
　私と十夜さんとじゃ３つか４つも離れてる。
　中学はもちろん、高校だって一緒にならない。
　だったら、それ以前。
　小学校の時ってことになるのだろうか。
　だけどまったく記憶がない。
　男の子と話す機会なんて、教室以外じゃほとんどなかったし、幼なじみなんて子もいなかった。
　ぎゅっと腕を背中に回したまま、十夜さんを見上げる。
　気になる、教えてほしい。
　そんな思いを込めて。
　じっと十夜さんを見つめていたら、なぜかふいっと顔を背けられた。
「……めちゃくちゃかわいいお願いの仕方ですけど、今はまだ教えられません」
「えっ」
「来るべき時が来たら、教えます」
「えぇ?」
　そんな……。

　私は今、知りたいのに。
　十夜さんは知っているのに、私は知らない。
　それがなんだかむしゃくしゃして、聞き逃すものか！　と抱きついた腕の力を強める。
「っ……」
「どうします十夜さん。このままだとお屋敷に帰れませんよ？」
　クールな表情を崩し、珍しくうろたえている。
　なぜか視線は合わないし、口元に手を当てているし。
　自分から抱きつくなんてハードル高かったけど、どうしても知りたかった。
　十夜さんといる時に感じる、安心感や居心地のよさ。
　もしかしたら、いつかの過去に出会ったことが関係してるんじゃないかって。
　十夜さんがもっと私のことを知りたいって思ってくれたように、私も十夜さんのことを知りたい。
　そう思ったから。
「……本当はお嬢様自身に思い出してほしいのに」
「何か言いました？」
「いえ、何も。私が教えるまで、本当に離さないおつもりなのですか」
「はい！　もちろんです」
　ゴホンと咳払いをした十夜さんは、頷いた私の後頭部と腰に手を回す。
「これでもですか？」

「何をされようが、私は離れる気は——」
　いきなり、だった。
「っ!?」
　ドレスに着替えたあのお店で見た、長いまつげを伏せた色っぽい表情。
　でも今は、そのまぶたが完全に閉じられていて。
「……ふっ……ぁ」
　唇に何度も何度も甘い熱が落とされた。
「とう、や……さっ」
　名前を呼んで、離れようとしても。
「まだ。全然足りない……」
　腰をグッと引き寄せられて、後頭部の手に力がこもるばかり。
　どうしてキスなんか……っ
　角度を変えてしだいに深くなるキス。
　なんで、どうして。
　頭の中ではそんな言葉ばかりが浮かんでくるのに。
「お嬢様……」
　唇が離れて、耳元で囁かれたと思ったら、また塞がれるの繰り返し。
「……はっ……ぁ」
　思考もままならないほど、とんでもない熱量をぶつけられる。
「目、閉じないでください」
「そ、そんなことっ、言われても……っ」

絡まる視線と熱に濡れた瞳が、私をよりだめにする。
逃げるようにぎゅっとつぶっても、
「私から目を離さないで」
そう、言われてるみたいで。
ただキスが深まるだけ。
「かわいすぎ……。口、開けて」
「何を……って、んぅ……っ」
ジンジンと耳に残るほど甘い言葉に震えていると。
「ふぁっ……」
熱い何かが侵入してきて、より口内を翻弄する。
密着させられた体も。
交わる甘すぎる視線も。
溺(おぼ)れるほど深い口づけも。
まるで十夜さんに食べられそうになって。
頭がクラクラして、体の奥底がズクンと熱くなる気がした。

「伝わりました？」
やっと解放された頃。
はぁはぁと息が乱れる私とは反対に、涼やかに不敵に笑う十夜さん。
「ぜんっぜん、わかりません……っ」
わかったのは、十夜さんのキスがうまいということだけ。
時折、耳やうなじを撫でられて、何度恥ずかしい声が出たことか。

ただただ熱い顔を隠したくて俯く。

心のどこかで期待はしていた。

だけど、このタイミングでキスをされるなんて……。

私たち、付き合っているわけじゃない。

十夜さんは、どういうつもりでキスをしたの？

聞きたいけれど聞けない。

そう思っていると……。

「本当は、まだ我慢するつもりでした」

「えっ？」

はぁっとため息をついたあと、私をぎゅっと抱きしめる十夜さん。

耳にかかる吐息が熱くて、また体がビクッと跳ねる。

「お嬢様が、私のことをすべて思い出されてから言おうと決めていたのに。これも全部、お嬢様がかわいすぎるのがいけないんですからね」

「えっ!?」

戸惑う私からそっと体を離した十夜さんは、熱っぽい目を向けてきた。

「ずっと我慢していたのに、お嬢様が上目づかいで、しかも抱きついてくるとか、ただでさえいつも理性がぶっ飛びそうなのに、極めつけにこれって。好きな子にされて手を出さない男のほうが信じられませんよ」

「と、十夜さん？」

あのクールな十夜さんが……。

あのいつも淡々としていて照れるなんて貴重すぎる十夜

さんが、顔を赤くして私を見ている。
　これは、夢ですか……？
「あの頃から、ずっとお嬢様だけを想ってきたんです。もう何年もその想いをかかえていますし、長期戦だということも覚悟していたつもりです」
　じっと視線を逸らすことのないまま、ぎゅっと両手を握られた。
「お嬢様」
「は、はいっ」
「私は、お嬢様のことがずっとずっと誰よりも好きです」
「そうなんですか……って、えっ!?」
　今、なんて……。
「聞こえませんでした？　私はお嬢様のことが好きで好きでたまりません」
「っ!!」
「まだわかりませんか？　私はお嬢様を愛して……」
「わっ、わかりました！　わかりましたからっ！」
　何回も言わなくていいっ！
　慌ててその口を塞ごうとすると、めまいがしそうなほど甘い瞳が私をとらえていた。
「お屋敷に来た頃から、ことあるごとにお嬢様にふれていましたが、全部お嬢様のことが好きだったからです」
　あれは、からかわれてるわけじゃなかったの？
　じゃあ今までのは全部、私を好きだから……。
　……!?

途端にぶわっと顔が熱くなって、今まで以上に十夜さんからの視線が甘く感じる。

「……ほんとの、ほんとに？」

「はい。ほんとのほんとにです。誰にも渡したくないですし、ずっと俺だけを見ていてほしいです。ずっとお嬢様を俺のモノにしたくて仕方なかったです」

ちょっ、ちょっと待って？

私を好きだと言い出した途端、急に饒舌（じょうぜつ）になる十夜さん。

そ、そんなこと思っていたんだ……。

「お嬢様が、私を意識していることはわかっています」

「えっ!?」

言葉も出ない私に、より一層いじわるな笑みを向ける十夜さん。

もう、頭がおかしくなりそう……。

「私がお嬢様を好き、それだけを覚えていてくだされば結構です。だから今は、無理して私の気持ちに応えなくても大丈夫です」

「わかり、ました……」

十夜さんの言うとおり、確実に気持ちは傾いている。

でも、まだ……まだ何かが足りない。

十夜さんを好きだと思える、決定的な何かが。

過去の記憶のことだって本当は教えてほしいけど、自分でちゃんと思い出したい。

十夜さんはその時からずっと、私を想ってくれているから。

　その気持ちに、私もちゃんと応えたい。
「ずっと隠していた思いを打ち明けた以上、私ももう我慢なんてしませんから」
「えっ？」
「お嬢様に私との出会いを思い出してもらうのはもちろんのこと、早く私を好きになってほしいので」
「あ、あの？」
「もうおわかりでしょうからお伝えしておきますが、私はお嬢様をみすみす逃がす気はありません。ずっとずっと好きだったんです。やっと私のモノになると思ったら、もう抑えるなんて無理です」
「抑えるって、何を……」
「もちろん、お嬢様への気持ちをです。これからは躊躇（ちゅうちょ）なく、キスもできますしね」
「っ!?」
　驚く間もなく唇に落ちてきた熱。
　顔を真っ赤にさせて固まる私に、十夜さんは最上級の笑みを浮かべながら言った。
「お嬢様、求愛のお時間です」

Love 3

止まらなくなる

「はいこれ」
「わっ!?　こんなに高そうなもの、もらっていいの？」
「もちろん。美都のために買ったんだし。よかったら使ってよ」
「ありがとう紗姫！」
　翌日のお昼休み。
　昨日は渡せなかったからと、紗姫から誕生日プレゼントをもらっていた。
「リップグロス？」
「うん。やっぱ女の子だし、そういうのがいいかと思って。そういうのよくわかんなくて、界と一緒に選んだやつだけど」
「そんなの気にしないで？　昨日祝ってもらえるだけでも十分うれしかったし」
「ならいいけど……」
　照れくさそうに視線を逸らす紗姫。
　わざわざ私のために、普段は使わないだろうものを買いに行ってくれたんだ。
　その気持ちだけで私は幸せだ。
「すぐ使えるようにって、箱はこっちに入ってるから」
「はーい、ありがとう！」
　さっそくつけてみようと、カチッと音がするまで先っぽを出す。
「うわぁ、めっちゃぷるぷるになる……」
　塗ってみると保湿力があるのはもちろん、味がすることに気づいた。
「これ、ピーチ？」
「らしいよ。なんか界が美都ちゃんには絶対これ!!ってめっちゃ推(お)してきた」
「そうなんだ」
　界さんの中で、私はピーチのイメージなんだろうか……。
　ありがとう、大事にするね。
　再度お礼を言ってリップグロスをしまっていると。
「で、何？　話って」
　興味津々とばかりに、ずいっと顔を近づけてきた紗姫。
「そ、そのことなんだけど……」

「こっ、告白された上にキスされたぁぁぁぁ――っ!?」
「ちょっ、紗姫っ！　声が大きいっ！」
「わ、悪いっ……。まさか知らぬ間にそんなことになってるとは思わず」
　今いるのは教室。
　五つ星レストランへお嬢様たちが行っていたからよかったものの、もし聞かれていたら……。
　考えるだけでゾッとする。
「ふーん？　でも、やっと動いたんだ、黒木のやつ」
　見れば、一段とニヤニヤしている紗姫。

「小さい頃からずっと美都だけを好きだったんだろ？　お嬢様のお誘いも女子への扱いも、美都の専属執事になったことも、すべて合点がいく」
「……」
　改めて言われると恥ずかしい……。
　紗姫にしては珍しく頬を緩ませてるから、何も言えなくなる。
「にしても、部活はだめだったのに、よくバイトはOKしてくれたね？」
「それは私もびっくりした」
　あんなに部活は断固拒否だったのに、バイトはいいとかどういう風の吹き回し？
「黒木のことだから想像はつくけど」
「え？」
「今日からなんだろ？　行けばわかるよ、きっと」
「そう、なの？」
　よくわかんないけど、十夜さんに会えばわかるのかな？
「それよりさ、俺もバイトしていい？」
「え、紗姫も？」
「ああ。前に言っただろ？　早く家を出たいって。親の金には頼りたくないし、今からでもコツコツ貯めないとって思ってたところだし」
「なるほど」
「それに美都が育った家だろ？　お店もお父さんのだって言ってたし。一度見てみたい」

「えーいいけど、めちゃくちゃ普通だよ？　紗姫の家よりずっと小さいけど」
　すると、苦笑いして頭をぽんぽんとされた。
「家の大きさなんて関係ない。俺が見たいのは、美都がお父さんの影響を受けた花だし。俺も華道の家柄だし、興味ある」
「そこまで言うなら……。じゃあ放課後、一緒に行こっか。あ、でも許可はとらなくていいの？」
「誰に？」
「界さんに。反対とか、されない？」
「へいきへいき！　バイトするのは今回が初めてじゃないし、黒木ほど過保護じゃねーから」
「そう、なんだ？」
　てっきりいくら男の子っぽくても、紗姫大好きオーラが出てる界さんならそうなると思っていた。
　てか、他の執事もそういうもんじゃないの？
「黒木のは行きすぎ。俺でも引くくらいだし。まあ、でも……」
「ん？」
「それを受け入れる美都は、よっぽど黒木のこと、気に入ってんだな」
「っ!!」
　絶対、私の気持ちに気づいてる紗姫。
　真っ赤になってるだろう私の顔を指摘してこなかっただけ、よしとしよう。

「てなわけで、紗姫もバイトしたいらしいんですが……」
「それは構いませんが……」
「何？　俺がいると黒木は不満？」
「いえいえ。別にそういうわけでは」
「なら、そんないやそうな顔する必要はないよな」
「……」
　このふたり、仲がいいんだか悪いんだかわかんない。
　おじいちゃんとの空気感もそうだけど、十夜さんは何が気に入らないんだろう？
「わかりました。ですがここでの店長は私、ですから。どうぞよろしく」
「えっ、十夜さんが!?」
　放課後。
　紗姫と一緒にお店にやってきた私。
　今日がオープンで忙しいという十夜さんではなく、別の運転手さんが迎えに来たのだけど……。
　まさか、十夜さんが店長さんになるだなんて。
　おじいちゃんがＯＫしたってことにまず驚きなんだけど、まだ大学生なのにってところがいちばんすごい。
「はい。私が先頭に立って動くと言ったのはもちろんですが、何よりも元々このお店で働くのが夢でしたから」
「夢……？」
　首をかしげる私とは裏腹に、はっはーん？とニヤニヤし出す紗姫。
　そんな紗姫をジト目で見つつも、十夜さんはコホンと咳払いをした。
「とにかくです。以前主人様のお手伝いをされていたということで、お嬢様には八神様のサポートに回っていただけますか」
「わかりました」
　十夜さんと同じく、お店のエプロンを身につける。
　さすがに上着とベストは着てないものの、ネクタイはしてるし、執事服とはほとんど大差ない格好の十夜さん。
「それと、八神様」
「なんだよ？」
「雇うということ自体はまったく構いませんが、着替えてくださいね？」
「は？」
「店長の特権です」
　怪訝な顔をした紗姫に十夜さんは、圧の強い視線を向けていた。

「なんだよこの格好はっ!?」
　それから数分後。
　お店の奥から出てきた紗姫は、怒りでぶるぶる震えていた。
「さっ、紗姫!?　めちゃくちゃかわいいっ！」
「美都……気持ちはありがたいけど、ぜんっぜんうれしくねえ！」
「八神様。女性の格好をされておられるのですから、言葉づかいも気をつけてください」
「それは無理。ただでさえこんな格好なのに、頭ハゲそうだわ」
　紗姫が、いやがるのも無理はない。
　だって紗姫は、私と同じく星水学園の女子の制服を着ていたから。
「いくら女性の方とはいえ、学校でのお姿だと、お嬢様の隣に男がいると思えてなりませんので」
「そんなの、ただのおまえの自己満じゃん！」
「いやならいいんですよ、いやなら」
　にこりと楽しげに微笑む十夜さんに、うぐっ！と言葉に詰まる紗姫。
　つ、強い……。
　十夜さんの有無を言わさぬこの顔は、さすがの私でも反論できない。
「お嬢様。私はお嬢様がバイトで入られる際にはつねにそばにいるつもりですので、ご安心を」
「は、はい……」
　まだ裏で制服にブツブツ言ってる紗姫のそばから離れ、花たちを見ていた私の元へ来た十夜さん。
「ここならば私の目が届きます。ゴミどもが私のお嬢様に近づくことはありませんから」
　紗姫が言っていたのはそういうこと？
　部活だったら、私が別の男の子と関(かか)わるかもしれないっていう心配。

「何よりも……」
「とっ、十夜さ……」
「こうして人の目を盗んでイチャイチャできますしね？」
「っ……」
　横から肩を抱かれ、ふわっと私の頬にキスを落とす。
「さ、紗姫に見られます！」
「別にいいじゃないですか。八神様はお嬢様のご友人です。恥ずかしいことなどありませんよ」
「そういうことじゃなくて！」
　普通は、友達のこんなところを見たくないと思うんだけど……。
　私なら他人がこうしているのを見るのも恥ずかしいのに、それが知り合いで、ましてや友達だったら、なおさら恥ずかしい。
「ふふっ、恥ずかしがる姿もとびきりかわいい。ずっとこうしていたいくらいです」
「こっ、ここでは十夜さんは店長さんなんですよ！　従業員にセクハラはやめてくださいっ！」
「セクハラ……。お嬢様の気持ちが私に向いていたとしても？」
「っ！」
　唇に人差し指を当て、いじわるに笑う十夜さん。
　ボンッと顔が熱くなって、心臓がドキドキ高鳴る。
　この表情、ほんとに弱い……。
「さすがの十夜も、お嬢様の前ではデレデレなようだな」

「一色」

　クスクス笑うその声に、チッと舌打ちする十夜さん。

「あれ、あなたは……」

　その名前に聞き覚えがある。

　たしか前に……。

「この間は自己紹介する時間がありませんでしたしね。はじめましてお嬢様。皇家の専属ＳＰをしております、一色聖（せい）と申します」

「専属、ＳＰ……」

　ビシッと真っ黒なスーツに身を包み、耳にイヤモニをつけて身長も体つきも大きい男の人。

　以前会った時と変わらず、真っ黒な髪はオールバックになっていてキツめの印象だけど、今はどこかやわらかい雰囲気。

　歳は十夜さんと変わらない、20代前半に見える。

「お嬢様方がここでバイトをされるにあたりましては、私どもＳＰがお店のまわりを警護（けいご）、巡回（じゅんかい）しますので、ご安心を」

「は、はあ……」

「この者たちはみな、私の部下です」

　途端に部下の人たちは恭しく一礼したもんだから、慌てて頭を下げる。

　なんだか、漫画の世界でも見ている気分。

「それにしても、大きくなられましたね」

「え……？」

目を細めて、どこか懐かしい目をして微笑みかけてきた一色さん。
途端に、スッと私の前に影ができた。
「あんま見んなよ。彼女のすべてを独占していいのは俺だけ」
そう言うと、私を後ろからぎゅっと抱きしめた。
「おーおーお熱いようで。つーか、十夜。一人称が『俺』になってるって」
「別にいいだろ、おまえの前では」
ムスッとした声が耳元で響く中、茶化すように笑う一色さん。
この間のこわい顔が嘘みたいに、穏やかで優しい雰囲気。
親しみやすそうな人だなぁ……。
「お嬢様も。あまり一色を見ないでください。私よりもこの男のほうがかっこいいですか？」
「えっ!?」
不機嫌な顔をして後ろから顔を覗き込まれる。
「そっ、そんなこと……」
「うっわ！　ほんっと美都のことしか頭にないのな、黒木って」
いつの間にそばにいたのか、ヤレヤレとため息をつく紗姫。
「八神様の言うとおりですね」
一色さんや他の部下の人もみんな、苦笑いで十夜さんを見ている。

「当たり前。他の男の視界にも入れたくないくらいだし。つーか、さっさと仕事に戻れ」
「はいはい、わかりましたよーだ。お嬢様、その飢えた獣に食われないよう、十分お気をつけて」
「えっ!?」
　目を見張る私に、一色さんたちは一礼して去っていく。
「俺も同感」
　そう言うと、にやっと笑った紗姫。
　なっ、なんてことを言うの一色さんは！
　それに紗姫も!!
「あ、あの十夜さん？　私は誰よりも十夜さんをかっこいいと思ってますから……」
　何やらいろいろ恥ずかしくて、とりあえず思ったことを伝えてみる。
　私の目にはもう、十夜さんしか見えてないというのに。
「はー……んっとにお嬢様は」
　クルッと正面を向かされ、少し赤くなった顔が私をとらえる。
「どれだけ好きにさせたら気が済むんです？　ここがお店だということを忘れてしまうので、外でそんなかわいいこと言うのは反則です」
　そして、ゆっくり唇を指でなぞられた。
「この唇も……私を、誘惑してます？」
「ちっ、違……っ！　これは紗姫と界さんからもらったリップグロスで……」

「へぇ、あのふたりに？　まあ、それはなんら構わないのですが……」
「へっ？」
「お屋敷に戻ったら、覚悟しておいてくださいね」
　にこりと笑って、耳元で囁く十夜さん。
「かっ、覚悟って……」
「もちろん、私にキスされる覚悟ですよ。そんな誘ってるみたいな唇して、私が我慢できるとでも？　前にお伝えしましたよね、抑えるつもりはないって」
「っ!!」
　最後に耳たぶに優しい熱が落とされて、十夜さんは離れる。
「意識されるのはわかりますが、バイトだけはしっかりなさってくださいね？」
　十夜さんは、いじわるに微笑んで紗姫たちのほうへ歩いていく。
　もう、どうしよう……。
　昨日から十夜さんの言動すべてが甘くて、今にも胸が破裂しそうだよ……。

　それからというもの。
「いらっしゃいませ」
　なんとか昔のことを思い出し、頭をフル回転させてお店の中を駆け回る。
「美都っ！　これはどうすればいいの？」

「あっ、それはね！」

　お客さんにオーダーされたお花のラッピングをひとつずつ教える。

「おおっ、すごい！　さすが美都！」

「そんな、大げさだよ」

　ちゃっちゃとお花を束ねてラッピングしただけなのに、すごいすごいと褒めてくれる紗姫。

「ありがとう、とってもきれいなお花ね」

　お客さんにもそうやってお礼を言われて、なんだかむず痒いような恥ずかしいような、懐かしいような気持ちになる。

「ありがとうございました！」

　お客さんの背中が見えなくなるまで頭を下げて見送る。

　色とりどりのお花に包まれ、お客さんの笑顔が見られるこの仕事。

　ああ、やっぱりほんとに好きだなぁ……。

「楽しそうで、何よりです」

「っ、あ、ありがとうございます！」

　一応ここでは店長さんなんだからと、意識しないように顔の筋肉に力を入れる。

「なんだか私たちしか知らない、秘密の関係みたいで、萌えますね」

　なんて口端を上げてクスッと笑うもんだから、案の定私は真っ赤になってしまった。

「はーっ、楽しかった！　改めて礼を言うのもなんだけど、ありがとう黒木」

「どういたしまして」

　時刻は午後７時。

　あたりは闇に包まれ、オープン初日は大盛況に終わった。

「お疲れ様！」

「界！」

「界さん！」

　そろそろ迎えが来る頃だと紗姫が言った途端、お店の前に場違いなほどでかいリムジンがでーんと止まり、中から真っ白のニットにピンクのロングスカートを履いた界さんが出てきた。

「なんか楽しそうでいいなぁ～私もここでバイトしようかしら」

「界は執事以外にもふたつバイトかけ持ちしてるだろ。それ以上したら体壊す」

「あのツンデレ紗姫ちゃんが心配してくれてる!?　ぎゅってしていい？」

「それは勘弁」

　ふふっ、やっぱり仲いいなぁこのふたり。

　微笑ましいやりとりを見ていてハッとする。

「界さん、紗姫から聞きました。リップグロス、本当にありがとうございます！」

　お礼を言いに行くと、界さんは驚いた顔をしたけれど、またすぐに、とびきり優しい笑顔を向けてくれた。

「ふふっ、喜んでもらえたならよかったわ。十夜も」

「えっ？」
　どうしてここで十夜さん？
「黒木がどうかしたのか？」
　頭の上にハテナを浮かべる紗姫と私を見て、界さんはなんでもないわと笑うだけ。
「十夜、これから紗姫ちゃんのことよろしくね」
「はいはい」
　ちょうど片づけを終えた十夜さんが戻ってきた。
「美都ちゃん、あのリップグロス、十夜とふたりの時につけてみてね」
　バチーンとウインクをすると、怪訝な表情の紗姫を引っ張り、帰っていく界さん。
「どうかされました？　お嬢様」
「あっ、い、いえ、何も……」
　なぜにふたりの時？
　私の頭の上には、ますますハテナマークが浮くばかりだった。

「はぁっ、疲れた……」
　無事お屋敷へと帰ってきた私は、夜ご飯を食べてベッドへダイブした。
「どうでした？　久しぶりの花屋さんでのお仕事は」
　枕に顔をうずめる私のすぐそばで、あたたかい紅茶を入れている十夜さん。
「父をお手伝いしていた時のことが蘇(よみがえ)ってきて、なんだか懐かしくなりました。それにやっぱりいいですね、大好きなお花に囲まれるのは。心が落ちつきます」
　心安らぐ花々の香り。
　一時はお客さんが多くて大変だったけれど、とても充実した時間だった。
　最初は苦戦していた紗姫も、最後のほうには笑顔を見せていたし。
　全部、十夜さんがお店をまた開こうと言ってくれたおかげだ。
「十夜さん」
「ん？」
　体を起こして、十夜さんを見つめる。
「本当に、ありがとうございます」
　そして紅茶を受け取り、ふーふーと熱を冷ましながら口をつける。
「あったかい……」
　最近、徐々に寒くなってきている。
　秋がすぎて冬が近づく気配。
　夜も一段と冷え込むようになってきて、あたたかいダージリンの紅茶が疲れた体に染み渡る。
「おいしいですね、この紅茶」
　それにいい香り……。
　両手でティーカップを持って、スンスンと鼻を近づけていると。
「お嬢様」

すぐそばで聞こえた低音にビクッとして顔を上げると。
「と、十夜さん？」
見ればいつの間にかベッドに腰かけた私の目の前にいて、何やら箱のような物を持っている。
「失礼します、お嬢様」
するりと持っていたティーカップを手から抜き取られ、サイドテーブルに置かれる。
「どうしました？」
心の奥底を見透かすような、引き込まれるかのような視線から逃れたくて俯こうとしたけれど。
「これは、なんです？」
差し出された箱に目を落として首をかしげる。
「何って……紗姫と界さんからもらったリップグロスが入っていた箱ですけど」
「それはわかりますが、その裏側を見ていただけますか」
「裏側？」
質問の意図がわからずその箱をひっくり返した途端、目に飛び込んできたそのワードにピシッと固まる。
「お、男なら誰もがキスしたくなるリップグロス……？」
なっ、何これっ!?
うっふんと色気が漂いまくりのきれいなお姉さんが、人差し指を唇に置いて私を見ている。
「まっ、まさか界さんが言ってたのって……」
「界が、なんです？」
みるみるうちに不機嫌になっていく十夜さんに、慌てて弁解する。
「しっ、知らなかったんです！　もらったものが、こっ、こんなのだなんて！　それに界さんが、つけるなら十夜さんとふたりのときにって……」
「……」
　はぁぁぁっと、深くため息をついた十夜さん。
　反対に、私の顔はみるみるうちに真っ赤になる。
　そういや紗姫、このリップグロスを界さんがめちゃくちゃ推(お)していたって言ってたよね？
　それを知らず、普通につけていた私。
　こんなの、男の人なら誰彼構わずキスしたいみたいになってない!?
　十夜さんの顔が見られない。
　ど、どうしよう……。
　ただただ視線をさ迷わせてると、鼻がぶつかりそうなくらいの距離に十夜さんの最上級の微笑みがあった。
「話を聞く限りでは、お嬢様はこのリップグロスについては何も知らなかったようなので、外でつけてたことは見逃します」
「はっ、はい」
「ですが……」
「え」
「他の男もお嬢様の魅惑的な唇を見たというのは気に入らないので、今存分に見せていただけますか」
「へっ？」

「つけてください」
「えっ、はっ、何を？」
「このリップグロスをです。もう完全に取れちゃったでしょうから、もう一度つけたところを見せてほしいです」
「っ……」
　頬に手を当てられ、唇をグッと押される。
「先ほども外でキスするのを我慢したんですし、ねぇ、いいでしょう？」
　お願い。
　強く訴えかけてくる目に、何も言えなくなる私。
　いつからこんなに十夜さんに甘くなっちゃったんだろう。
「わかり、ました……」
　渋々頷くと、やった！と言わんばかりに微笑む十夜さん。
　その表情がかわいくて、またドキッと胸が高鳴った。
「やっぱり、私がつけます」
　十夜さんの手の中にあったそれに手を伸ばそうとすると、すいっと持ち上げられた。
「えっ!?　そんなの恥ずかしいからやですっ……」
「いやって言われると、尚更したくなりますねぇ」
　なんていじわるな返事をされるだけ。
「大人しくされるがままでいてください」
　甘ったるい声が耳に注ぎ込まれ、私は黙るしかなくなる。
「なんだかイケナイことをしているみたいになりますね」
「バッ、バカなことを言わないでください！」

「だめですよ動いちゃ」
「ううっ……」
　真正面から唇をガン見され、今にも逃げ出したい衝動に駆られる。
　意識している相手にこんなことされるとか、恥ずかしい以外何ものでもない。
　とにかく目が合わないようにと、十夜さんの背後のものを見つめる。
「はい、できましたよ」
　ピーチの香りが鼻をくすぐって、唇全体が蜂蜜（はちみつ）でもかけられたみたいに甘く感じる。
「ど、どうも……」
　私はすでにキャパオーバー。
　どこの世界に意識している相手にリップグロスを塗られて、平気でいられる人がいるものか。
　今にもキスできそうな距離に、さっきから心臓がバクバクうるさい。
「お嬢様」
　見透かされてる気がする。
「顔を、上げてください」
「いやです」
　絶対、はしたない顔をしている。
　自分でもわかるくらい熱い顔。
　意識しているのが丸わかり。
「見せてください。お嬢様のとびきりかわいい表情を」

だから、ね？

ふわりとおでこに口づけられてしまえば、

「やっと私を見てくれましたね」

弾むようなうれしくてたまらないという声が私をよりドキドキさせる。

「お嬢様……キス、してもよろしいですか？」

ゆっくりじっくり。

私の反応をうかがうように聞いてくるそれは。

耳がやけどするほどあまったるくて、頭に響く。

「いちいち聞かないでくださいっ……」

コツンと合わさったおでこに熱が集中する。

「この間みたいに急にしては、お嬢様も驚かれるでしょう？それに……」

ベッドのスプリングがギシッと音を立てて、私の横に重みがかかる。

「今、全力でお嬢様を口説いているわけですから、私からされることすべてを覚えておいてほしいのです」

「っ……」

なんつー、殺し文句。

甘すぎるその視線に頭がクラクラしてくる。

「私がどれだけお嬢様を好きか。今から存分に教えてあげます」

するりと後頭部と腰に腕が巻きつき、グイッと引き寄せられる。

「お嬢様、キスのお時間です」

甘く、低く囁いた十夜さんは。
「好きですよ、お嬢様」
私にとびきりの熱を落とした。

「と、うやっ、さんっ……」
最初はふれるだけのキスが、気づけばどんどん深くなっていく。
「かわいすぎです、お嬢様」
鼻から空気が抜けるような。
自分でも聞いたことのないような声が口から漏れる。
「ぁっ……はぁ…っ」
甘えるような高いその声に、聞いている自分がいちばん恥ずかしい。
何よりも、聞こえる水音が私の頭をよりおかしくさせる。
「お嬢様、もっとしてもいいですか」
「んっ……ふっ……」
そんな囁きのあとで、口内へ侵入してくる熱いもの。
「好きです、お嬢様。大好きです」
熱に浮かされたかのように、何度も何度も囁かれる好きの数。
「んっ……ふぁ……」
声が漏れるたびに激しくなる唇。
気づけば。
「とうや、さっ……」
完全に力が抜けてしまった私は、ベッドに押し倒されていた。
「甘い……っ。もっともっとって美都が欲しくなる」
　唇をなめて、上着を脱ぎ捨て、グイッとネクタイを緩める十夜さん。
「桃みたいな味がする。かわいい美都にぴったりだ」
　ふっと不敵に笑う十夜さんの色気はすさまじく。
　閉じ込めるように顔の横につかれた両腕にぎゅっとしがみついた。
「そんなにかわいいことしていいわけ？　今でさえやばいのに、止まんなくなる」
　そう言って、また何度も角度を変えて熱を落とす。
「あー、前髪邪魔」
　そう言っていったん上体を起こすと、前髪をかき上げた。
「ほんっとかわいい。すべてがかわいい」
　息が乱れる私とは裏腹に、十夜さんはただゆらゆらと熱に濡れる目を向けてくるだけで。
「その潤んだ目。理性ふっとぶ」
　余裕のない表情が一瞬歪んで、ゆっくりシャツのボタンが外されていく。
「こんなにかわいい表情を見せるのは、この先一生俺だけ。あのリップグロスをつけるのも、俺とふたりっきりの時だけ」
　頭がぼーっとして、ただ頷くしかない。
　熱い手が頭から耳、首へとすべって鎖骨へと降りていく。
「俺が欲しくてたまんないって表情。ほんっと煽(あお)るのが上手だね」

目が潤んでいるせいで、十夜さんがどんな顔をしてるのかはわからない。

でもただひとつ言えることは、その顔が何かを必死に我慢しているということだけ。

重なっていた唇が離れ、おてごに頬に、耳に首に甘すぎる熱が落とされる。

「この先は美都が俺を好きだって言ってくれたらしてあげる。それまでは我慢、するから」

ふれられる手や唇も、射抜くような瞳も。

そのすべてが私を愛おしいと叫んでいるようで。

もう、無理……っ。

十分すぎるほどの愛を受け止めるだけだった私の体は、とっくに限界を超えていた。

「早く俺のこと好きになれよ」

意識が薄れていく中で聞こえたその言葉は、いつまでも頭の中にこびりついていた。

もっともっと俺を求めて

「んんっ……」
　カーテンの隙間から差し込む光に目が覚めた。
　昨日は、どうしたんだっけ……。
　バイトから帰ってきて、十夜さんに入れてもらった紅茶を飲んで、それで……。
「っ!!」
　そうだ私。
　十夜さんにキスされて、そのまま……。
　お風呂も入らずに寝てしまったんだ。
　ガバッと体を起こそうとして、はたと気づく。
　ん……？
　何やらお腹の前にがっしりと腕がまわり、頭の下にも腕がある。
　よくよく見れば起き上がるどころか、動くことさえできない。
　もしかして……。
　おそるおそる振り返れば、美しすぎる顔がそこにはあった。
「十夜、さん……？」
　どうやら私が眠ってしまったあと、十夜さんもそのまま寝てしまったのか、私を後ろから抱きしめた状態で眠っていた。

ひいっ、近い近いっ!!

昨日あんなに熱烈なキスをしたというのに、その距離だけで今にも頭から湯気が出そうになる。

とっ、とにかく離れないと……っ。

「十夜さん、十夜さん」

ゆらゆらと体を揺らすけれど、起きてくれない。

よほど疲れているのか、本当に寝入っているみたいで起きる気配が一向にない。

私のためにって、お店の店長さんまでしてくれてるんだもんね。

大学生でもあり、執事でもあり、なおかつ店長までしてるなんて。

きっと寝る暇もないほど疲れていたに違いない。

このまま寝かしておいてあげよう。

でも一応何時かだけは確認しておこうと、ベッドサイドにあったテーブルに視線をずらして、ハッとする。

じゅ、12時!?

「十夜さん！　十夜さん！」

やばい、遅刻っ!!

悪いとは思いつつも慌てて十夜さんの体を揺らす。

「ん、お嬢、様……？」

寝起きのせいか、十夜さんの声は一段と低く掠れている。

まだ半開きの目もどこか色っぽくて、ドキドキして目が奪われそうになるのを必死に堪える。

「十夜さん！　今日、平日！　火曜日ですよ！」

大学だってあるだろうしとポンポンと体を叩くと、ん〜と唸りながらもゆっくり体を起こした。
「大丈夫ですよ、お嬢様。今日は火曜日ですけど休日ですから」
「えっ!?」
「今日は星水学園の創立記念日。もし学校があるのでしたら、メイドや他の使用人が起こしに来ますから」
「そっ、そうでしたか……。なんかすみません、お疲れのところ……」
なのに私ってば勘違いして、慌てて起こしてしまった。
「構いませんよ、別に。せっかくの休みですのに、お嬢様と過ごす時間が減ってしまうのはいやですから」
まだ寝起きでとろんとした顔なのに、私を見つめる目だけは特別優しくて。
また胸がきゅんと高鳴った。
「おはようございます、お嬢様」
クンッと腕を引かれて、私は十夜さんの腕の中にすっぽり収まる。
「お、おはようございます……」
再び昨日のことが頭をよぎって、声が次第に小さくなる。
「すみません、昨日あのまま寝てしまったようで。なんだかお嬢様と離れがたくてつい……」
「い、いえ気にしないでください……」
「昨日のお嬢様、本当にかわいかったですよ。すみません、私もタガが外れたかのように襲ってしまって」

謝られてるはずなのに、まったくそう聞こえないのはなぜだろうか。

昨日と変わらず、十夜さんの雰囲気は本当に甘くて。

「少しは私への好きという気持ちは自覚できましたか？」

そっと体を離され、ちゅっと頬に当てられる優しいもの。

「はい、少しは……」

嘘じゃない。

十夜さんにふれてほしいと思ったのは事実。

きっとこれも好きのうちに入るのだと思う。

「なら、よかったです。でも早く私を完全に好きになってくださいね？」

ふわふわっと頭を撫でたあと、いったん部屋に戻りますと言った十夜さん。

「また、あとでお伺いしますね」

パタンと閉められたドアを見届けあと、ボスンッと枕に顔を押しつけた。

少しどころじゃない。

もう、ほとんど。

欲しいと思うくらいには、十夜さんのこと、好きになってるよ……。

「失礼します、お嬢様」

それからしばらくして、お風呂に入り髪を乾かし終えた私の元へ十夜さんが戻ってきた。

「朝か昼かわからなくなってしまいましたが、お食事です」

「ありがとうございます」
　どうやら十夜さんの分もあるようで、一緒に食べることにした。
「十夜さんもお風呂、入ってこられたんですか？」
「ええ、そうです。わかりますか？」
「ああっ、はい。なんだかいい香りがしたので……」
　って、なんだか私変態みたいじゃない？
　サンドイッチを食べながら、ふと気づく。
「ふふっ、当たりです。男としてはうれしい言葉です」
「ならよかったです……」
　熱くなる顔を隠しながら、ゴクッと紅茶を飲んだ。
　体もあたたまって、一気に目が覚める。
「そういえば、一色さんとは仲いいんですか？」
「一色ですか？」
　昨日見た限りでは、何やら界さんとも話しているような雰囲気だった。
　歳も近そうだし、そういう風に見えたのだけど……。
「一色のことが気になるのですか？」
　途端にまたムスッとしたような表情になって、慌てて違いますよと訂正する。
「十夜さんと仲のいい方なら、知っておきたくて。前に十夜さんが言ってくれたように、私も十夜さんのことをもっと知りたいですから」
　手にしていたサンドイッチを置いて、まっすぐ十夜さんを見つめる。

一瞬ぽかんとしていた十夜さんだったけど、ふいに視線を逸らされた。
「自分で聞いておきながら、めちゃくちゃ恥ずかしいです。ですが、お嬢様にそう言っていただけるようになるなんて、だいぶ進歩しましたね」
なんて目を細めてうれしそうに笑う。
「一色は、いとこです」
「いとこ？」
「はい。一色も同じ星水学園大学に通う３年で同い年です。あいつは界や私とは違い、体育学部ですが」
体育学部……。
たしかに運動してそうな人だったかも。
そうじゃなきゃＳＰなんか勤まらないだろうし、何よりも言われてみれば容姿もめちゃくちゃ整っていたっけ。
いとこって聞いて、なんか納得。
「私や界のように執事をバイトとする者もいますが、中には一色のようにＳＰをしている者も少なからずいます」
「そうなんですか」
大学生が、執事にＳＰ。
すべて現実のことなのに、いまだ現実には思えないほど。
「一色も私と同じタイミングでこの皇家に来ました。私が一色をＳＰとしてスカウトしたのですが」
「えっ、じゃあ十夜さんと同じように一色さんも私が来る１週間前に？」
「そうです。いとこというのもありますし、何よりあいつはとても信頼できるやつですから」

「信頼ですか？」

「はい。きっとお嬢様は覚えてないとは思いますが、私と出会った小さい頃、一色ともお会いしているのですよ」

「えっ！　そうなんですか!?」

　素っ頓狂な声を上げる私に十夜さんはクスクス笑う。

　あ、だから……。

「だから大きくなったとかなんとかって……」

「はい、そのとおりです」

　にしても、一色さんまで覚えているのに、私にはどうしてさっぱり記憶がないんだろう？

「少しは昔のこと、思い出せました？」

「うーん……。なんか引っかかっていることはあるんですよね」

　前に十夜さんが風邪を引いたあの時。

　ベッドで寝ている姿を見て抱(いだ)いた違和感。

　それと今回の話がつながるのだと思うのだけど……。

　前にお母さんに看てもらったことがあるって言っていたし、それとも関係が……。

「あの、十夜さ——」

　ふと思い立ったひとつの仮説を聞いてみようとした時。

「黒木さん」

　コンコンと部屋をノックする音が聞こえて、はいと返事をする十夜さん。

「どうされました？」

ひょこっと顔を出したのは以前、十夜さんの部屋へと連れていってくれたメイドさん。

目が合うと優しく微笑んでくれたので、私も一礼しておいた。

「今、エントランスに月菜(るな)様が……」

「え？　月菜が？」

月菜？

外ではクールな十夜さんが女の子を呼び捨てするなんて珍しい。

そう思っていると。

「十夜っ!!」

バタバタっと走る音が聞こえたあと、メイドさんを押しのけ、部屋へと入ってきたひとりの女の人。

「月菜!?」

驚く十夜さんに、ガバッと正面から抱きつくその人。

「会いたかったよ、十夜〜!!」

すりすりと胸に擦り寄るようにして抱きつくその人の容姿に私はびっくり仰天する。

「び、美人っ!!」

身長は私と同じく小さめなのに、何倍も大人びて見えるその人。

艶々のストレートな黒髪は背中の半分を隠し、真っ白な肌と赤く色づいた唇が、くっきりとした目鼻立ちを強調していて。

メイクもしているせいか、界さんとはまた違って魅力的な大人の女性って感じ。
　歳は私よりも確実に上な気がする。
　じーっとその女性を見ていると、バチッと目が合った。
「あっ！　もしかして、あなたが十夜のお嬢様の、村上美都ちゃん？」
「はっ、はい！　そうですけど……」
　頷くと急に目をキラキラさせて、次は私に抱きついてきた。
「やだっ！　超かわいいっ！　持って帰りたいっ!!」
「あっ、あのっ……」
「ねぇ、私のお嬢様にならない？　私も別の家でメイドしてるからさ！」
「えっ？　えっ!?」
　激しいテンションについていけず、目を白黒させていると。
　ベリッと横から引き剥がされた。
「だめに決まってんだろ。美都は俺の。いくら月菜でも渡さない」
「えぇ〜!!　別にいいじゃん!!」
　なんだか界さんとタイプが似ている？
「あの、月菜さん？は、十夜さんとはどういったご関係で……」
　見たところ十夜さんは外で見る態度で接してないし、何より名前呼び。
「妹だよ！」

「えっ？」
「お嬢様。月菜は私の妹です」
「ええっ……。ええっ――っ!?」
　ぐっと親指を突き出し、とびっきりの笑顔を向けてくる月菜さんの横で、十夜さんはヤレヤレといった感じで、ため息をついている。
「改めまして、十夜の妹の黒木月菜です！　よろしくね、美都ちゃん！」
「よ、よろしくお願いします……」
　メイドさんが温め直して持ってきてくれた紅茶を飲む私と十夜さんの正面で、元気に挨拶をする月菜さん。
　なんだか十夜さんとは正反対のような……。
　クールで大人の雰囲気が当てはまる十夜さんと、
　元気でテンション高めの月菜さん。
　同じ兄妹とは思えないほど、性格が真逆だ。
　強いて言うなら艶々の黒髪と芸能人かと思うほど整った容姿が共通点なくらい。
　思ったとおり歳は19で、私のふたつ上。
　十夜さんと同じく、星水学園大学に通う１年生だそう。
「にしても、ほんっとかわいくなって」
「え？」
　また、この反応……。
　十夜さん、一色さんと来て、月菜さんも小さい頃に会ってる？
　まあ、十夜さんの妹さんなら会ってて普通だもんね。

　でも本当に記憶がない……。
「で？　何しに来たわけ？」
　なぜかさっきから不機嫌を隠さない十夜さんの前で、優雅に紅茶を啜る月菜さん。
「そんな恐い顔しないでよ！　美都ちゃんと過ごすせっかくの休日にお邪魔したのは悪いと思ってるって」
「……」
　さすが妹さん。
　お兄さん相手ということもあり、いろいろ直球。
「今週の土曜、うちの大学で何あるか知ってる？」
「知ってるも何も俺には関係ない」
「そんなこと言ってー。本当は私が今日来た理由もなんとなく想像ついてるんじゃないの？」
　ニヤニヤ笑う月菜さんに、これでもかと冷酷な視線を送る十夜さん。
「大学で何かあるんですか？」
　私は転校してきてまだ２ヶ月ほど。
　高校ならまだしも、大学のことはほとんど知らない。
「あっ、そっか！　美都ちゃんは転校してきたばっかりだもんね！　毎年この時期にはね、大学で学園祭があるの！」
「学園祭、ですか？」
「そうなの！　４年に１回開かれるんだけど、内部の生徒はもちろん、この日だけは外部からもお客さんを入れるからすっごい盛り上がるんだよね！」
　学園祭かー。

　そういや前にチラッと紗姫が言っていたっけ。
　高校ではないけど、大学では大きいのがあるって。
「でもそれと、十夜さんになんの関係が……？」
　首をかしげると、待ってました！とばかりに月菜さんは目を輝かせた。
「いやだっつっただろ」
　月菜さんが口を開く前に、その先を言わせまいとするかのように告げる十夜さん。
「そんな固いこと言わずにさぁ!?　協力してよ!!」
「いやなもんはいやだ。　つーか今、忙しいんだよ」
「知ってるよ。美都ちゃんの実家のお花屋さんでしょ？だから準備はいいから、そのぶん当日だけって言ってるじゃん」
「無理」
　頑なに断り続ける十夜さん。
　いったい何がいやなんだろう？
　不思議な顔をしていたのに気づいたのか、月菜さんはあのね！　となぜか鼻息を荒くして、顔を近づけてきた。
「おい、近い」
　隣で十夜さんがそう言ってるけど華麗にスルー。
「うちの大学にはね、執事メイドサークルってものがあるの！」
「執事メイドサークル？」
　何その謎のサークル名……。
「ほら、うちの大学ってお嬢様や御曹司の家で執事やメイドをしてる人多いじゃない？　そう言った人たちが入ってるサークルなの！」
　ちなみに私も入ってるよ！　と教えてくれた。
「皇家の執事になった時から十夜も誘ってるんだけど、一向に入ってくれなくてね」
「当たり前だろ。そんなのに入るくらいなら、俺は美都との時間を選ぶ」
　吐き捨てるように言った言葉だけど、私は内心うれしくてきゅんとする。
「はいはい、それはわかってるよ。サークルのみんなもそれがわかってるから、当日だけって言ってるんじゃん」
「……」
　とうとう無視を決め込んだ十夜さん。
　その姿にため息をついた月菜さんは、再び口を開いた。
「そのサークルの出し物でね、今年は外部の人にもそれを味わってもらおうってことで、執事メイド喫茶をすることにしたの」
「な、なるほど……」
　星水学園高校の生徒ならそれが日常だけど、私が以前通っていた高校の生徒なら普通はありえない。
　そういう人たちにも執事やメイドがいる気分を味わってもらおうってことか。
「それでね、サークルに入らない代わりと、それに向けての準備もしなくていい代わりに、当日だけは執事として参加してくれないかってお願いしてたのよ」

「そうだったんですか」
「いくら他の人が頼んでも拒否するから、とうとう妹である私が召喚されたってわけ。ねぇ、お願い十夜」
「……」
　だんまりを決め込むだけで、何も反応しない十夜さん。
「あの、ちなみにですけど、それに界さんって入ってるんですか？　それに一色さんも……」
　一色さんは執事ではないけど、一応ＳＰという形で皇家にいる。
　そこらへんはどうなんだろう？
「界さん？　ああ、八神家の？　もちろんいるよ！　一色さんって……ああうちらのいとこの！　執事ではないけど、当日は人が多いことも考えられるから、お願いしててOKももらったよ！」
「そうなんですか……」
　界さんはきっとメイド服だろうし、一色さんはいつものスーツじゃなくて、執事服なんだよね？
　うわぁ、めちゃくちゃ見たいかも……。
「あの、それって学園高校の生徒も入れます？」
「もちろんだよ！　内部の生徒も大歓迎！」
　なら、紗姫を誘って行こうかな。
　ふたりの姿、見てみたいし。
「やるよ」
「えっ!?」
　唐突に聞こえたその声に隣を見ると、それはもう不機嫌な顔の十夜さんが。
「えっ!? ほ、ほんとにいいの？」
「ああ」
「ほんとに？」
「ああ」
「やったぁぁぁ――っ!!」
これで無事に帰れる！なんて喜んでいた月菜さんだけど、急にピタッと止まってニヤニヤした顔で私と十夜さんを見比べる。
「はっはーん？ なるほどねえ。美都ちゃんが界さんと聖の姿を楽しみにしてるから嫉妬したってわけね？」
「えっ!?」
「うるせえ。さっさと帰れ」
頬杖をつきながら、しっしと追い払うように睨む十夜さん。
「はいはい、邪魔(じゃま)者は帰りますよーだ！ じゃあ美都ちゃん、またね！ 十夜、当日忘れないでよ！」
それだけ言って光の速さで月菜さんは帰っていった。
「……」
「……」
途端に静まり返る部屋に、居心地が悪くなる。
「食べかけのサンドイッチでも食べましょうか？」
なんとか気まずい空気を消すように、十夜さんへ話しかけると。
「んんっ!?」

　気づけば十夜さんの顔がドアップに。
「ちょっ、十夜さんっ……！」
　抵抗しようとしても、両手を掴まれ身動きが取れない。
　ただただ何度も重ねられる唇に私はされるがまま。
「嫉妬、しました」
「え？」
　やっと解放された頃には私の息は切れ切れ。
　対して、十夜さんはいつもどおり淡々としていて。
　私ばっかり翻弄されてる気がする……。
　なんて思ってると、ぎゅっと強く抱きしめられた。
「私よりも、界や一色のことを気にして。目の前に私がいるのに、他の男なんて見ないでください」
　ぎゅうぅぅぅぅっと抱きしめる腕に力がこもり、十夜さんが話すたびに私の頭が揺れる。
　きっとあごをのせられているんだと思う。
「当日、来ないでください」
「え？」
「いやです。お嬢様が他の男に目を向けるなど。それにお嬢様は世界一かわいいですから、絶対ナンパされます」
「世界一なんてそんな……」
「私の世界のいちばんはずっとお嬢様ですから。それより、絶対に来ないでくださいよ？」
「どうしても、ですか？」
　十夜さんからゆっくり離れ、コテンと首をかしげてみる。
　うっと十夜さんは言葉に詰まったけれど、だめですの一点張り。
「私、十夜さんの執事姿が見たいです」
「普段いくらでも見れるじゃないですか。それにその時の衣装なら私が買ってお嬢様の前で着ますから」
「それでも行きたいんです」
「お嬢様ー」
　グリグリと額を肩に当てられて、やめてくれって言われてるのが伝わってくる。
　でもどうしても見たい。
　十夜さんはもちろん、界さんや一色さん、それに月菜さんも。
「そこに行ったらすぐに帰りますから！　それならいいでしょう？　ねっ？」
「うーん……」
　これでもだめ？
　それなら……。
「十夜さん、ちょっと屈（かが）んでもらえますか」
「お嬢様？」
　不思議な顔をしつつも、言われたとおり屈んでくれた十夜さん。
　私は決意が揺らがないうちにと行動に移す。
「これでも、だめ……ですか？」
「っ!!」
　グイッとネクタイを引っ張り、頬に口づけた私。
　どうにでもなれ！とキスしたものの、なんとも恥ずかしくていたたまれない。

「ここまでしていただけたのなら仕方ないですね……」

「やった！」

顔を赤くしていた十夜さんだったけど、次の瞬間にはもう満面の笑みを貼りつけていた。

「もう一度。今度は口にしていただけたら、行くのを許します」

なんて悪魔的お願いをしてきたけど、負けるもんか！と私はキスをした。

「敵いませんね、お嬢様には」

そのあと何倍返しにもされたのは言うまでもない。

「執事メイド喫茶？」

「そうなの！　よかったら紗姫も行かないかなーと思って」

翌日の放課後、バイトの時間。

休憩中の紗姫に声をかけた。

「あの有名なサークルのやつか。ふーん……」

「どう、かな？」

「いいよ。日頃たまってる鬱憤(うっぷん)を全部黒木にぶつけて、冷やかしのネタにしてやる」

何やらニシシと笑う紗姫。

「私が、なんですか？」

「げっ、黒木！」

ちょうどお客さんの対応を終えて戻ってきた十夜さんは、じろりと紗姫を睨む。

「どうして同じお嬢様なのに、こうも違うんですかねぇ」
「うっさいな！　さっさと予約のアレンジメント作れよ」
「はいはい。お嬢様、あそこにいらっしゃるお客様がお呼びなのでそちらへ行っていただけますか。私はこの素直じゃないお嬢様を指導しますので」
　あちらのお客様……。
　見れば年配の女性だった。
「誰が素直じゃないって!?」
　ギャーギャー騒ぐ紗姫を十夜さんは適当に受け流す。
　仲がいいのか、悪いのか。
　けどまあ、最初の頃に比べたらお互い当たりは優しくなってきた方かな？
「お呼びでしょうか、お客様」
　呼ばれたほうへ行けば、今の時期にぴったりの白のガーベラを見る年配の女性がいた。
「大きくなったわね、美都ちゃん」
「え？」
「覚えてないかしら？　美都ちゃんが小さい頃、よくこのお店に来ていたの。美都ちゃんが中学生になる頃にはもう来ることはなくなったのだけど、懐かしいわ」
　穏やかに細められた目元。
　白髪は多いけれど、とても若く見えるきれいな顔立ち。
　長いロングスカート。
『こんにちは、美都ちゃん』
　小学生の頃、１週間に１回は必ずうちの店に足を運んでいた常連さん。

「もしかして……佐藤さん、ですか？　この近所にお住まいの」

「ふふっ！　やっと思い出してくれた？」

あの頃から変わってない優しい笑顔。

『今日もお手伝いご苦労さま』

頭を撫でてくれたあたたかい手。

「はいっ！　お久しぶりです」

学校が忙しくなった中学の頃はほとんどお店を手伝うことはなくなったけど、小学生の時はよく顔を合わせていたっけ。

うちの両親の、お通夜やお葬式にも足を運んでくれたひとり。

「ご両親が亡くなられてこのお店ももう閉めちゃうのかと思ってたけど。店長さんがまた、開いてくれたのね」

ちらりと十夜さんを見つめる佐藤さん。

その目は懐かしの色が見え隠れしているようで。

「知ってるんですか？　十夜さんのこと……」

十夜さんを見る目が他人のようには見えない。

まるで孫にでも向けるような、とびきり穏やかな眼差しだった。

「ええ。私、9年前に旦那を亡くしてるのだけど、その時にちょっとね」

「ちょっと？」

「ええ。私の旦那、美都ちゃんのお母さんが勤めてらした病院に入院していて、お見舞いの際にたまに話してたのよ」
「十夜、さんと？」
「ええ。病室が同じだったから」
　病室……。
　バラバラになっていたピースがひとつ組み合わさった気がした。
　前に十夜さんの言った言葉。
『私もよく美里様に看てもらってましたから』
　じゃあ十夜さんは、小さい頃にお母さんが勤めていた病院に入院していたから、お母さんを知っていたってこと？
　お父さんもよく、病院へ頼まれたお花を配達していた。
　そこでお父さんとお母さんは知り合って結婚したって聞いていたから。
　その時にお父さんとも面識が……。
「なんだか困らせちゃったかしら？」
「あっ、いえいえ！　そんな！」
　眉尻を下げて切なげに微笑む佐藤さんに、慌ててお礼を伝える。
「むしろ、感謝しています。大事なことを思い出せた気がするので」
　まだ完全に、明確ではないけれど。
　ふと記憶の断片が頭をよぎった気がしたから。
「なら、よかったわ。前みたいにこのガーベラ、プレゼント用にお願いできるかしら？」
「はい、もちろんです」

いらない部分を切って、他の季節の花も一緒に給水スポンジに生けていく。
それを袋で包み、最後にくるくるっとリボンを巻きつける。
「完成しました」
「あら素敵!!　さすが圭人さんに教えてもらっていただけのことはあるわね！」
「ふふっ、喜んでいただけて恐縮です」
白のガーベラをメインにしたけれど、ところどころにピンクのガーベラも入れて華やかに。
自分的にも満足のいくものができた気がする。
「じゃあ、それは美都ちゃんに」
「え……？」
笑顔で差し出そうとすると、佐藤さんにやんわり止められた。
「美都ちゃん、白のガーベラの花言葉は知ってる？」
「たしか、希望……ガーベラ全般はつねに前進、だったような」
「そのとおり。ご両親を亡くされていろいろつらい思いをしたと思うけど、美都ちゃんなら大丈夫よ。こんなに素敵な花に囲まれて、大切に一途(いちず)に思ってくれる人やお友達と出会えたのだから」
ちらりと目を向けた先には、何やら言い合いをしながらもどこか楽しそうに作業を進める十夜さんと紗姫の姿。
「そうですね」

一時は死まで考えるほど絶望の淵(ふち)に立たされた。
けれど今は違う。
生きる意味も、自分の存在や価値を認めてくれる人がちゃんといる。
そばにいるから。
「頑張ってね、美都ちゃん」
はいっと両手の手のひらの上に渡されたのは、さっき私がアレンジメントをしたガーベラ。
「きっとあの子とはうまくいく。私が保証するわ。一度挫折(ざせつ)しても、それでも立ち上がることができた美都ちゃんなら絶対幸せになれるから」
「佐藤、さん……」
ふと目頭が熱くなって、俯いた。
私のまわりの人たちはみんな、あたたかくて優しい人ばっかりだ。
こんな人たちに囲まれて、私はこれ以上にないほど幸せで。
「ふふっ、今日はそれだけを言いたくて来たの。今度はちゃんと、お客さんとして来るわ」
じゃあ、また。
そして最後にまた昔みたいに、頭を撫でてくれた佐藤さん。
「ありがとうございます、佐藤さん……」
私やっと、十夜さんにつながる糸口を見つけられた気がします。

「あれ、それどうしたの？」

　佐藤さんが去ったあと、一段落ついたらしいふたりがやってきた。

「ああ、うん。ちょっとね」

　白いガーベラが映えるようにと、全体的に優しい色でまとめたアレンジメント。

「なんだか、お嬢様らしいアレンジメントですね」

「そ、そうですか？」

「はい。優しくて、穏やかで。でもかわいらしさも十分あって」

「っ!!」

　目を細めてこれでもかと優しく微笑む。

「おい。なに口説いてんの？　俺いるんだけど？」

「おや、いらっしゃったのですね八神様」

「さっきからずっといたわ！　この腹黒執事っ!!」

「なんとでもどうぞ」

　流し目で私を見つめる十夜さん。

　そこには愛おしいと言わんばかりに甘すぎる色が浮かんでいて。

「ほんっとずるいですね、十夜さんは」

「お嬢様に言われたくはありません」

　顔を見合わせて、お互いぷっと噴き出した。

「いい香り……」

　秋晴れの空の下、お店に並ぶ花たちがそよそよと風に揺れる。

私の手の中にはまるで応援でもするかのように、白くて美しいガーベラが、みずみずしく咲いていた。

数日後。

「来たねっ、学園祭!!」

「そうだな」

待ちに待った星水学園大学の学園祭。

行けると決まった日から楽しみでしょうがなかった今日。

皇邸に来た紗姫と一緒に、別の運転手さんに大学まで送ってもらった。

「よ——し!!　せっかく来たからには楽しむぞぉぉぉ——!!」

「ちょっ、紗姫っ！　十夜さんたちのところ行ったら私は帰るからね！」

「えぇーせっかく来たのに。　なら、その人たちも一緒に連れてけば問題なくない？」

「その人たちって？」

ほら、と後ろを指さす紗姫に続いて振り返ると。

「つ、ついてこられたんですか……」

「申し訳ありません、お嬢様。お嬢様がいやがられたとしても、絶対についていくことと、そばを離れないようにと黒木様が」

「……」

今はいないあの過保護執事に、ため息をついた。

「わかりました。じゃあ今日１日、よろしくお願いします」

「かしこまりました」
「じゃあさっそく行こうぜ！　存分に黒木を冷やかしてやる！」
「それはやめといたほうがいいと思うよ」
　ルンルン気分で先を行く紗姫を追いかける。
　十夜さんたち、どんな姿に仕上がってるかな？
「どうやらここのようですよ」
　ＳＰの人たちに案内してもらい、辿（たど）りついた広い部屋。
　他にもサークルか何かでいろいろな教室が使われているけど、ここだけは比べ物にならないほど広いようで。
　何やら壁に今日いる執事やメイドの人の写真まで貼ってあるみたいで、みんなきゃーきゃー騒いで写真を撮りまくってる。
　十夜さんのもあるけど、相変わらず笑いもなく、めちゃくちゃ無愛想。
　界さんや一色さん、月菜さんはにこやかに笑っている。
「にしても、女の子ばっかり……」
　見渡す限り、女子女子女子。
　私たちと同じく制服を着た内部生徒もいるけれど、他校の生徒も何人もいる。
「そりゃそうだ。イベント系には絶対に参加しない黒木がいるんだぜ？　来ない女子のほうがおかしいってもんよ」
「そ、そうなの？」
「加えてあの一色とかいうＳＰ。さすが黒木のいとこってだけあってめちゃくちゃ容姿整ってるだろ？　あいつも黒木まではいかないけど、すごい人気だし」
「へぇ……」
　にしても、この混雑っぷりは異常すぎる。
　離れないようにと紗姫と手をつなぎ、まわりはＳＰの人がガッチリ固めてくれてる。
　不安はないけど、この人の多さはやばいって！
「すみませーん!!　皇と八神なんですけどー！」
　途端に、まわりの女の子たちがシーンとなる。
　えっ!?
「行こうぜ、美都」
「うっ、うん」
　驚く私とは反対に、紗姫はすいすい教室の中へ入ろうとする。
「ちょっと紗姫ちゃん！　早く私に会いたい気持ちはわかるけど、財閥の名前で押し通すなんて！」
「会いたいとか言ってねえっつーの。　しょうがないじゃん。外にいる女たちがうるさすぎて、耳ぶっ壊れると思ったんだよ」
「今回ばかりは、八神お嬢様に同感だな」
「十夜さん！」
「いらっしゃいませ。お待ちしておりましたよ、お嬢様」
「けっ！　美都にばっかいい顔しやがって」
「うるさいですね。あなたには大好きな界がいるでしょう？」
「別に大好きとかじゃねーから」

「そんなっ！　紗姫ちゃん、私のこと嫌いだったの？」
「そっ、それは……」
「はいはい４人とも。みんな見てるから。まずは美都様と八神様を席にご案内」
「一色さん！」
「いらっしゃい美都ちゃん！」
「月菜さんも！」
　外で並んでいた女の子たちを差し置く罪悪感に苛(さいな)まれつつも、ささっと中に入る私たち。
「うわぁ、すごいっ……」
「やっば……」
　紗姫も隣で感嘆の声を上げている。
　それもそう。
　普通の教室とは思えないほど、まるでどこかのお屋敷の中にでも来たと錯覚するほど綿密に造られた内装。
　壁には絵がかけられ、床にはレッドカーペット。
　高級そうなソファやランプ、テーブルがいくつも置かれている。
　なんだか応接間みたい。
「ここにいるのは財閥のご子息に仕える者たちばかりです。日頃のお礼として、財閥や会社から貸していただいたものがほとんどなんですよ」
　なるほど。
　だからここまで本格的な造りにできるわけね。
「さっそくですが、何か飲まれます？」

「そうね！　紗姫ちゃんも何がいいかしら？」
「じゃあ、アイスティーをお願いします」
「俺も同じの」
「かしこまりました」
「とっておきの作るわね！」
　恭しく礼をして十夜さんと界さんは去っていく。
「さすが、ソファもふっかふか」
「それな。思っていた以上のクオリティー」
　近くのソファに腰かけて、改めて中を見渡す。
「にしても、ほんとにたくさんの執事やメイドさんがいるもんだね」
「まあな。うちの高校も大学も、生徒数でみればマンモス校だし」
　十夜さんたちばかりに夢中になってて気づかなかったけど、執事やメイドさんてほんとに多いんだなぁ。
「そういやさ、初めて見た。界さんのメイド姿」
　皇邸にいるメイドさんよりもフリフリな格好。
　エプロンはもちろん、パニエが入ってるのか、ふんわりと持ち上がっている膝上スカート。
　ブラウンの髪もいつも以上にきっちり巻かれていて、漫画の中から飛び出してきたのかと思うほどかわいい界さん。
　他のメイドさんも同じ格好なのに、界さんだけは格別に見える。
「ああ、うん。あんまり似合ってねーと思うけど」

「え？　そう？」
「うん。あんなに丈の短いスカート履いて、さっきからいろんな男が見てる」
「……」
　頬杖をついて、ムスッとする紗姫。
　もしかして、妬いてる？
「それはそうと、やっぱ黒木の人気は尋常じゃないな」
「うん……」
　十夜さんが通るたび、至るところで上がる黄色い悲鳴。
　他にもかっこいい執事さんはたくさんいるのに、どの子も目をハートにさせて十夜さんを見ている。
　そりゃあ、そうだよ。
「あんなにかっこいいんだもん……」
　お屋敷で見るようなシンプルな黒の執事服じゃなくて、今日はワインレッドのタキシード。
　加えていつもよりとんがったレースアップシューズ。
　目が隠れるほど前髪をおろしてるせいか、いつもより眼差しも鋭くて、目が合うたびにドキッとする。
　あんなにかっこいい姿、誰にも見せたくなかったな……なんて。
　見たいと思ったのは自分のくせに、胸の奥がぎゅっと鷲掴みされたように苦しくなる。
「大丈夫だよ」
　黒くていやな気持ちがドロドロ渦巻いているようで落ち込んでいると、私の隣にギシッと重みがかかった。

「一色さん」

　ニコッと笑ったその姿はいつも見るスーツじゃなくて、黒のタキシード。

　それに合わせているのか、オールバックの髪はおろして横に流している。

　いつもと違いすぎて、なんだか別人みたい。

「あれ、もしかしてドキドキしちゃってる？」

「しっ、してません！」

　慌てて否定しながら首を振ると、ぷっと噴き出した一色さん。

「今は十夜がいないのと、ＳＰの仕事中じゃないから丁寧語は外すけど、平気？」

「はい。全然大丈夫ですよ」

　にこっと笑いかけると、よかったと一色さんも笑う。

「十夜だったら、マジで気にしなくて大丈夫だよ。見てみ」

　目線で追うと、案の定な十夜さんの態度に思わず苦笑してしまった。

「あの、よかったら名前……」

「他人のあなたに教える必要あります？」

「かっ、彼女とかいますか!?」

「いませんけど、婚約者ならいます」

「あの、どんな人がタイプですかっ!?」

「好きな子以外、視界にも入れたくありません」

「え、いつの間に黒木と婚約したの？」

「しっ、してない！　してないから！」

なに言ってるの十夜さん!?
見てるこっちが恥ずかしくなる発言ばかり。
他校の生徒じゃなくて、お嬢様相手でもそれは一緒。ずっと険しい顔をしているだけ。
話しかけられてもスパッと会話を終わらせるし、目すら合わせようとしない。
「黒木のやつ、やばすぎだろ」
唖然とする紗姫の横でウンウンと頷く私。
「ね？　あいつは本当に美都ちゃんのことしか見えてないから」
「ほんっとにそうよね！　今日出てもらうのだって、説得大変だったんだから！」
「月菜さん！」
「はい、どうぞ！　アイスティーふたり分ね！」
「ありがとうございます」
すると月菜さんは、私たちが座る正面に、疲れた～！と伸びをしながら座った。
月菜さん、今日もすごい美人さんだなぁ……。
「聞いてよ聖。十夜ってば、美都ちゃんが界さんやあんたの執事姿を楽しみだって言ったから、今日のイベント参加したのよ」
「えっ？　ヤキモチってこと？」
「そうなの！　たったそれだけなのに、すぐにやるって言っちゃって。十夜の頭の中って、美都ちゃんのことしかないのかしらねー」

「それは100パー言えてる」
「俺もそれはつくづく思いますね」
　３人はニヤニヤしながら私を見ていて、ぼぼぼっと顔に熱が集まるのがわかる。
「はっ、恥ずかしいのでやめてください……っ」
　両手で顔を覆うけれど、３人はますます楽しそうに笑うだけ。
「ほんっとかわいいよね。私も美都ちゃんのメイドになりたかったわー」
「俺はＳＰだから常日頃そばにいられる」
「そんなの聞いたらあんた、十夜に殺されるわよ？」
「それは勘弁」
「にしても美都ちゃん、大きくなったね！」
「ほんとになー。まさかこうしてまた会えるとは思ってなかったよ」
　アイスティーをずずっと啜っていると、懐かしいという目で私を見るふたり。
「十夜さんから聞きました。昔、一色さんとお会いしてるんですよね。月菜さんも。妹さんだから、お会いしていると思って」
「おっ、十夜から聞いたんだ？」
「はい。詳しくは教えてもらえませんでしたけど……」
　というか、熱烈(ねつれつ)なキスで言いくるめられたんですけど……。
「そっかー。全部は話してないんだ、十夜。まあ、あの頃からだったけどねぇ、女の子に対する冷たい態度は」
「え、そうなんすか？」
　紗姫も興味津々という表情。
「うん。クラスの女子から告白されても、無理の一点張り。話しかけられても基本スルーだし、手紙や贈り物もすぐに捨ててたっけ」
「うわぁ、黒木らしい……」
「元々容姿しか見られてないってのもあったみたいだけど、いちばんは美都ちゃんのことがあったからだね」
「私、ですか？」
「うん。口にはしてなかったけど、美都ちゃんといる時の十夜、すごい優しい顔してた。妹の私でも見たことないってくらい」
　ウンウンと頷く月菜さんに、私はただ驚くばかり。
「だから、自信持ってよ美都ちゃん。十夜の隣にいるのは美都ちゃんしか考えられないし、あいつもそれを望んでる」
「そうだね！　というか、離れたくても離そうとしなさそうだよね」
「一色さん、月菜さん……」
「それにあいつ、クールな顔してエロいから気をつけな？」
「エ、エロ？」
「わかる。ああやって淡々としてる男ほど、頭の中はやらしいことしかなさそうよね」
「えっ、えっ!?」
　そんなこと思ってたの!?

　アイスティーのおかげで冷めたと思った顔の熱がまたぶり返してくる。
「あ、真っ赤になった。やっぱり美都ちゃん、かわいいねぇ」
　なんて一色さんが優しく笑って、頭をポンポンとしてきた時。
「それ以上美都にさわったら、たとえおまえでも許さない」
　同時に、後ろからぎゅっと抱きしめられた。
「きゃ――っ!!」
「黒木さまぁぁぁ――っ!!」
　バタバタバタッとあちこちで女子がピンクな悲鳴を上げて倒れる音がする。
　ひいぃぃぃ――!!
「さっきから、何をそんな楽しそうに話してるわけ？」
「ん？　おまえの頭ん中はエロしかないって話」
「美都の前で下品な話してんじゃねーよ」
「だって事実だろ！」
「そうだそうだ！　どうせ、美都ちゃんとふたりっきりになったら手出しまくってるんでしょ！」
「それは否定できないな」
「ちょっ、十夜さん!?」
　さも当たり前のように頷く十夜さんに、いっぱいいっぱい。
「こんなとこで道草くってないで、さっさと仕事戻れ。俺と交代」
「はいはい」

「わかりましたよーだっ！」
またねと笑顔で手を振ってくれるふたりに、私も慌ててておじぎをする。
「えー黒木こっち来んの？　なら俺、界んとこ行くわ」
吐き捨てるように言った紗姫に、にっこり微笑む十夜さん。
「そうしてください。私はお嬢様とふたりで過ごすので」
「うっぜえええええ——!!」
「あっ、紗姫!?」
べーっと舌を出した紗姫は近くにいた界さんのところへ走っていく。
「だ、大丈夫なんですか？　抜けちゃっても……」
「構いませんよ。私がいなくとも、お店は成り立ちますし」
そうなのだろうか。
十夜さんが出ていくってなった途端、急にまわりの女の子たちが冷めたような……。
「そんなことより、さっさと出ましょう？　私は早くお嬢様とふたりになりたい」
「えっ!?」
急にポンッとさっきの、一色さんと月菜さんの言葉を思い出した。
「確認、してみます？」
「へっ？　な、何を？」
教室を出ても廊下でも、十夜さんが歩くたびに悲鳴が上がる。

けれど十夜さんは一切視線を向けることなく、私の肩を抱いて廊下を歩いていく。

「ど、どこに行くんですか……？」

「人気のないところ、ですかね」

「はっ？」

「ちゃんと確かめないと。私がエロいのか」

「っ!?」

顔、真っ赤ですよ？

なんて楽しげに耳元で囁かれる。

ほとんど人がいないところまで来たところで、

「お嬢様」

どこかの教室の中へ誘導され、ポスンと収まる私の体。

「十夜さん！　ここが大学ってこと忘れてませんっ!?」

いくら空き教室だからって、人が来ないとも限らない。

「忘れてませんよ。それにここ、授業で使われることはほとんどない棟なんです。だから、平気です」

「そういうことじゃなくてっ！」

ますます強く抱きしめて、はぁっと深く息を吐いた。

「なら、どういう問題ですか？　お嬢様とこうしてふたりになれてうれしいのは、私だけですか？」

「っ!!」

悲しげにつぶやかれた声に、胸の奥がぎゅーっとなる。

「お嬢様がすぐそばにおられるのに、ずっとさわれないなんて苦痛でしかありませんでした。しかも一色とも仲良さげに話してましたよね」

「そ、それは十夜さんの話をしてただけで……」

包むように抱きしめられ、心臓が一気にドキドキと加速する。

「わかってます。それでも、お嬢様が他の男と話してるってだけで気が狂いそうになるんです」

すると十夜さんは一瞬私から離れ、ガチャンと内側から鍵を閉めた。

「な、なんで鍵を……」

「もちろん、邪魔者が入ってこないようにするためですよ」

そして、ストンと近くにあったイスに腰かける。

「お嬢様、こちらへ座っていただけますか」

「こちらへ、とは？」

「私の膝の上」

「なっ!?」

「ほら、早く。お嬢様から来てください」

ポンポンと膝の上を叩いて、にっこり笑って見つめてくる。

「……いやだって言ったら？」

「私がそれを許すとでも？」

ほら早くと両手を広げられて、顔が一気に赤くなるのが自分でもわかる。

「さっき一色と仲良さげにしてたバツです。お嬢様から私にぎゅーってしてください」

「っ!!」

こんなにクールで冷たい雰囲気の人の口から出てくる単

語とは思えない。
　恥ずかしくて視線を逸らそうとしても。
「お嬢様。私は早くお嬢様を補給したいのです。存分に愛(め)でたいんですよ」
「……」
　だから、ね？
　ちょいちょいと手招きされ、必然的に足は十夜さんのほうへ。
「ひゃっ……！」
　目の前までいくと、両手を脇の下に入れられて、ストンと膝の上に乗せられる。
「こっ、こんな格好……っ！」
　正面から抱き合ってるんじゃなくて、跨(またが)る状態。
　目の高さも同じで、恥ずかしさが増すばかり。
「真正面から見るのもたまんないですね。いつも上目づかいになってるのもめちゃくちゃかわいいですけど、これもすごくいいです」
「っ……」
「好きでもない女を接待した、ご褒美をください」
「ご、ご褒美って……」
「存分に、お嬢様に甘えさせてくださいね」
「っ……！」
　耳にキスが落とされて、十夜さんは目を細めて私を見る。
「はー、たまんない。ほんっとかわいい」
「十夜さん……っ」

「お嬢様、ご褒美のお時間です」

　ぎらりと光った目は獰猛で、鋭い眼差しに全身がぶるっと震えた。

「はぁ、もっと……。もっとくっついてくださいお嬢様」

「……んっ…やっ」

　何度も落とされるキスに逃げようとしても、どこまでも追いかけてきて私を逃がさない。

　腰に回った腕は、もっと密着するようにと力がこもるばかり。

「っ、かわいい……」

　いつまでたっても慣れない甘いキスに、酸素を求めて口をひらけばするりと舌が割り込んでくる。

「そう、上手ですよお嬢様。もっともっと俺を求めてキスに応えて」

「……ふっ……ぁ」

　一瞬、離れても、またすぐに塞がれる。

　頭がぼーっとして全身の力が抜けて。

　思考もままならなくなって、ただ目の前の十夜さんのシャツを掴むだけ。

「首に手、回していただけますか」

　熱い息をはぁっと吐いて、鼻がぶつかりそうな距離でそんなことを言われる。

「わっ、わからないので教えてください……」

　こういったことは元カレとだってしなかった。

溶けちゃいそうな、甘すぎて何度も好きだと言われてるようなキスなんて。

「そんな顔して教えて、とかマジで犯罪級のかわいさ」

そっと腕を持ち上げられて、こうですよと十夜さんの首の後ろへ回される。

「こうすれば、もっとお嬢様と密着できる。余すことなく抱きしめることができる」

余裕のない、欲に濡れた目が私を射抜いて。

「お嬢様、もっとキスしましょうか？」

「んっ……ぁ……」

クスッと笑った十夜さんは、再び私に甘い熱を落とす。

「だから抑えないで、もっと聞かせて。俺のせいなんだから、美都はずっと俺に愛されてればいい」

そう言って、またふれるだけのキスを落とす。

「もう……む、りっ……」

「まだだめです。まだまだ離しませんから」

今度は有無を言わさず塞がれた。

いつの間にか脱いだらしいタキシードも床に落ちていて。

涼やかな漆黒の目が、今は濡れて燃えている。

「もっともっとお嬢様を私にくださいね」

それからは私が音を上げても、降り注ぐキスの雨がやむことはなかった。

「もう！　こんな時間になっちゃったじゃないですかっ！」

「お嬢様がかわいすぎるせいです」
「開き直らないでくださいっ！」
ムッとしながら顔を上げると、十夜さんはなぜかうれしそうに笑うだけ。
「さっき私がエロいとかなんとかって話をされてましたけど、それはお嬢様もですからね？」
「はっ？」
「まだお嬢様の心が完全に私のほうへ向いているわけではないのに、止まらなくなるところでしたから」
「っ!?」
よくもまあ、そんな恥ずかしいことをスラスラと。
真っ赤な顔で睨んでも、優しい顔でぎゅっと手を握られるだけ。
「はいはい、申し訳ありませんでした。では何かお嬢様の大好きな抹茶クレープでも買いにいきますかね」
「……それなら許してあげなくもないですけど」
「ふっ、ほんとにかわいい」
ここに来たのは午前中なのに、とっくに昼もすぎている。
どれだけあの教室にいたんだか。
「休憩時間、とっくに終わってるんじゃないですか」と心配したけれど、「一色たちがいるので大丈夫です」と軽く流された。
「あれ？　美都？」
「紗姫！と、界さん！」
フードなどの屋台が並ぶエリアへ行くと、そこにはイカ焼きを食べるふたりの姿があった。
「ここにいたんだ」
「うん。だって黒木に追い出され……って、美都なんでそんなに髪乱れてんの？」
「えっ、嘘？」
　制服も髪もちゃんと直したはずだったのに。
「十夜、あなたまさか……」
「ん？　なんのこと？」
　引きつる界さんとは反対に、にっこりとした微笑みはそれ以上言うなと言わんばかり。
　紗姫には頷かれただけだったけど、その目はお疲れ様って言ってるみたいだった。
「十夜さんっ！　ありましたよ！　抹茶クレープ！」
「はいはい。今、行きますから」
　焼きそば、ポップコーン、ポテト、チュロス。
　さすが有名大学だけあって、種類も豊富。
「んんっ、めちゃくちゃおいしそうっ!!」
　クレープを手にすれば、すぐにルンルン気分になる。
「めちゃくちゃうれしそうですね」
「当たり前です！　抹茶は私の中ではつねに優先すべき順位ですから」
「その順位はもちろん、私がいちばんですよね？」
「えっ？」
　ツンッとほっぺたをつつかれて顔を上げれば、スッと目を細める十夜さんの姿が。

「お嬢様にとって私は、いないと息もできないほど大事な存在ですよね？」
「うっ、そっ、それは……」
「まさか抹茶以下だとはおっしゃいませんよね？」
「……」
「お、嬢、さ、ま？」
　ひぃぃぃ──っ!!
　こわっ！
「抹茶にまで嫉妬しないでください！」
「しょうがないじゃないですか、お嬢様が私をいちばんだとおっしゃらないので」
「だからって……！」
　そんな会話をしていた時だった。
「美都……？」
「っ!!」
　背筋が凍って、足が固まる。
　この、声は……。
「久しぶり、美都。今は皇財閥のお嬢様、かな？」
　ずっと憎くて仕方なかった人。
　いちばんつらい時、苦しい時。
　死のドン底まで私を突き落とした人。
「志鷹（したか）、くん……」
　固まる私の前で彼は、にっこり笑ってこちらを見ていた。

大好きだから、守りたい

そして翌日を迎えたけど、昨日、あのあと。
『ほんとに久しぶりだな、美都。皇財閥の孫って話、本当だったんだ？』
別れ際の冷たい眼差しや表情はどこにいったのかと思うほど、穏やかに笑って話しかけてきた。
志鷹洸。
紛れもない私を振った張本人であり、元カレ。
『……どうして、こんなところにいるの？』
十夜さんと話していた時の笑顔がみるみるうちに冷たいものに変わる。
『星水に転校したって聞いてずっと会いたいと思ってたんだ。でもセキュリティーが厳しくて普段は会えない。外部の人も入れる今日なら、もしかしたらと思って』
あんなにひどい振り方をしておきながら、普通に笑って話しかけてきた志鷹くん。
ただただ怒りで震える私に、目の前の男はこう言った。
『志鷹くん、ね……。もうあの時みたいに、“洸くん”って、呼んでくれないんだ？』
『っ!!』
悲しげに伏せられた目だったけれど、私は信じられなかった。
嘘ばっかり。

私と付き合った理由も、別れたあとも。
楽しかったのは最初の頃だけ。
その最初だって、私の容姿しか見てなかったくせに。
あなたのせいで、どれだけ私が苦しんだかも知らないで。
親も頼れる人もいない中、唯一信頼していた人にまで裏切られて。
あなたのせいで、どれだけ自分を追い詰めることになったかも知らないで。
どんな気持ちで私が自殺しようと思ったかも知らないで。
『あなたみたいな最低男を、また名前で呼ぶわけないでしょっ!?』
『お嬢様っ!!』
後ろで十夜さんの呼ぶ声が聞こえたけれど、私はその場から全速力で走り出した。
『おっ、おかえりって……美都!?』
『美都ちゃん!?』
ぼろぼろ涙をこぼす、私をギョッとした目で見るふたり。
『ごめん。私、帰る。近くにＳＰの人がいると思うからその人たちに送ってもらうね』
早口でそれだけ言って、また私は走り出す。
『美都っ!!』
『美都ちゃんっ!!』
後ろでふたりの呼ぶ声が聞こえたけれど、振り向かなかった。

なんでここにいるの。

なんで今さら会いに来たの。

顔すら見たくもなかったのに。

『すみません……っ、私だけ先に帰ります』

近くにいたＳＰの人に声をかけて、リムジンに連れていってもらう。

『大丈夫ですか、お嬢様』

心配そうな声が飛んできたけれど、涙が止まらなかった私は、俯いたまま何も言うことができなかった。

そして話は冒頭に戻る。

「あの方が、お嬢様の……」

「はい。前にチラッと話したかもしれないんですけど……」

翌日の今日。

帰ってきてそのまま部屋に閉じこもった私は、いつの間にか寝てしまったようで。

「おはようございます、お嬢様」

まぶしい光に目が覚めると、ベッドに十夜さんが腰かけていた。

「すみませんでした昨日は……」

十夜さんだけじゃない。

紗姫も、界さんにも。

呼び止める声を無視して私は泣きながら帰ってしまった。

「そんなの気にする必要ないですよ。話は八神様から聞きました」
「紗姫から……」
そっか。
紗姫には転校初日に話したんだっけ。
あの人にこっぴどく振られたせいで、自殺への道を選ぶことに拍車がかかったって。
「あのあと、どうしてました？」
「元カレが、ですか？」
「はい……」
「お嬢様が去られたあと、いつの間にかいなくなってたんですよね」
「いなくなってた？」
「はい。皇の名を使ってあのゴミクズ野郎をこの世から消してやろうと思ったんですけど、逃してしまいました」
「そっ、そんなことのために十夜さんの手が汚れるなんてやですよ！」
「お嬢様……」
「……あの男は、そんな制裁を加える必要もないほど腐った人間ですから」
あの人の女性関係がどうなっているかなんて、想像するだけで吐き気がする。
ただひとつ言えることは、もう二度と私の前に現れてほしくないということだけ。
「あの、お嬢様。元カレがいたと言う話を耳にしてからずっと気になってたことがあるんですが、よろしいですか？」

「なんでしょう？」
　首をかしげれば、言いづらそうに口を開いた。
「その……元カレとは、どこまでだったのですか？」
「どこまでって？」
「恋人のスキンシップです」
「……えーと、答えなきゃだめですか」
「はい。答えてくれるまでこのままですよ」
　気になる、そう言わんばかりの目でベッドに乗り上げ抱きしめてくる。
「お嬢様」
　鼓膜が震えるほど、低くて甘い声。
　朝からこんなに色気出されて、私はすぐにキャパオーバーになってしまう。
「お答え、いただけますね？」
「別れた原因を聞いたのならわかると思うんですけど……キス、までです」
「キスまで？」
「はい。彼は……元カレは、私の体が目的だったようで、何度も無理やり迫られてました」
「……では、キス以上のことはされていないということですね」
「まあ、はい……。そういうことになりますね」
　ゆっくりゆっくり体を離した十夜さんの瞳がゆらゆらと切なげに揺れていた。
「よかった……っ」

「えっ？」
「本当によかったです……っ」
「っ……」
「あんなクソ野郎がお嬢様にさわるなど言語道断。しかもかわいげがないから別れる？　体が目的？　ふざけんな」
「とっ、十夜さん……？」
　吐き捨てるように言った十夜さんはまた私をすっぽり頭から覆うように抱きしめた。
「お嬢様の心も体も未来も。すべてをもらい、独占するのはこの先一生私だけです。お嬢様の隣にいるのは私以外ありえません」
「十夜さん……っ」
　また涙が出そうになって、声が震える。
「大丈夫ですよ、私がそばにいます」
　トントンと背中を優しくあやされて。
　あたたかくて優しいその声が、ぬくもりが、匂いが十夜さんのすべてが安心する材料になって。
　あ……。
　ストンと心の中で何かが落ちた。
　私、十夜さんのことが好き。大好き。
　自覚した瞬間。
　コップの水があふれたかのように、体の奥底からグワッと愛おしい気持ちが込み上げてくる。
「あのっ、十夜さん……」
「ん？」

「私、わたしは……っ」
　ひとつひとつ言葉を紡ごうとする私に、十夜さんは頷いて待ってくれている。
「私は、十夜さんのことが──」
　すき。
　そう、言いかけた時だった。
　──ブブブブッ。
　十夜さんのスマホに着信が入った。
「私が、なんです？」
　なおも上着のポケットでスマホが震える中、十夜さんはその先を促してくる。
「で、電話が……っ」
「そんなのあとでいいです。それよりもその先を教えてください」
　鼻がぶつかりそうな距離まで顔を詰められて、逃がさないと言ってるのが強く伝わってくる。
「私が、なんです？」
　漆黒の瞳が、期待の色で染まって。
「気になります、お嬢様」
「っ……」
　するっと頬を撫でられて、今にも唇が重なりそうになった時。
「黒木。お嬢様はおいでか」
　低い声とともにコンコンと部屋の扉がノックされた。
　この声。一色さん……？

「黒木？　いるなら返事してくれ」

「……」

何やら急いでいるような声にため息をつきつつも渋々ベッドから降りる十夜さん。

名残惜しそうな手が再び頬を撫でて、離れていった。

「どうした」

見れば案の定そこにいたのは一色さんで。

何やら渋い顔で十夜さん越しに私を見ていた。

「何かあったのか」

わざわざこの部屋に一色さんが来るなんて珍しい。十夜さんもただならぬ自体に険しい顔をする。

「たしかお嬢様の元カレ……志鷹と言いましたよね」

「はい、そうですが……」

その名前が出てきたことに心臓がドクンといやな音を立てた。

「お嬢様のご実家、生花店のほうにその男が現れて」

「それで？」

みるみるうちにこわい顔になっていく十夜さんに、私の体は震え始める。

「お嬢様を出せと言っています」

「紗姫！　界さん！」

「美都っ！」

「美都ちゃん！」

慌ててリムジンに乗りお店へ向かうと、案の定あの男がいた。
今日は紗姫がシフトで入っていたらしく、界さんは様子見がてら付き添いで来たらしい。
今、お店には別の従業員の人が立っている。
念のためにと私は表の実家から、お店の様子をうかがっていた。
「バイトしてたら急にあの男が現れて……『美都いますか？』って」
「紗姫ちゃんからクソ野郎だって聞いてたから、追い返そうと思ったんだけど、しぶとくて」
「しぶといって？」
隣にいた十夜さんが声を潜めて問いかける。
「どうせ皇邸へ行っても追い帰されるだけだろうから、ここに来た。美都を出せって。美都を出してくれるまで帰らないって」
「お嬢様を出す気はありませんって俺も部下たちも言ったんだけど、出せの一点張り。正直、力ずくでねじ伏せてもいいんだけど、あーいうタイプはキレたら何をするかわからない」
界さんも一色さんも、みんなが申し訳ないと私に謝る。
私のせいなのに。
「一色さん」
「はい」
「私を、あの男のところへ連れていってくれませんか」
「お嬢様っ!!」

「美都っ！」

焦る十夜さんと紗姫の声が聞こえたけれど、私は落ちつかせるように言葉を紡ぐ。

「これは私の責任。

両親の遺(のこ)してくれた、そして十夜さんがまた立ち上げてくれたこのお店を荒らされたくない」

「お嬢様……」

「話なら私がします。あの男は私が行かない限り帰らないだろうし、お店に居座り続ける。足を運んでくれるお客さんに迷惑はかけたくない」

「でも、お嬢様っ……！」

顔を歪めて必死に止めようとしてくれる十夜さん。

でも、これは私のまいた種。

自分で片づけなきゃ。

「大丈夫ですよ十夜さん。ただ、話をするだけですから。でももし……もし万が一何かあった時はお願いします、一色さん」

「お嬢様っ！」

「美都っ！」

「美都ちゃんっ！」

止めるみんなの声が聞こえたけれど、ぎゅっと唇を噛みしめてお店に向かう。

大丈夫。きっと大丈夫だから。

「お呼びでしょうか、お客様」

困っていた従業員の人に声をかけて下がってもらう。

「やっと来た。待ちくたびれたよ」
　私がいるレジ前のカウンターに両腕をつき、にこっと笑う志鷹くん。
「まさか美都が、あの世界的にも有名な皇財閥のお嬢様だったなんて。転校してったあとで聞いて、びっくりしたよ」
「用件は」
「あの時、他の女なんか見ないで、泣いてる美都のそばにいればよかったなーって」
「用件はなんですか」
　聞きたくもない話をペラペラ喋るこの男。
　付き合っていた時もそうだった。
　私の話よりも、自分の話ばかりする。
　自分のことを話すのが得意じゃないバカな私は、相性がいいなんて吐き気がするほど甘ったるいことを考えていた。
　今になってみれば、脳内が相当お花畑だったんだなって。
「単刀直入に言うけど、また俺と付き合ってよ」
「……」
　予想なんて簡単にできた。
　絶対言われると思っていたそれに、もちろん頷くはずがない。
　というか笑った顔すべてに憎悪しか感じない。
「バカなの？　誰があんたみたいな最低男とまた付き合うと思う？　そんな人がいたら見てみたい」
　にこりともせず、ただ淡々と述べる私。

　無表情、クール、冷たい。
　容姿だけ見て告白される。
　名前も知らない、顔も見たことない他人に。
　そんな十夜さんの気持ちが今はよくわかる。
「私が皇財閥の孫だって、お嬢様だってわかったから、来たんでしょ？」
　紗姫にも、十夜さんにも言われたこと。
　皇財閥のお嬢様だと世間の人にバレた以上、お金目的で近づいてくる人もいるって。
「ははっ、ほんとに信用されてないんだな俺」
「当たり前でしょ」
　苦笑する奴を私は睨みつける。
「あんたと付き合うなんて死んでもありえない。帰ってください」
　さようなら。
　その意味を込めて告げたのに、奴はただ、ふーん？と何かを含んだ笑い方。
「……何がおかしいの？」
「ん？　だってさぁ、俺と付き合ってた時はあんなに無理してる感じがしてたのに、今はまったくそれがないなーと思って」
「は？」
「自然体っていうの？　なんかちょっとそっけない感じとか思ったことを口にするところとか、イイね」
　言っている意味がさっぱりわからない。

　誰か翻訳（ほんやく）して……。
「まあ、いいよ今は。あんな振り方したんだし、一筋縄でいくなんてはなっから思ってないし」
「どういうこと」
「この間、一緒にいた奴って彼氏？」
「誰のこと」
「同じ星水学園の制服の奴と、黒髪のタキシード着た奴」
「……彼氏じゃない。でも私にとってふたりは、言葉じゃ説明できないほど大事な人」
　紗姫も十夜さんも。
　あんたとは違って生きる希望を教えてくれた、救ってくれた人だから。
　感謝してもしきれないほど、大切な人たち。
「ふーん？　なら、現在進行形で彼氏はいないってことか」
　ニヤニヤ笑う顔が気持ち悪くてしょうがない。
　だいたい腕をついて告白って何？
　信じられないのにもほどがある。
　私は十夜さんが好き。この気持ちは誰にも負けないから。
「帰ってください。これ以上、あなたとお話しすることはありません」
　それだけ言って奥に引っ込んでしまおうとしたのに。
「俺は諦めないよ。じゃ、また来るから」
　不敵に笑って帰っていった。

「お嬢様！」

「美都っ！」

「美都ちゃん！」

「美都様！」

　姿が見えなくなったあと、ずっと後ろで見ていた４人が慌てて駆け寄ってきた。

「大丈夫でしたかお嬢様。おケガなどはありませんか」

「大丈夫です。
　全然平気です」

　にこっと笑えば、十夜さんはほっと安堵の息を漏らした。

「何もなくてよかったよ」

「ほんとにな」

　みんな心配と言わんばかりの目で私を見ていて。

　相当不安にさせてしまったことを心からお詫びした。

「にしてもあの男、どうするか」

「んなもん、消す一択」

　難しい顔で考え込む一色さんに、スパッと意見する十夜さん。

　さ、さすが十夜さん。

　容赦ない……。

「んー、じゃあ、とりあえず様子見するのはどうだ？　とくに何かされたわけじゃないけど、万が一の時は問答無用、潰すってことで」

「そうだな」

「そうしよう」

「そうね」

ぽかんとする私の横で、ウンウンと頷く４人。

「美都ちゃんがいないっていっても、どうせ出すまで帰らないって言うだろうし、いちばんはお店をお休みするのがいいとは思うけど……」

「すみません、それだけは……」

迷惑をかけてることは十分わかってる。

でもこれだけは。

お店をお休みすることだけはしたくなかった。

お父さんとお母さんの大事なお店だから。

お店がまた開いたことを喜んでくれて、楽しみにしてくれてるお客さんがいるから。

「お嬢様がいない日は適当にあしらう。いる日は徹底して守る。それで行こう」

一色さんの意見にみんなが賛成する。

「本当にすみません、私のせいで……」

あんなやつと付き合ったせいで、今こうしてみんなに無駄な心配をさせてしまってる。

「そんなこと気にしないでください。私たちはお嬢様だからここまでするんです。大好きだから、大切だから、守りたい」

「そうそう！　大好きな美都のためなら俺はなんでもやるよ」

「私も！　紗姫ちゃんと仲良くしてもらってるし、力になれることがあったらなんでも言って」

「俺も。お嬢様には指１本ふれさせない」

「お嬢様。だから安心して、私たちに任せてください」

「はい……っ」

　優しい言葉と眼差し、そして笑顔に、冷たくなっていた心がじんわりとあたたかくなる。

「お嬢様」

「十夜さん？」

「この件が片づいたら……続き、聞かせてくださいね」

「っ!!」

　３人には聞こえないくらい小さな声で囁いた十夜さん。

「はい……」

　ふっと笑ったその顔はいじわるだけど、でもとっても優しい私の大好きな表情だった。

　それからというもの。

「俺と付き合ってよ」

「お断りします」

「今度どっか行かない？」

「暇じゃないんで」

「俺の本気伝わってない？」

「本気以前に、あんたの目的はお金でしょ」

　来る日も来る日も、飽きずにお店にやってくる。

「昨日も来てたよあいつ。暇なの？」

「さあね。あんな男の日常なんて、天と地がひっくり返ってもどうでもいい」

　私がいない日でも、デートしてくれるよう頼んでほしいだとか、買ってきたプレゼントを渡してほしいだとかを紗姫に言ってくるらしく。
　揚げ句の果てには……。
「店員さん、この花なんですけどアレンジメントをお願いできますか？」
「かしこまりま……」
「ねぇ、そんなの他のやつに任せてさ俺と出かけない？」
　お店を放り出すことをすすめてくる。
「お帰りいただけますか、お客様。お嬢様はもちろん、他のお客様のご迷惑になりますので」
「別に俺は花見てるだけだし、十分お客様だろ？」
　フンっと鼻を鳴らすその姿に、十夜さんの怒りでお店の中が絶対零度になった気がする。

　そんなこんなで、いくらいやだ、迷惑だと言っても足繁（あししげ）く通ってくる。
「これ、プレゼントで」
「かしこまり、ました……」
　身構えていたらその日は普通にお客さんとしてやってきたようで、ラッピングをお願いしてきた。
「ではこちら、完成しましたので……」
「それあげる」
「は？」
「バラ３本の花言葉は、告白、愛しています、でしょ？受け取ってよ」

もう、限界だった。

私がいようがいなかろうが、毎日毎日お店に来て伝言を頼んだり、甘い言葉を言われたり。

すべてがいやで気持ち悪くて。

拒絶してるのに、全然凹む様子がない。

出禁にしようって話も出たけど逆ギレで何されるかもわからない。

「今度さ、俺んち来ない？　付き合ってた時、最後までできなかったじゃん？」

なんて言われた日には。

「あ？」

十夜さんが片手でガラスの花瓶を割っていた気がする。

もう、無理だ。

ストーカー化し始めた元カレに、身も心もとっくに限界を超えていて。

なおかつ、一緒にお店にいる十夜さんたちにまでいやな思いをさせていることが、ほんとうにつらくて苦しくて。

殺意まで芽生えそうになるくらい、あの男が憎くて仕方なかった。

あれから３週間。

「なぁなぁ、いつになったら付き合ってくれんの？」

「……」

最近の私は口を開くことはもちろん、目を合わせることさえしなくなった。

「なあってば」
「……」
　いくら話しかけてきても答えない、反応しない。
「美都ちゃーん」
　ただ黙々と作業をこなすだけ。
「俺のこと嫌いになっちゃった？　視界にも入れたくないくらいいやになっちゃった？」
「……」
「こんなに好きなのに、なんの反応もしてくれないの？」
「……」
「なあ、美都ってば」
「……」
　美都美都美都。
　美都ちゃん美都ちゃん美都ちゃん。
　十夜さんに呼ばれるのはあんなにもうれしくて幸せなのに、この男に呼ばれると、まるで呪いでもかけられてるかのように気分が悪くなる。
「これさ、この間修学旅行で買ってきたお土産なんだ。俺とペアのストラップ。よかったらつけてよ」
「……」
　差し出してきたそれを一瞥（いちべつ）したものの、組み合わせたらひとつのハートになる代物に、鳥肌が立つ。
「ねぇ、美都ってば……」
「いい加減にして」
　口から出たその声は自分でも驚くほど低く、まるで静かな水面にぽたっと何かが落ちたような。
「気づいてないの？　それともバカなの？　私はね、あんたみたいな男と付き合うつもりはないし、顔を見るのだって、視界に入れるのだっていやなの」
「なのに、何？　毎日毎日お店に来て、お客さんにも、ましてや従業員にまで迷惑かけてるって気づかないの？　頭わいてるの？」
　止まらなかった。
　ただでさえもう会いたくないと思っていた人に再会して、告白されて。
　あのつらい頃のことが何度も頭でフラッシュバックして、私はとっくに振り切れていた。
「来ないで。もう二度とその顔を私の前に見せないで。大嫌い。この世で一番大嫌い」
　声を荒らげて言った私に、最初は口を開こうとしたけれどすぐに閉じた。
　今のこの時間、お客さんが誰ひとりとしていなかったことが唯一の救いだった。
「……」
　そのあとは、ふらふらっとしてお店を出ていった。
　もう二度と来ないでほしい。
「大丈夫ですか、お嬢様」
「は、い……」
　はぁはぁと息が乱れるほど声を荒らげていたことに、今さら気づいた。

　まわりが見えなくなるほど、心が悲鳴を上げていた。
「今日はもう閉店しましょうか。時間も時間ですし、お嬢様もお疲れのようですから」
　その優しさが心に染みて、じわっと目頭が熱くなる。
「こんなところで泣かないでください。私のためになくのなら、もっと……ベッドの上がいいですから」
「……それ、別の意味で言ってますよね？」
「ふふっ、お嬢様の心がすべて私のものになった暁には、毎日でもそうするつもりですけどね」
　……!?
「朝になっても離しませんし、なんなら土日はずっとベッドの上で過ごすってのもありですよね」
「なっ、なんてこと言ってるんですか！」
「もちろん冗談じゃなくて、すべて本気ですけど」
「っ!?」
　ふっとからかいを含んだ笑みに顔が熱くなる。
　本当は、早く言いたい。
　十夜さんが好きだよって。
　十夜さんにふれてほしいって。
　でも、今はだめ。
　この件がちゃんと片づいてからじゃないと晴れやかな気持ちで言えないから。
「十夜さん」
「ん？」
　リムジンの手配をしていた十夜さんのエプロンをクイク

イと引っ張る。
「その……この件が片づいたら、たくさんキス……してくれませんか」
「えっ?」
「最近、十夜さんにふれてもらえてなくて、寂しいっていうか……」
普段なら絶対言えない、甘えた言葉。
でもそれが言えるほど今は心が疲れきっていた。
「あーもう、かわいいこと言わないでください。我慢、できなくなります」
「今なら誰も見てないですし、いいんじゃないですか?」
「っ!!」
心が癒やしを求めている。
十夜さんに、大丈夫だよって。
安心していいよって言ってほしかった。
「んっとにお嬢様は……」
余裕がないというように歪んだ顔が、一瞬ドアップになって、すぐに離れた。
「私を求めてくれるのは死ぬほどうれしいですが、今はこれで我慢です」
「は、い……」
言ったあとでむくむくと込み上がってきた恥ずかしさに俯くと、ふっと耳に息がかかった。
「すべてが終わったら遠慮なく、全身かわいがってあげますのでそのつもりで」

「っ!!」

獣(けもの)のような獰猛な眼差しと、とんでもない色気を放つその雰囲気に。

「やっぱりなし、とかありですか……?」

なんて聞いてみたけれど。

「ん?」

最上級の微笑みがそこにはあって、私はますます顔を赤くしたのだった。

翌日。

「来なかったな、今日は」

「うん……」

時刻は夜の19時前。

もうすぐ閉店の時間だけれど、今日あの男が姿を見せることは一度もなかった。

「諦めた、のか?」

「どうだろう……。昨日、散々暴言吐いちゃったからなぁ」

「たとえば?」

「頭わいてるのとか、この世で一番嫌いとか、視界にも入れたくないとか」

「おおう、なかなか言うね」

「なんかもう、すべてがいやになっちゃって」

あの紗姫が引き気味。

私も相当疲れていたのかもしれないなぁ。

「今日は来なかったことだし、諦めてくれたのかもしんないじゃん。ちょっとは安心できそうだな」
「そうだね。これでやっと、十夜さんに……」
　好きって言える。
　そう言おうとした瞬間だった。

「……美都」
　冷たく、ぶるっと鳥肌が立ちそうなほど低い声。
「お嬢様、私の後ろにいてください」
「八神様も。お願いします」
　彼が姿を現してすぐ、お店の裏で作業していた十夜さんや一色さんたちＳＰがザッと私と紗姫の前に立った。
「どけよ」
　十夜さんたちの後ろにいる私を睨みつけてくる。
「志鷹様」
「は？」
「あなたの目的はお嬢様ではなく、言ってしまえば皇財閥の財産ですよね」
「急に、何」
　あくまでも静かな声で言葉を紡ぐ十夜さん。でもその広い背中は怒りで満ちているのが伝わってくる。
「あなたにここを出入りされるのは、正直迷惑極まりないんですよ。ですから」
　その声に、一色さんが彼の前に１枚の紙を差し出した。
「なんだこれ」
「契約書です」

「契約書？」
「はい」
「いったいなんの……って、は？」
「条件、飲んでいただけますよね？」
　チラリとその内容を目にした彼の表情から先ほどの険しさが一気に引いていく。
「皇財閥の……遺産を寄付する？」
「十夜さんっ!?」
「おいっ黒木!?」
　こんな男におじいちゃんの遺産を？
　嘘でしょ……？
「一色さん……！」
「……」
　呼びかけても一色さんは黙ったまま何も言わない。
「バカじゃねーの!?」
　紗姫と私だけがこの状況に追いついていけない。
「本当なのか……？」
「はい。お嬢様の祖父であり、皇財閥の代表取締役社長である旦那様の遺産をお渡しします。その代わり、もう二度とこの店に来ないことを約束していただけますか」
「……」
「もし承諾していただけるのであれば、ひと通り内容に目を通していただけますか」
　お金で解決だなんてそんな。
　私のために。私のせいで……。

「美都……っ」

最初は私を睨んでいた男もお金の話が出た途端、恍惚(こうこつ)としながら十夜さんからペンを奪い取った。

「もう一度言います。念のため、内容にはちゃんと目を通してください」

「はいはい。で、ここに名前書けばいいんだな」

「そうです」

男は面倒そうに受け流し、さらさらと名前を書いていく。

「待って……っ」

それは届くことなく、男は名前を書き終えた。

「どうも。名前、確認させていただきました」

「……ふふっ、あははは!! これで皇財閥の財産はすべて俺のものだ！ 俺のっ!!」

「……っ」

嘘でしょ……？

唖然とする私を嘲笑(あざわら)うかのように、男の笑い声は大きくなっていく。

こんな男に……こんな男に払うお金なんて一銭もないし、払う価値さえない男なのに。

どうして……っ。

みるみるうちに涙で視界が歪んでいく。

私は最後の最後までこの男に……っ。

悔しくて悔しくてしょうがなくて。

泣いたら余計に負けを認めることになる。

ぎゅっと唇を噛みしめて、熱くなる目元を抑えようとした時。
「おや。誰があなたに寄付すると言いましたか」
「えっ……？」
　ふわっと頭に優しいぬくもりを感じて顔を上げれば。
「十夜、さん……？」
　目を細めて、いつになく不敵に微笑む十夜さんがいた。
「……どういうことだ」
　途端に男の声がピタリとやむ。
「私も一色も誰もあなたにお金を寄付するとは言っておりませんよ？」
「は……？」
　口を開けたまま動かない男に、十夜さんはこれでもかとおかしそうに笑う。
「たしかにお金は寄付するとは言いましたけど、それを志鷹洸。おまえにやるとは一言も言ってないし、ここにも書いてない」
「そんなバカな……っ」
　挑発するようにヒラヒラと紙を見せる十夜さん。
「っ、見せろ!!」
　引ったくるようにそれを手にした男は。
「俺を……騙したのか」
　ぷるぷると全身を震わせ、十夜さんをものすごい形相(ぎょうそう)で睨みつける。
「騙すも何も、おまえが勝手に自分にくれると思ったんだろ。寄付するとは書いてあるけど、おまえに、とは書いてない。俺は言ったよ。ちゃんと内容には目を通せって」
　そういうこと、だったんだ……。
　だから、念を押すように十夜さんは言っていたんだ。
「その頭は飾り？　ちゃんと脳みそ詰まってんの？　あ、そうか。おまえの頭ん中は金、金、金か」
「おまえ……っ」
　般若（はんにゃ）のように歪んだ顔が一気に真っ赤になっていく。
「このとおり？　二度とここに出入りしないと同意したんだからさっさと出てけ。そしてもう二度と美都の前に、俺たちの前にその醜（みにく）い面（つら）を見せるな。消えろ。クソ強欲男」
「っ、てめえ……っ」
　再度鼻で笑うように十夜さんが言った瞬間、ブンッと風を切る音がして、その手が十夜さんの顔に近づくのが見えた。
「っ！　十夜さんっ!!」
「黒木っ!!」
　殴られる。
　そう思った瞬間だった。
「ぐはっ……」
　え……？
　呻（うめ）くような声にゆっくり目を開ければ。
「はい、暴行罪（ぼうこうざい）成立」
「十夜さん!!」
　志鷹の手を掴み、彼を床に押し倒していた。
「一色」

「おうよ」

そしてなぜか意識を失っている男を、ＳＰの人が連れていく。

「ちょっとやりすぎじゃね？」

「美都を苦しめた罰だ。むしろ軽いほうだろ」

彼を冷酷なまでに睨み、スッと目を細めた十夜さん。

え、もしかして十夜さん、めちゃくちゃ強い人……？

さっさと体を払うと、十夜さんはポカンとしたまま固まる私のほうを振り返った。

「ケガはないですかお嬢様」

「わ、私は何も……。それより十夜さんは!?　ケガしてないですか!?」

「はい。私は大丈夫ですよ。万が一の時を考えて、執事になってから武術はひと通りやりましたので」

その瞳には、先ほどの冷たい色はとっくになくて。

「それよりも、先ほどの契約書のこと、騙して申し訳ありま……お嬢、様？」

「っ……」

止まらなかった。

「お嬢様!?」

珍しく慌てた様子の十夜さん。あの男に向けた氷点下な眼差しはなくて。代わりに向けられたその瞳は涙が出るくらいあたたかくて、愛おしくて。

「十夜さん、あんなに危ないこと、もう二度としないでください……っ」

　大好きでたまらないその存在が、目の前にいることをちゃんと確かめたくて。

「っ……」

　そのぬくもりで安心させてほしくて。

「十夜さんっ……」

　その広い背中に腕を回した。

「……ご心配をおかけして、申し訳ありませんでした」

　どこか震え、掠れた声とともに強く強く抱きしめられた。

「おいおい、泣かせるなよ十夜ー」

「ったく、めちゃくちゃ焦ったっつーの」

　ヤレヤレとため息をついたふたりだったけれど、とても穏やかな表情で笑っていた。

「あとは俺に任せろ。念のため、ふたりを連れておまえも病院行け」

「はいはい」

「えっ、俺も？」

「はい。念のためです。あとで旦那様にすべて報告しなければなりませんので。というより、のちのちうるさ……いえ、もしあなたに何かあったら、界も黙ってないと思いますので」

「わかったよ」

　するとちょうど外にリムジンが来たらしく、私は横抱きにされて乗せられる。

「もう大丈夫ですよ、お嬢様。あとは一色に、というより、旦那様に任せておけば問題ありませんから」

「ど、どうしてここでおじいちゃんが……」
「今回の件は逐一報告していたのですが、もし、お嬢様に何かあった場合は黙ってないと」
「うわぁ、それかんっぜんにやばいやつじゃん……」
　ドン引きする紗姫の横で、珍しく十夜さんも苦笑した。
「きっと一生、刑務所暮らしだと思いますよ。皇財閥のお嬢様を苦しめたことは旦那様の怒りを買うことと同じですから」
　リムジンが発車してすぐ、パトカーや一色さんの部下の人も集まっているのが見えた。
「やっと……やっと終わりましたね、お嬢様」
「はい……っ」
　リムジンから見えた空には、数えきれないほど眩(まばゆ)い星が輝いていた。

Love 4

愛していますよ、お嬢様

「見たところ元気そうだし、とくに外傷も見当たりませんが、念のため明日、検査されますか？」
「よろしくお願いします」
　あのあと病院へとやってきた私たち３人は、それぞれ個室へ通され、診察を受けた。
「紗姫ちゃんっ!!」
「界っ!!」
「体は大丈夫なの？　ケガは？　痛いところはない？」
「全然平気。俺はいつもどおり元気MAXだから」
「よかった……っ」
「おいっ、くっつくなよ！」
「だって！　聖から事情を聞いたら３人して病院に行ったっていうからもう、心配で心配で」
「はいはい。気持ちだけありがたく受け取っとく」
「美都ちゃん!!」
「月菜さんっ!?」
　全速力で走ってきたらしい月菜さんは、私を見た瞬間ぼろぼろ泣いてぎゅっと抱きしめた。
「大丈夫!?　あたしも聖から聞いて慌ててここまで来たの。美都ちゃんに何かあったら私、もう生きてけない……っ」
「おい、俺もいるんだけど」
　うっうっと泣く月菜さんの頭を、ぽんぽんと撫でる十夜さん。
「ったく、泣きすぎ」
「だってぇ……」
　なんだか、やっとふたりの兄妹らしい姿を見られた気がする。
　なんだかんだ言って、やっぱり十夜さんもちゃんとお兄ちゃん、なんだね。
「じゃあ、美都ちゃん。また明日ね！」
「美都！　ゆっくり寝ろよ！」
「美都ちゃん、十夜。ゆっくり休んでね」
　それから3人と別れて、静かな廊下を十夜さんと並んで歩く。
「お嬢様の病室は、たしかこちらでしたよね。送って……」
「だめです。十夜さんの病室に行きますよ」
「お、お嬢様？」
　私は目を白黒させている十夜さんを引っ張り、部屋へと連れていく。
「私はまだ怒っているんですからね！　いくら志鷹を騙すとはいえ、十夜さんが殴られそうになって私、心臓が止まるかと思ったんですからね！」
「ふふっ、まさかそこまで心配していただけたなんて」
「なに笑ってるんですか！　私、怒ってるんですよ!?」
　なのにこの執事ときたら。
　ぷんすか怒る私を、愛おしいといわんばかりに見つめてくる。

「ほんっと、お嬢様はずるいですね」
「ずるいのは、十夜さんですから。ほら早く寝てください」
　ポンポンと真っ白な布団を叩くと、十夜さんの着ていた執事服の上着がバサッと音を立ててイスから落ちた。
「……個室でよかったですね」
「そうですね」
　お互いぷっと噴き出して、その上着を拾おうと手を伸ばすと。
「これは、押し花？」
　内側ポケットからはみ出ていたものに気がついた。
「あっ、それ……っ」
　慌てる声が聞こえたけれど、なぜかその押し花が無性に気になって、ペラッと裏返した途端言葉に詰まる。
「よる、くんへ……？」
　書いてあった、その文字を口にした瞬間。
「もしかして……」
　頭の中で小学生の、忘れていた記憶がやっと蘇った気がした。
「思い、出しました……？」
　窺うようなその声にぎゅっと唇を噛みしめて、涙が落ちそうになるのを必死に堪える。
「十夜さんが、あの、よるくん……？」
「そうですよ」
　押し花を持つ手が震えて、声が掠れる。
「こちらに来てくださいお嬢様」

「っ……」
「お嬢様」
「……」
「――美都」
「っ!!」
　その声は、あの頃大好きでやまなかったものとまったく一緒。
　小学生の時に一緒に遊んでくれた初恋の人の声。
「こっち来て」
　背後から聞こえた声もどこか震えている気がして。
　俯いたまま十夜さんのベッドサイドに近づく。
　そして。
「美都……っ」
　ぎゅっと背中に回った腕に力がこもって、もう一度その声が耳元で聞こえた瞬間。
「よるくん……っ」
　私の封印したはずの過去が、すべて解き放たれたように目の前でフラッシュバックした。

　あれは、私がまだ小学２年生だった頃。
　看護師として多忙を極めるお母さんに会いたくて、お母さんが働く病院へお花の配達をするお父さんによくついていっていた。
『これ、頼まれていたお花です』
　お父さんと一緒に色とりどりに輝くお花を届けるのは本

当に楽しかった。

　最初は帰ってくるのが遅いお母さんに会いたくて行っていた病院が、いつの間にか患者さんへのお見舞いに届けることがたまらなく楽しいことに気づいた自分がいて。

　大人になったら絶対にお父さんのお店で働くのが夢だと言っていた。

　そんな時だった。

　私と、よるくんが出会ったのは。

『おかあーさーん!!』

『美都！　来てくれたの!?』

　ある日、頼まれていたお花をすべて届け終わったお父さんとお母さんの元に行った時。

　たまたまお母さんが担当していた患者さんが、よるくんという少年……そう、十夜さんだった。

『美都、ちゃんとご挨拶して？　こちらはお母さんが担当している患者さんの、黒木十夜くん。美都の４つ年上で6年生なのよ』

『こっ、こんにちは……』

　よく患者さんと接していたことや、お父さんのお店を手伝ったりすることもあって初対面の人には欠かさず挨拶をしていた私。

　だけど……。

『……』

　む、無言……。

　挨拶が聞こえていないのかなんなのか、何も反応してくれなかったよるくん。
『緊張してる？　大丈夫よ。うちの子は誰よりも優しくてよるくんのいう女の子とは違う。私が保証するわ』
『美都も。よかったら仲良くしてあげてね』
『うん！　えっ、えっと……とうや？　ってどういう字書くの？』
『……漢字？』
『うんっ！』
　小さい声だったけれど、応えてくれたことがうれしくて。
『十に、夜、だけど……』
『きれいな名前だね！　よるくんって、呼んでもいい？』
『……いい、よ』
『やった！』

　それから私は病院に行くたびに、よるくんに遊んでもらっていた。
　最初はぎこちなかったよるくんだったけど、日を重ねるごとにすぐに仲良くなって。
　時には宿題を教えてもらったり、よるくんは病院食を、私は持ってきたお弁当を一緒に食べたりしていた。
　あの時はよくわからなかった感情だけど、今ならはっきり言える。
　私の初恋は、よるくんだった。
　黒髪で、容姿もクラスのどんな男の子よりもかっこよくて。

最初はなかなか話してくれなかったけど、徐々に打ち解けて仲良くなって。

見た目は冷たい印象だったけど、勉強を教えてくれたり、遊んでくれたり。

本当に優しくて。

憧れのお兄ちゃん、じゃなくて私はあの頃、本当に彼が大好きだったと思う。

でも、長くは続かなかった。

『来週、手術するんだ』

『手術？』

『そう。俺、ここが弱くて』

よるくんが入院していた原因は心臓の病気。

詳しくはわからなかったけど、生まれつき人よりも弱いんだって言っていた。

『この手術が成功したら、俺も好きなように走ったりできる。だから、頑張るよ』

『うんっ！』

『美都も、応援してくれる？』

『もちろんだよ！』

私はお守りにと、白のガーベラを押し花にしてよるくんに渡した。

『白のガーベラは“希望”だよ！　絶対にうまくいく！応援してるから！』

『ありがとう、大事にする。頑張ってくるね』

『うんっ!』

だけどそのあと、よるくんを見ることは一度もなくて。

前にお母さんに、昨日まで使われていたベッドが今日になって急に空いていることを聞いたことがある。

『その人はね、もうお空の上。遠くへ旅立っていったんだよ』

その時に知ったんだ。

ベッドに空きができたということは、よるくんはもう遠くの世界、私じゃ手の届かないところに行ってしまったんだって——。

「……それで私、気持ちに蓋をしたんです。初恋だったけれど、仕方ない。もう一生会えないんだと思ったから」

だから十夜さんと会ってしばらくしても、よるくんのことを思い出すことができなかったんだと思う。

初恋の人が亡くなるなんて、まだ小2だった私には受け止めきれなかった。

なおもこぼれ落ちてくる涙を指でぬぐえば、十夜さんはなんともいえない顔で笑っていた。

「あーまあ、あの時、手術が成功したってわかってすぐ個室から大部屋のほうに移ったからなぁ。美都が勘違いしても無理はないかも」

「だってベッドも空いてたし、お母さんに聞いても教えてくれなかった」

「あの時、美里さんに美都に成功したって伝えてくれって言ったんだけど、美都は泣くばっかりで聞く耳を持たないって」

「……」

それ絶対、私の思い込みのせいだ。

よるくんが亡くなっちゃったと思ってずっと泣いていたから、たぶんお母さん、私の勘違いに気づかないまま呆れちゃったんだと思う。

「にしてもあの押し花、よく今まで持ってましたね」

「そりゃあ、初恋の子からもらった何よりも大事なものだから」

そう言うと、十夜さんは穏やかな目をして話し始めた。

10年越しの想いをキミに

【十夜side】

あれは5年前のこと——。

『おはよう十夜くん！　今日は調子、どうかな？』

俺の担当看護師。それが美都の母、美里さんだった。

生まれつき心臓が弱かった俺は、小さい頃から入退院を繰り返していて。

なんとか小学校は行っていたけど、休みがちだったこともあってクラスの人とはほとんど話したことはなかった。

なのに。

『十夜くんて、すごくかっこいいね！』

小6にして俺は、すでに自分の容姿が人並み以上に整っていることをわかっていた。

たまに行く学校で、話したこともない、名前もクラスもわからない何人もの女子から告白された。

行くたびに呼び出され、告白される。

話したこともないのに、内面なんか知るはずがない。

どうせ容姿しか見てないくせに。

そう言えば相手は、そんなひどい性格だなんて思わなかった、それだけ言って去っていく。

女なんてみんな一緒。

ずっとそう思っていたけど、美里さんだけは違った。

『十夜くんはたしかに見た目かっこいいけど、それ以上に、いつも弱音を吐かないで、病気と闘(たたか)って頑張って治療してるところが、私はいちばんかっこいいと思うよ』

そう言ってくれた。

そんなある日、美都と出会った。

正直美里さんの娘だと言っても、この子も他の女子と同じだろうと思っていた。

『黒木十夜くん。美都の４つ年上で６年生なのよ』

俺を紹介する美里さんの足元で、恥ずかしそうに挨拶する女の子。

ああ、この子もきっと、『かっこいい』だけを言うんだろうなって。

先が予想できて、ふいっと視線を逸らした時。

『とうや？　って、どういう字を書くの？』

『……漢字？』

『うんっ！』

『十に、夜、だけど……』

『きれいな名前だね！　よるくんって、呼んでもいい？』

『……いい、よ』

『やった！』

俺を見た時の美都の一番の感想は、それだった。

容姿云々よりも、俺がおはようって挨拶するたびにうれしそうに笑って。

最初は一言だけの返事だったものが、いつしか会話も増えていって。

そのたびに美都の目は心からうれしいと思って輝いているように見えて。

容姿よりも、俺と話すことが楽しい。

その気持ちが笑顔となってこぼれて、気づけば俺は心臓を鷲掴みされたかのようにドキドキしていた。

『美都はさ、俺の見た目がかっこいいとは思わないの？』

ある時、聞いてみたことがある。

出会ってから一度も容姿について言われたことがなかったし、学校にいる大半の女子の第一声が、『十夜くんて、かっこいいね！』だったから。

必死に折り紙をする姿もかわいいと思いながら、ずっと気になっていたことを口にした。

『うーん……かっこいいとは思うけど、それ以上に優しいところがいいと思う！』

『俺が、優しい……？』

思わぬ返答にぽかんとしていると、美都はふふふっと頬を赤く染めてとびっきりの笑顔になった。

『うん！　私と遊んでくれるし、何よりもお花のお水、ちゃんと替えてくれてること知ってるから！』

その瞬間からだった。

俺が美都を好きだと自覚したのは。

美里さんと同じく、外見じゃない。

内面を見ていてくれたことが何よりもうれしくて。

そんな時に決まった、大事な手術。

これからの人生を、どう歩めるかの分かれ道となる手術だった。

美都のために。この子の笑顔をいつまでもそばで見られるなら、何だって頑張れる。

どんなにつらい治療も、手術も。

美都が待っててくれてる、応援してくれてると思ったら、負ける気なんかしなかった。

美都の作ってくれたお守りを握りしめて臨んだ、難しい手術。

無事に成功して、これからは入院なんかしなくていい、病院に来なくてよくなるよ。そう言われてすぐに美都に報告しようと思ったけれど。

俺の手術が終わってからは、美都は姿を見せなくなってしまった——。

「ほんと、すみませんでした……」

目の前でシュンと頭を下げる姿すらもかわいくて、美都の小さな頭をそっと引き寄せた。

「だからさ、その時に誓ったんだよ。もっと立派な大人になって自信を持って美都を迎えに行ける男になろうって」

美都が姿を見せなくなったのは、あの旦那様と呼ばれる人物が関係してると思っていた。

「え、どうしてここでおじいちゃんの話が……？」

首をかしげる美都を見おろし、ふっと笑う。

「美都が皇財閥のお嬢様であることは、その時から知ってたから」

「え……？」

　ますますハテナマークを浮かべる美都の髪を撫でて、俺は続けた。

「旦那様は、時々美里さんの顔を見に、病院まで足を運んでいた。俺を看てる最中に来たこともあったから、俺もその時から面識はあったよ」

「ええっ!?」

　そりゃあ、驚いてもおかしくない。

　自分の祖父と、執事の俺がまだ小6だった頃からの知り合いだなんて。

「おまえ、美都のこと好きなのか？　なんて、ものすごい形相(ぎょうそう)で聞かれたこともあったっけ」

「ええっ!?」

「その時に言われた。美都と結婚したければ、わしが納得するほどの男になれと。そして早く病気を治して元気になれと」

「おじいちゃん……」

　俺を見る目はなかなかのものだったけど、優しい言葉もたくさんくれた。

　病気が治ったらこんなにおいしいものが食べられるようになるとか、好きなように運動ができることも。

　美都が姿を見せなくなったのは、俺が旦那様に見定められているから。

　俺が立派な大人になって迎えに行けるまでは会わせる気はない。そんなふうに言われてる気がして。

「だから、星水学園大学に入学したんですか？」
「そう。知らない人はいないほどの大学。旦那様もそこを卒業したって聞いたから、とにかく猛勉強した」
「そこまでして、私に……」
「そうだな。美都に会えなくなったのは勘違いだったけど、美都に会うためならって、いつもこの押し花を見て奮(ふる)い立たせていた。それくらい、美都のことが好きでたまらなかったから」
ところが、大学３年になった９月のある日。
俺は、美里さんと圭人さんが亡くなったことを知った。
「その話を聞いたのはふたりが亡くなって数日経ったあとだった。俺は皇財閥のお嬢様が星水に転校してくることになったって聞いて、すぐに旦那様に会いにいった」
「え、おじいちゃんに？」
「うん。美都の専属執事をやらせてほしいと、俺が生きる希望をもらったぶん、今度は俺が美都を支えたいって」
「十夜さん……」
「美里さんにはお世話になってたし、圭人さんともよく話してた。けど手術が成功して俺は結構遠くに引っ越してしまったし、連絡先も知らない。だからふたりが亡くなったのも、両親が人づてに聞いてきた話で知った」
「あ。だから、しばらくたったあとに知ったって……」
「そう。情けなかったよ。自分の好きな子が一番つらい時にそばにいてあげられないようじゃ、いくら学力があっても、容姿が整っていても、意味がないんだって。旦那様に頭下げに行った時は本当に驚いてたよ。まさか美都に会うために星水に入るなんてって。旦那様とは小学生以来、会ってなかったけど、すぐに俺だと気づいてくれた」

ふわっとおでこに口づければ、ゆっくり顔を上げた美都。

「美都との思い出と、このガーベラは、ずっと俺の生きる希望だった。佐藤さんと会った時も同じことを言ったんだけど」

「佐藤さん？」

「うん。前に美都がガーベラのブーケをもらってた、あの佐藤さん。じつは、俺が入院しているタイミングで佐藤さんの旦那さんも美里さんの病院に入院されていたらしく、美里さんを通じて知り合ったんだ。それから何かと気にかけてくれるようになって、よく話すようになったんだけど、俺が美都から生きる希望をもらったように、佐藤さんも、美都や圭人さんの作ってくれたガーベラの花束に救われたって」

「……」

「美都、聞かせて？」

「えっ？」

「この間、聞きそびれた『私は十夜さんのことが……』っていうやつの続き」

「あっ、そっ、それは……っ」

ずっと泣いていたのに、途端にボンッと顔が赤くなってあわあわし出す美都。

ああ、ほんとにかわいい。

病院だということを忘れて、今にも襲いたい衝動に駆られるのをぐっと我慢する。

「な、聞かせて？」

涙に濡れた目元をそっとぬぐえば、ピクッと体を震わせる美都。

理性がバラバラと崩れる音が頭の中で響く。

「今もあの時も……」

「うん」

「私はずっと……」

「うん」

「十夜さんのことが、好き……っ」

ずっとずっと待ち望んだその言葉。

10年越しに叶（かな）った、美都の隣に立つという夢。

あまりにうれしすぎて、たまらなくて。

さすがの俺も涙が出そうなくらい、幸せで。

「うん、俺も。──愛していますよ、お嬢様」

世界一大好きで、かわいい俺だけのお嬢様に、うれし涙を堪えるように、10年越しの思いをすべてぶつけるように……。

とびっきりの甘いキスを落とした。

今夜は××いたしましょう

　それから１週間後。
「会いたかったよ美都」
「おじいちゃん!!」
　久しぶりにお屋敷に戻ってきたおじいちゃんの向かいで、十夜さんと私は座っていた。
「聞いたぞ。美都と、付き合ってるんだって？」
「はい」
　笑顔で私に笑いかけたおじいちゃんは、十夜さんの顔を見るとすぐに真剣な表情になった。
「お嬢様は私に生きる希望だけでなく、人を愛する気持ちや優しさを教えてくださいました。この先の未来を一緒に歩んでいく人は、お嬢様以外は考えられません。この身を捧(ささ)げてお嬢様を幸せにし、愛し抜く所存です。どうか、認めていただけませんか」
　この家に引き取られてから、親権はおじいちゃんにある。
　十夜さんは誰よりもおじいちゃんに認めてもらいたくて、ずっと頑張ってきた。
　だから。
「お嬢様と生きるために私は、必ず旦那様の許しを得たい。その上でお嬢様と幸せになりたいのです」
　そう言ってくれた。
「私からもお願いします」

頭を下げる十夜さんを射抜くような鋭い目で見つめるおじいちゃん。

「私も十夜さんと生きていきたい。十夜さんと歩んでいきたい。だから、お願いします」

十夜さんの横で私も頭を下げた。

この気持ちが届くようにと。

「……」

シーンとなる部屋の中で、時計の音だけが響いている。

でも、なおも十夜さんと私は頭を下げ続けた。

「ふたりとも。顔を上げなさい」

その言葉にゆっくりゆっくり顔を上げれば、おじいちゃんは泣きそうな顔で私たちを見ていた。

「だめじゃ」

「え……？」

「結婚など、わしは許さん」

「っ!!」

頭から水をかけられたように動けなくなる。

「そんなっ、どうして……っ」

ぎゅっと拳を握りしめる十夜さんの顔が、みるみるうちに悲しいものに歪んでいく。

「おじいちゃん……っ」

胸が張り裂けそうなほど苦しくなる。

どうして。

なんで。

そんな言葉だけが頭の中をぐるぐる回って、込み上げてくる涙を必死に堪えようとした時。
「学生の間は、じゃ」
「え……？」
どこか不機嫌な言い方にバッとおじいちゃんのほうを向いた。
「黒木……十夜はもちろん、美都が高校生の間はだめじゃ。十夜が立派に一人前になって、美都も高校を卒業してからじゃ」
「……それならば、いいということですか？」
震える十夜さんの声に、口を尖らせてフンっと顔を背けるおじいちゃん。
「当たり前じゃ。あんな小さい頃から変わらずわしの大事な孫を想ってくれていて、しかもわしを納得させるために最高峰の大学にまで入ってここまで来た。お店でも美都を守ってくれたのに反対するわけがなかろう」
「旦那様……っ」
「おじいちゃん……っ」
我慢しきれなかった涙が頬を伝った。
うれしくて夢みたいに幸せで、十夜さんのほうを見ると、みるみるうちに笑顔になって、ぎゅっと包み込むように抱きしめられた。
「これでやっと。本当に美都のそばにいられる……っ」
その声は心からうれしい、幸せだと叫んでいるようで。
負けじと私もその背中にぎゅっと抱きついた。
「だけどな、十夜。美都を泣かせたら、許さんからな」

ぶっきらぼうに。

でも、どこか笑みがこぼれるおじいちゃんに、十夜さんはふっと笑って告げる。

「それはちょっと無理な話ですね」

「は？」

「私もひとりの男です。今まで散々焦らされてきましたから」

ぎゅっと指を絡められて、愛おしくてたまらないという目が私を見つめる。

「おい。卒業するまでは許さんぞ」

「承諾しかねます」

「おい、十夜っ!!」

「なんて。わかってますよ、そんなことは。それよりも、私は隣で美都様が笑ってくれるだけで十分幸せですから」

何やら不穏な空気が漂い始めたところでの十夜さんの発言に、怒り狂いそうになっていたおじいちゃんも、ヤレヤレとため息をつく。

「美都のこと、よろしく頼むぞ十夜」

「はい」

「美都も。まだだいぶ早いが、幸せになるんじゃぞ」

「はい……っ!!」

私たちが頷くと、おじいちゃんはとびきりの笑顔で笑ってくれた。

「幸せにします、お嬢様」

穏やかな空気が流れる中、十夜さんは目を細めて優しく微笑んだ。
「私だって十夜さんを幸せにしますから！」
　そう言えばまた、十夜さんはこれ以上にないほど幸せだと言って私を抱きしめた。

「はぁっ、緊張した……っ」
「私もです」
　おじいちゃんと別れ、部屋に戻ってきた私は、緊迫した空気から解放された安心感からぼふんっとベッドに座り込んだ。
「そうなんですか？　十夜さん、全然緊張しているようには見えませんでしたけど」
「してましたよ。生きてきた中で一番ってくらい。でも本当によかった……」
　十夜さんはそう言いながら手袋を外すと、再び私を抱きしめ、ふわっと軽いキスを唇に落とすと、隣に腰かけた。
「……あの、ずっと気になってたことを聞いてもいいですか？」
「なんでしょう？」
「前に言ってた夢ってなんですか？」
　バイトを始める初日。
　十夜さんは、うちのお店で働くのが夢だと言っていた。
　ずっと気になっていたんだよね。
　すると十夜さんは、あー……っと、どこか照れた様子で話し始めた。

「昔入院していた頃、お嬢様や主人様に作っていただいたブーケやアレンジメントは私に生きる元気をくれました。おふたりの姿を見て、病気の治療に頑張るたくさんの人を元気にさせる生花店の仕事をしてみたいと思うようになったんです」
「そうだったんですか……」
「経営学部に進学したのもそれが理由です。いつかお嬢様を迎えにいった際、少しでも主人様たちの力になれたらと思って」
　十夜さんの夢。
　それは私の隣にいることだけじゃなくて、お父さんたちのことも考えてくれていたんだ……。
　その事実がうれしくて、またじわっと目頭が熱くなる。
「他には聞きたいこと、ありますか？」
　私の頭を撫でながら、優しい声で問いかけてきた。
　その言葉に、もうひとつずっと思っていたことを口にした。
「……丁寧語って、外せないんですか？」
「え……」
　私の言葉に、ピシリと十夜さんの笑顔が固まる。
　その瞬間。
　——ドサッ。
　光の速さでベッドに押し倒された私の唇には、何度も甘い熱が落ちてきた。
「んっ……ふぁ……」

声が漏れるたびに激しくなるキス。

そっと腰を撫でられてビクッとすると、唇が離れていった。

「意味、わかってます?」

「はい」

「旦那様と卒業するまではって、約束しましたよね?」

「はい……」

私を見つめるその顔が必死に何かを我慢するように、余裕がなさそうに歪んでいる。

その表情に胸がトクンッと跳ねて、気持ちがあふれて止まらなくなる。

「十夜さんが我慢してるように、私もずっと我慢してたんです。ずっと十夜さんにふれてほしくて仕方なくて。十夜さんを好きだと自覚してからは、もっともっとって思っちゃって……」

「それにこの前病室では丁寧語、外してたじゃないですか。だから、どうなのかなって」

「……」

急に黙り込んでしまった十夜さん。

聞いたらいけないこと、だったかな。

またじわっと涙が浮かんできたところで、十夜さんははぁっと深くため息をついた。

「……旦那様がそばにいない限りでは外すことはできます。ですので、こうしている間も外すことは可能です。ですがしません」

「なぜですか……？」

　すると、グッと手を引き寄せられて鼻がぶつかりそうなほど近い距離になる。

「とっ、十夜さん……っ」

「ほら、その表情」

「え……？」

「ただでさえ、お嬢様とこうしてふたりきりでいることが多いのです。そうやって照れた顔を見るだけで私は執事ということも忘れて理性がぶっ飛びそうになるんです」

「え、えーと……それは、つまり？」

「お嬢様とお付き合いできることになった以上、彼氏として隣にいられます。ですが、丁寧語を外せば尚更それを自覚して、ところ構わず押し倒したくなるので」

「……」

「簡単に言えば、我を忘れて襲いたくなるということです」

　……!?

　困ったように笑う十夜さんに、全身が燃えそうなほど熱くなる。

　つまりは、私のために、我慢してるってことだよね？

　だったら……。

「……やっぱり、普通に話してください十夜さん」

「っ!!」

　目を見開く十夜さんに、私は続けた。

「我慢なんてしてほしくないです。私は誰よりも十夜さんのことが好き、だから……っ」

途端に。

「んっ……！」

おでこに、頬に、耳に、首に。

いくつもの熱が落とされて、体が跳ねて。

最後に、ちゅっと唇がふれた瞬間。

十夜さんは、上着を脱ぎ捨て手袋を外し、ネクタイをグイッと緩めると。

「――美都」

私に覆いかぶさってきた。

「丁寧語じゃないんですね……」

「当たり前。ずっと抑えてたのに、ここまで煽られたらもう無理。いやがっても痛がってもやめられない」

「いいんです。もっと十夜さんに愛してほしいから……」

そう言うと、また目を見開いて驚いていた十夜さんだけど、それは一瞬で。

「上等だよ」

ベッドサイドにあったリモコンに手を伸ばし、ピッとボタンを押す。

そして部屋の灯りが、ほんのり明るい程度にまで暗くなる。

「では、改めまして」

口角を上げ、さらにぐわっと前髪をかき上げると私を見つめる。

「今の時間は……恋人、ですから。私ではなく、“俺”で」

その姿の、なんと艶っぽいことか。

暗い部屋で月明かりの下、甘い中にも燃えるほどの獰猛さと欲情に濡れた瞳が、とんでもない色気を放っている。
「散々焦らされた上に、愛しい彼女にここまで言われて、たぶん1回じゃ終わらない」
そして私の着ていたブラウスのボタンを外すと、胸元に顔を沈めた。
「……んっ……やっ」
感じたことのないほどの刺激に体を震わせると、耳元でクスッと笑う十夜さんの声が聞こえた。
「ほんとかわいい。最高」
「とうや、さん……っ」
ぼーっとする中で手を伸ばすと、ぎゅっと指を絡められてシーツに押しつけられる。
「好き、大好きだよ美都。この先もこれから一生」
どこまでも甘く、体の奥底が震えるほど優しい声。
「──お嬢様、今夜は××いたしましょう」
私は、この溺愛執事にはかなわない。

Fin.

あとがき

☆afterword

みなさんこんにちは、干支六夏です！

このたびは数ある書籍の中からこの本をお手に取ってくださり、誠にありがとうございます。
第５回野いちご大賞でレーベル賞をいただき、今作が二度目の書籍化となりました。すべて常日頃から応援して下さるファンの皆様、読者様のおかげです。本当にありがとうございます。

今回は前回から180度内容が変わり、お嬢様×執事のラブコメディーとなっています！
せっかく物語を書くのだから、女の子の夢と理想がいっぱい詰まった作品にしようと決意したのがこの作品の始まりです。イケメン執事から「お嬢様」と呼ばれたり、お姫様のようなお部屋に、ドレスアップ。女の子なら一度は夢見る展開に、私自身もニヤニヤしながら書いていました。

とくにお気に入りは紗姫×界ペアです。男女逆転な２人ですが、作中でも頼りになるのは紗姫のほうです。ですがじつは、素直になるのが恥ずかしいツンデレ紗姫をそばであたたかく見守る界という裏設定があります。
界もああ見えてやっぱり１人の男の人なので（笑）、きっと意地っ張りな紗姫がかわいく見えてしょうがないんじゃないかと思っている作者です（笑）。

作中では大好きな二人にはほとんど触れられなかったので、今ここで暴露できてとてもうれしいです！

今回カバーと挿絵を担当して下さった行村コウ様。大人の色気ムンムンの十夜をはじめ、どのキャラもとっても可愛く素敵に仕上げて下さり、作品が一気に華やかになりました。本当にありがとうございます。とくに月菜のメイド服、聖のイヤモニに注目です！

今作はいろいろ行き詰まるところがあり、私史上もっとも時間がかかり、約１年かけて書いた作品です。それでもたくさんの方に読んでいただき、またこうして書籍化のお話をいただくことができ、めげずに書いてよかったと今は心から思います。

長くなってしまいましたが、いつも応援して下さるファンの皆様をはじめ、読者の皆様、いつもあたたかいお言葉を本当にありがとうございます。皆様のお声は作品を書く原動力になっているので本当に感謝しかありません。そして、この作品に関わってくださったすべての皆様に、ありったけの愛と感謝をこめて。

2021年11月25日　干支六夏

作・干支六夏（えと　りっか）

雪国在住の大学生。好きなことは寝ること。長いときだと14時間は寝ている。本気で布団になりたいと思う日々。好きな言葉は「推ししか勝たん」。推しのライブに行くことで活力をパワーチャージしている。『密室でふたり、イケナイコト。』で第５回野いちご大賞レーベル賞を受賞し、書籍化デビュー。現在もケータイ小説サイト「野いちご」で活動している。

絵・行村コウ（ゆきむら　こう）

群馬県出身の少女漫画家。12月21日生まれ、射手座のAB型。2017年夏の大増刊号りぼんスペシャルバニラでデビュー。以降、「りぼん」を中心に活躍している。

ファンレターのあて先

〒104-0031
東京都中央区京橋1-3-1
八重洲口大栄ビル7F
スターツ出版（株）書籍編集部 気付
干支六夏先生

お嬢様、今夜も溺愛いたします。

2021年11月25日　初版第1刷発行

著　者　干支六夏

発行人　菊地修一

デザイン　カバー　栗村佳苗（ナルティス）
フォーマット　黒門ビリー&フラミンゴスタジオ

ＤＴＰ　久保田祐子

編　集　相川有希子　酒井久美子

発行所　スターツ出版株式会社
〒104-0031 東京都中央区京橋1-3-1　八重洲口大栄ビル7F
出版マーケティンググループ　TEL03-6202-0386
(ご注文等に関するお問い合わせ)
https://starts-pub.jp/

印刷所　共同印刷株式会社

Printed in Japan

ISBN　978-4-8137-1177-3　C0193

ケータイ小説文庫　2021年8月発売

『イケメン幼なじみからイジワルに愛されすぎちゃう溺甘同居♡』 SEA（シー）・著

高校生の愛咲と隼斗は腐れ縁の幼なじみ。なんだかんだ息ぴったりで仲良くやっていたけれど、ドキドキとは無縁の関係だった。しかし、海外に行く親の都合により、愛咲は隼斗と同居することに。ふたりは距離を縮めていき、お互いに意識していく。そんな時、隼斗に婚約者がいることがわかり…？

ISBN978-4-8137-1137-7
定価：649円（本体590円＋税10%）

ピンクレーベル

『極上男子は、地味子を奪いたい。③』 ＊あいら＊・著

元トップアイドルの一ノ瀬花恋が正体を隠して編入した学園は彼女のファンで溢れていて…！　暴走族LOSTの総長や最強幹部、生徒会役員やイケメンクラスメート…花恋をめぐる恋のバトルが本格的に動き出す⁉　大人気作家＊あいら＊による胸キュンシーン満載の新シリーズ第3巻！

ISBN978-4-8137-1136-0
定価：649円（本体590円＋税10%）

ピンクレーベル

『同居したクール系幼なじみは、溺愛を我慢できない。』 小粋（こいき）・著

高2の恋々は、親の都合で1つ下の幼なじみ・朱里と2人で暮らすことに。恋々に片想い中の朱里は溺愛全開で大好きアピールをするが、鈍感な恋々は気づかない。その後、朱里への恋心を自覚した恋々は動き出すけど、朱里は恋々の気持ちが信じられず…。すれ違いの同居ラブにハラハラ＆ドキドキ♡

ISBN978-4-8137-1135-3
定価：649円（本体590円＋税10%）

ピンクレーベル

『余命38日、きみに明日をあげる。』 ゆいっと・著

小さい頃から病弱で入退院を繰り返している莉緒。彼女のことが好きな幼なじみの琉生はある日、『莉緒は、38日後に死亡する』と、死の神と名乗る人物に告げられた。莉緒の寿命を延ばすために、彼女の“望むこと”をかなえようとする。一途な想いが通じ合って奇跡を生む、感動の物語。

ISBN978-4-8137-1138-4
定価：649円（本体590円＋税10%）

ブルーレーベル